Blonde

MEG CABOT

Blonde

Traduit de l'anglais (États-Unis)
par Josette Chicheportiche

hachette

L'édition originale de cet ouvrage a paru en langue anglaise chez Point,
une division de Scholastic Inc., sous le titre :

AIRHEAD

Hachette Livre, 43 quai de Grenelle, 75015 Paris.

Pour Benjamin

Je remercie Beth Ader, Jennifer Brown, Michele Jaffe, Susan Juby, Laura Langlie, Abigail McAden, Rachel Vail et surtout Benjamin Egnatz.

1

— Emerson Watts ! a lancé M. Greer en me surprenant à m'endormir pendant la première heure de cours.

Et alors ? On ne peut pas nous demander d'être pleinement réveillés à huit heures et quart du matin, non ?

J'ai relevé la tête, que j'avais laissée aller sur la table, tout en me passant furtivement un doigt au coin de la bouche pour vérifier que je n'avais pas bavé, et j'ai répondu :

— Présente.

J'imagine que mon geste n'avait pas dû être assez discret, car Whitney Robertson, assise à quelques mètres de moi, a déplié ses longues jambes bronzées et a ricané.

— T'es vraiment nulle, a-t-elle lâché.

Je lui ai aussitôt jeté un regard noir et j'ai articulé silencieusement : « Va te faire voir ! »

« Dans tes rêves », m'a-t-elle répondu tout aussi silencieusement en plissant ses yeux bleus ultra-maquillés, avec une moue provocante.

— Hum, hum, a fait M. Greer en réprimant un bâillement.

Lui aussi avait dû se coucher tard. Mais sûrement pas, comme moi, parce qu'il essayait désespérément de terminer son discours pour la classe d'expression orale.

— C'est à vous. Je vous rappelle que tout le monde

passera à tour de rôle et que nous commençons par la fin de l'alphabet. Vous avez deux minutes pour convaincre vos camarades.

Tu parles !

J'ai quitté ma place à contrecœur et je me suis dirigée vers le tableau pendant que les autres riaient bêtement. Sauf Whitney. Elle était trop occupée à se regarder dans le miroir de poche qu'elle venait de sortir de son sac. Lindsey Jacobs, sa voisine, la contemplait d'un air béat.

— Il te va trop bien, ce gloss ! a-t-elle murmuré.

— Oui, je trouve aussi, a répliqué Whitney en s'adressant à son reflet dans la glace.

J'ai réprimé un haut-le-cœur. Pas à cause de leur petite conversation minable – bien que cela ait pu y contribuer –, mais parce que j'avais le trac. J'allais devoir parler devant vingt-quatre visages braqués sur moi.

Et je me suis aperçue que j'avais complètement oublié mon texte. Pourtant, j'avais passé la moitié de la nuit à l'écrire.

— Prête, Emerson ? a demandé M. Greer en consultant sa montre. Alors, deux minutes...

Incroyable. À peine a-t-il eu fini de parler que je me suis sentie l'esprit *vide*. Je ne pensais qu'à une chose... Comment savait-elle ça ? Lindsey. Comment pouvait-elle dire que le gloss allait bien à Whitney ? J'ai bientôt dix-sept ans et je suis toujours incapable de choisir le meilleur brillant à lèvres pour moi... ou pour quiconque, d'ailleurs.

C'est la faute de mon père. Il m'a choisi un prénom de garçon parce qu'il était sûr que j'en serais un – même après l'échographie qui montrait le contraire –, à cause des coups de pied que je donnais dans le ventre de ma mère. Le prénom de son poète préféré, en plus. Voilà ce qui arrive quand on a un père qui enseigne la littérature à l'université. Ma mère devait être shootée par la péridurale ! En tout cas, elle n'a pas tiqué, et je m'appelle *Emerson Watts* sur mon acte de naissance.

Eh oui. J'ai été victime d'un acte sexiste dès la vie intra-utérine. Vous en connaissez beaucoup, des filles chargées d'un tel fardeau ?

— C'est à vous, a annoncé M. Greer après avoir réglé l'alarme de sa montre.

Tout d'un coup, mon travail de la veille m'est revenu en tête.

Ouf !

— Les femmes, ai-je commencé, représentent trente-neuf pour cent de la population qui s'adonne à des jeux interactifs sur ordinateur. Des milliards de bénéfices sont dégagés. Et pourtant, seule une infime fraction de ces jeux s'adresse à un public féminin.

J'ai marqué une pause... Aucun des élèves n'a réagi.

On ne pouvait pas franchement le leur reprocher. Il était quand même *super* tôt.

Même Christopher n'écoutait pas. Il habite dans mon immeuble et il est censé être mon meilleur ami. Je le voyais assis au fond, bien droit.

Mais ses yeux étaient fermés. J'ai poursuivi :

— Une étude révèle que le pourcentage de femmes diplômées en informatique est tombé à moins de trente pour cent. C'est le seul domaine dans lequel la participation féminine enregistre une baisse...

Oh là là. Tout le monde dormait maintenant. Même M. Greer piquait du nez.

Merci, les profs. Depuis quand on vous demande d'en rajouter quand il y a un problème ?

— D'après les enquêteurs, ces chiffres seraient la conséquence d'un système qui, dès le collège, ne pousse pas les filles vers les matières scientifiques, parmi lesquelles on peut classer l'informatique.

J'ai continué vaillamment en fixant M. Greer. C'était peine perdue. Il ronflait.

Ah bravo... Et moi qui étais toute contente du sujet qu'on m'avait attribué. C'est vrai, j'aime bien les jeux sur ordinateur. Enfin, il y en a surtout un que j'adore. J'étais proche du désespoir, mais j'ai lutté courageusement.

— La question se pose : comment soutenir l'intérêt des filles pour les jeux vidéo ? D'autant plus que, d'après les études, la pratique du jeu interactif aiderait à développer certaines facultés mentales, notamment pour tout ce qui touche à la résolution de problèmes, à la composition de stratégies, sans parler de la sociabilité et de la vie en groupe...

Pas la peine de m'acharner, c'était fichu. J'ai changé de ton.

— Bon. Si vous voulez, je peux me déshabiller et vous montrer que, sous mon jean et mon sweat-shirt, je porte un débardeur et une culotte boxer comme Lara Croft dans *Tomb Raider*... Sauf que mes sous-vêtements à moi sont en matière ignifugée et décorés avec des autocollants dinosaure phosphorescents.

Personne n'a bougé. Même pas Christopher, et pourtant c'est un fan de Lara Croft.

— Vous allez me répondre que les dinosaures phosphorescents, c'est dépassé. Moi, je trouve qu'ils apportent une note très élégante à l'ensemble. D'accord, la forme boxer n'est pas très confortable sous un jean et difficile à remettre en place aux toilettes, mais, vu les plis qui remontent sur les hanches, c'est très pratique pour caler les armes de gros calibre que je transporte toujours sur moi...

La montre de M. Greer a sonné.

— Merci, Emerson, a-t-il marmonné en bâillant. Votre exposé était très convaincant.

— C'est *moi* qui vous remercie, M. Greer, ai-je répondu avec un grand sourire.

Heureusement que j'ai une bourse d'études et que mes parents ne paient pas les frais de scolarité. Parce que j'ai vraiment des doutes sur la qualité de l'enseignement offert par cette école.

Je suis retournée m'asseoir pendant que M. Greer demandait :

— Bien... À qui le tour, maintenant ? Ah oui ! Whitney Robertson.

Il a souri. Tout le monde sourit toujours en parlant de Whitney. Sauf moi.

— C'est à vous.

Whitney – qui s'était vite repoudré le nez au moment où la montre sonnait – a refermé sa boîte d'un claquement sec et a décroisé les jambes. Je savais bien que je n'étais pas la seule dans la classe à entrevoir son string peau de panthère sous sa jupe. Tout à coup, plus personne ne dormait.

— Bon, alors j'y vais, a-t-elle dit en riant.

Elle a déplié son long corps svelte et s'est dirigée d'un pas léger... Oui, léger, je vous assure. Et pourtant elle portait des plateformes avec des talons de dix centimètres. Mais comment elles font, ces filles ? Moi, si j'essayais de marcher d'un pas léger avec des talons de dix centimètres (même de cinq centimètres), je m'étalerais de tout mon long. Bref, elle est remontée vers le tableau avec sa petite jupe courte qui voltigeait. Quand elle a fait face à la classe, tous les yeux étaient fixés sur elle.

Sauf ceux de Christopher, ai-je remarqué en me retournant pour vérifier. Il dormait toujours profondément.

M. Greer a réglé l'alarme de sa montre.

— C'est à vous, Whitney.

— Comme sujet, j'ai choisi..., a-t-elle commencé d'une voix chantante et suave, pas du tout celle qu'elle a pour me dire d'aller me faire voir. J'ai choisi d'expliquer pourquoi je ne pense pas que les critères de la beauté féminine sont placés trop haut dans notre civilisation occidentale. Beaucoup de femmes se plaignent que la mode et le cinéma donnent une image de notre corps qui nuit à un grand nombre de jeunes filles et de femmes plus âgées. Elles voudraient qu'on montre davantage de femmes aux mensurations « normales ». Moi, je trouve ça ridicule !

Whitney a rejeté en arrière une mèche de ses longs cheveux blonds – teints, à en croire ma petite sœur, Frida, qui s'y connaît en la matière. Elle a ouvert ses grands yeux bleus qui brillaient d'indignation et a poursuivi :

— Je ne vois pas en quoi la confiance en soi des femmes serait entamée parce qu'on affirme que la beauté, c'est d'abord d'avoir un poids sain. C'est-à-dire, d'après les calculs scientifiques, un indice de masse corporelle inférieur à 24,9. Si certaines femmes sont trop paresseuses pour faire du sport et préfèrent rester toute la journée assises devant des *jeux vidéo*, c'est leur problème. Mais ce n'est pas une raison pour jalouser celles parmi nous qui prennent soin de leur corps et pour les accuser de correspondre à des critères de beauté macho ou impossibles… Surtout que nous sommes quand même nombreuses à prouver que ce n'est pas impossible du tout.

J'en suis restée bouche bée. J'ai regardé les autres dans la classe pour voir s'ils étaient aussi estomaqués que moi. C'était *ça*, le sujet de Whitney, pour lequel M. Greer nous donnait deux minutes ? Que les femmes normales devraient arrêter de s'insurger contre un idéal de beauté incarné par des actrices et des mannequins filiformes ?

Apparemment, j'étais la seule à ne pas comprendre. À en juger par tous les regards (ceux des garçons en tout cas) posés sur les seins pointus de Whitney… Pointus et fermes, il est vrai.

— Si c'était mal de vouloir ressembler à Nikki Howard, par exemple, a continué Whitney en citant le nouveau mannequin idole des jeunes, est-ce que les femmes dépenseraient chaque année trente-trois milliards de dollars pour perdre du poids, sept milliards en produits cosmétiques et trois cents millions en chirurgie esthétique ? Bien sûr que non ! Elles ne sont pas si bêtes ! Elles savent bien qu'avec un peu d'efforts – et d'accord, avec un peu d'argent aussi – elles peuvent être aussi séduisantes que… que *moi*, par exemple.

Whitney a rejeté ses longs cheveux en arrière et a poursuivi :

— *Certaines* personnes – à savoir *Emerson Watts*, insinuait le regard qu'elle a coulé dans ma direction – me jugeront prétentieuse parce que j'ose dire que je suis jolie. En vérité, être belle, ce n'est pas seulement mesurer un mètre soixante-quinze et porter du 36. Le plus important pour une fille, c'est d'avoir de l'assurance… Et je crois que je n'en manque pas !

Whitney a haussé les épaules d'un air innocent. Tous les garçons – et la moitié des filles – ont soupiré, les yeux pleins d'admiration. J'ai pivoté sur ma chaise et j'ai vu avec satisfaction que Christopher, dans son sommeil, laissait aller sa tête en avant. Au moins un – sur quatorze – qui n'était pas en danger.

Je me suis retournée juste au moment où Whitney concluait :

— En fait, contrairement à ce qu'on nous raconte sur cet idéal de beauté inaccessible et les jeunes filles qui se laissent mourir de faim pour être minces, c'est l'obésité qui tue les femmes dans ce pays, et là, on peut vraiment parler de fléau !

Toute la classe a acquiescé d'un hochement de tête, comme s'il y avait quelque chose à approuver dans le discours de Whitney. Alors que ça ne tenait pas debout. En tout cas, à mes yeux.

— Bon, a-t-elle ajouté. J'ai fini. Ça fait deux minutes, non ?

Pile à ce moment, la montre a sonné sur le bureau de M. Greer.

— Deux minutes exactement, a-t-il constaté d'un air rayonnant. Bravo, Whitney.

Elle a minaudé encore un peu et est retournée à sa place. Voyant que personne ne disait rien, comme d'habitude, j'ai levé le doigt.

— M. Greer ?

— Oui, Miss Watts ?

— Je croyais que le but de l'exercice, c'était de convaincre un auditoire en fournissant des chiffres et des statistiques.

— J'en ai donné, s'est défendue Whitney en s'asseyant.

— Oui, mais seulement pour complexer encore plus les filles de cette classe qui ne sont pas aussi minces et aussi parfaites que Nikki Howard. Pourquoi ne dis-tu pas la vérité, à savoir qu'on ne lui ressemblera jamais, même avec des efforts et en dépensant tout l'argent du monde ?

La sonnerie a retenti à ce moment-là, longue et stridente. Déjà ? Je n'avais pas vu le temps passer, ou alors je m'étais assoupie plus longtemps que je ne le pensais.

Tout le monde s'est levé d'un bond pour changer de salle.

— Tu es jalouse, c'est tout, m'a lancé Lindsey.

— Absolument, a renchéri Whitney en passant ses mains sur ses longues cuisses fines. En tout cas, tu as raison sur un point : même en essayant jour et nuit, tu n'auras jamais *mon* look.

Et elle est sortie en riant, avec dans son sillage Lindsey qui pouffait aussi. Je suis restée plantée là avec M. Greer. Et avec Christopher.

— Vous pourrez poursuivre ce débat la semaine prochaine, Emerson, a gentiment déclaré M. Greer. Nous ferons une séance questions-réponses.

Je l'ai foudroyé du regard.

— Merci, M. Greer.

Il a haussé les épaules d'un air gêné. J'ai regardé Christopher, qui émergeait péniblement du sommeil.

— Toi aussi, merci. Tu m'as vraiment soutenue !

Christopher a cligné des paupières et s'est frotté les yeux.

— J'ai écouté ton discours en entier, a-t-il protesté.

— Ah bon ? ai-je fait en levant un sourcil. C'était quoi, le sujet ?

— Euh… J'ai oublié.

Il a souri d'un air espiègle.

— Mais ça parlait de petites culottes. Et de dinosaures phosphorescents.

J'ai secoué la tête, accablée. Parfois, je me dis que le lycée a été inventé pour soumettre les ados à une sorte d'épreuve. Histoire de tester nos capacités à affronter la vraie vie ensuite.

Et moi, j'ai l'impression que je ne suis pas de taille.

2

On pourrait penser que je trouve un peu de répit le week-end. Sans avoir à supporter toutes les Whitney Robertson qui sévissent en ce monde.

Le problème, c'est que ma petite sœur est en train d'en devenir une. Parfaitement. Une Whitney.

Bon, elle n'a pas encore atteint le niveau de la Super Peste. Pas encore. Mais elle y travaille. C'est ce que j'ai compris avec horreur samedi matin, au petit déjeuner, quand maman a annoncé que je devais l'accompagner à l'inauguration du Stark Megastore parce que, à quatorze ans, Frida est encore « trop jeune pour faire ce genre de choses toute seule ».

Remplacez « jeune » par « stupide », ce sera plus proche de la vérité.

Non que Frida soit mentalement diminuée, pas du tout. Comme moi, elle s'est qualifiée pour recevoir une bourse d'études du lycée de Tribeca à New York.

Mais c'est une Whitney Robertson potentielle... Ou plus exactement, un futur membre des Morts-Vivants. C'est le terme que Christopher et moi avons inventé pour décrire nos camarades de classe qui veulent être populaires au lycée. Comme les morts-vivants, ils n'ont ni âme ni personnalité. Mais, techniquement parlant, ils sont vivants.

Cependant, vu qu'ils n'ont aucun intérêt propre (ou, s'ils en ont, ils les étouffent pour se couler dans le moule) ni aucun goût particulier pour quoi que ce soit, sauf pour faire ce qui est bien vu par les autres, ce sont des zombies.

On peut ranger la majeure partie des élèves du lycée de Tribeca dans la catégorie des Morts-Vivants.

C'est assez effrayant de voir sa propre sœur se transformer en un Mort-Vivant. Malheureusement, on ne peut pas faire grand-chose pour l'en empêcher. À part essayer le plus possible de lui faire honte en public.

Ce qui explique pourquoi Frida n'était pas ravie de devoir se rendre avec moi à l'inauguration du Stark Megastore. (Pour ma sœur, c'est ma mère qui a eu le choix du prénom, et Frida est un hommage à Frida Kahlo. Ma mère est prof de sociologie à l'université de New York, où elle enseigne l'histoire des femmes, et Frida Kahlo était une féministe mexicaine connue pour ses autoportraits, dans lesquels elle se peignait avec d'épais sourcils non épilés et une moustache.)

Bref, ma sœur a boudé.

— Maman ! Je n'ai pas envie d'y aller avec Emerson. Elle va *tout* gâcher !

Ma mère a levé les yeux au ciel, comme chaque fois que Frida sort le grand jeu.

— Elle ne va rien gâcher du tout, a-t-elle dit. Et je ne veux pas que tu rentres seule à la maison.

— Mais c'est à CENT MÈTRES d'ici ! a protesté Frida.

Ma mère est restée intraitable. Les habitants du quartier ont manifesté plusieurs fois devant le nouveau Stark Megastore, même avant qu'il ne soit construit, parce qu'ils ne voulaient pas d'un énorme magasin à la place du petit marchand de fruits et légumes qui occupait ce coin de rue depuis longtemps. C'est là que ma mère se fournissait, plutôt qu'au supermarché voisin où les produits ne sont pas toujours frais. Quant à l'épicerie fine un peu plus loin sur Broadway, c'est beaucoup trop cher.

Mais malgré les manifestations, les pétitions, le sabotage du chantier dont ont été accusés les écologistes du Front de la lutte pour l'environnement (je jure que je n'y étais pour rien, quoi qu'en pensent mes parents) et les menaces de boycott, le marchand de fruits et légumes a dégagé et un Stark Megastore s'est installé pour vendre sur trois étages CD, DVD, jeux vidéo, matériel électronique et livres (dans le rayon le plus mal fichu et le plus inaccessible). Ce qui, au passage, mettra en faillite les autres petits commerces du quartier, incapables de faire le poids face aux opérations de discount, aux prix hyper compétitifs de la grande distribution...

... et aux gros coups de pub comme l'inauguration magistrale de ce soir, avec buffet gratuit, boissons à volonté et artistes en live à tous les étages. À quoi s'ajoute, bien sûr, la possibilité d'obtenir l'autographe d'une célébrité sur un CD.

Raison pour laquelle Frida tenait absolument à y aller.

Contrairement aux autres membres de sa famille – et aux habitants du quartier –, Frida était *super contente* de l'ouverture du nouveau Stark Megastore. À deux pas de chez elle, vous vous rendez compte ? Le petit marchand de fruits et légumes s'était rabattu de l'autre côté de l'East Village, bien trop loin pour qu'on puisse s'y rendre à pied, et on mangeait maintenant de la salade de supermarché, mais elle s'en fichait complètement.

— Je ne risque rien ! a insisté Frida pour tenter de convaincre ma mère. Je ferai attention aux manifestants écolos, je mettrai même mon casque à vélo, s'il le faut…

Ma mère a encore levé les yeux au ciel.

— Ce ne sont pas les écologistes qui m'inquiètent, Frida. C'est Gabriel Luna.

Les joues rondes de Frida sont devenues rouge vif. (Non, je ne me moque pas. Ma sœur a vraiment un visage tout rond. Et des cheveux châtains raides comme des baguettes, des yeux marron, une taille et un poids moyens, et elle chausse du 39. C'est ce que la génétique nous a donné à toutes les deux. Comme elle a donné à Whitney des pommettes saillantes et tout le reste qui est parfait.)

— Maman ! Il a vingt ans ! Tu parles qu'il va s'intéresser à une gamine comme moi.

Ça, c'est ce qu'elle a dit. Mais ses yeux exprimaient autre chose… Elle s'imaginait sincèrement que Gabriel Luna tomberait fou amoureux d'elle quand il lui signerait un autographe sur son CD. Je le savais bien, moi. J'ai eu quatorze ans, figurez-vous, il y a à peine deux ans et demi.

— Alors, je ne vois pas où est le problème si ta sœur t'accompagne, a répliqué ma mère. Au cas où.

— Au cas où *quoi* ? a demandé Frida.

— Si jamais Gabriel Luna t'invite à une soirée dans son appartement grand standing construit sur le toit de son immeuble.

C'est exactement ce que Frida espérait. Mais elle ne l'aurait jamais avoué. Elle s'est contentée de répondre sur un ton méprisant :

— Gabriel Luna n'a pas un appartement grand standing. Il n'est pas prisonnier de sa célébrité.

J'ai éclaté de rire. Frida m'a foudroyée du regard.

— Si, c'est vrai ! s'est-elle écriée. Il habite un studio, dans un quartier tout à fait banal. Il n'a rien d'une star fabriquée de toutes pièces par l'industrie musicale. C'est un authentique chanteur-compositeur. Et même s'il a un succès fou à Londres, il n'est pas du tout connu ailleurs.

— Sauf par les lectrices de *CosmoGirl*, lui ai-je fait remarquer. Tu récites l'article qui est paru sur lui le mois dernier. Rien que le titre, déjà. « Gabriel Luna n'est pas prisonnier de sa célébrité ! »

— Comment tu le sais, toi ? a demandé Frida, sarcastique. Je croyais que tu ne lisais jamais les magazines pour ados. Que tu t'intéressais seulement aux revues de jeux vidéo comme *Electric Gaming Monthly*.

J'ai soupiré.

— Exact. Mais, quand j'ai fini de le lire et que tout ce qui reste c'est *CosmoGirl*, je n'ai pas trop le choix.

— Maman ! a hurlé Frida.

Elle trouvait vraiment dommage que Stark ait fixé le jour de l'inauguration le dernier week-end de septembre, parce qu'il faisait encore beau et que toutes ses copines des Morts-Vivants étaient *obligées* de partir en famille dans leurs résidences secondaires de Long Island. Elles avaient invité Frida, bien sûr.

Mais pour rien au monde ma sœur n'aurait manqué l'occasion de rencontrer une célébrité en chair et en os – même une qui n'habitait pas un appartement grand standing.

— Em va tout gâcher, maman ! a-t-elle répété. C'est une intello coincée, tu comprends ? Et encore, intello, ce n'est pas si grave. Mais elle est *vraiment* bornée ! Elle ne fait que jouer à ses jeux vidéo débiles avec Christopher, bouquiner et regarder des documentaires à la télé. Je parie qu'elle va dire un truc méchant à Gabriel Luna, et je ne saurai plus où me mettre.

— Sûrement pas, ai-je fait mine de m'indigner tout en mordant dans une gaufre que je venais de sortir du micro-ondes.

— Si ! Tu es toujours méchante avec les garçons.

— C'est faux ! Cite-moi une seule fois où j'ai été méchante avec Christopher.

— Évidemment, a dit Frida en levant les yeux au ciel. Christopher Maloney, c'est ton petit ami. De toute façon, je parlais de garçons *mignons*.

C'était une remarque tellement malveillante que j'ai failli m'étrangler avec ma gaufre. Surtout que Christopher Maloney n'est *pas* mon petit ami. Il m'est arrivé de *souhaiter* qu'il le soit, c'est vrai. Et pas seulement mon *petit* ami, d'ailleurs. Mon meilleur ami.

Mais Christopher n'a jamais cherché à passer d'une amitié purement platonique à autre chose. En fait, je me demande s'il a vraiment conscience que je ne suis pas un garçon. Bon, d'accord, je dois reconnaître à sa décharge que je ne suis pas particulièrement féminine. J'aimerais bien l'être davantage mais, les deux ou trois fois où j'ai essayé de me mettre de l'eye-liner, Frida a éclaté de rire et m'a dit de l'enlever tout de suite. Et elle riait tellement que je me suis exécutée.

J'imagine que, pour une fille, ce n'est pas ordinaire d'avoir un garçon pour meilleur ami. En vérité, je n'ai pas de *copine* depuis la fin de l'école primaire. Petit à petit, les autres filles ont cessé de m'inviter, parce que c'était toujours tellement... *bizarre*. On n'avait rien en commun, elles et moi. Je voulais toujours jouer à des jeux vidéo, alors qu'elles préféraient leur espèce de jeu de la vérité. (Avec des questions du genre : « Est-ce que c'est vrai que tu es amoureuse de Christopher mais qu'il ne le sait pas, et donc tu racontes à tout le monde que vous êtes seulement amis ? Tu veux qu'on lui explique ce que tu éprouves vraiment pour lui ? Ce n'est pas un problème, et ça nous ferait plaisir de te rendre service... »)

Vous voyez le tableau ?

Du coup, j'ai raconté à ma mère que je préférais rester à la maison et lire.

Ça, c'est l'avantage d'avoir des parents profs. Ils comprennent. Parce qu'eux aussi préfèrent souvent rester à la maison et lire.

Mais, avec Christopher, ce n'était pas pareil. Dès le premier jour, quand il est arrivé dans notre immeuble et que je l'ai vu à côté de son camion de déménagement, j'ai su qu'on s'entendrait bien.

Parce qu'il y avait tout un tas de cartons marqués « jeux vidéo Chris » et que c'était exactement ceux que j'aimais.

Résultat, depuis que Christopher habite à côté, tout le monde le prend pour mon petit ami parce qu'on passe beaucoup de temps ensemble. Mais ce n'est pas vrai, hélas ! Qu'il est mon petit ami.

Quoi qu'il en soit, la remarque de Frida m'a vexée. Si on se limite aux critères des Morts-Vivants, évidemment, Christopher n'est pas « mignon ». Même s'il est grand, blond et a des yeux bleus (indispensable pour les M.-V.). Sauf qu'il a décidé de se laisser pousser les cheveux jusqu'à ce que son père craque – histoire de tester le Commandant, comme il l'appelle –, et maintenant ils lui descendent plus bas que les épaules.

Et puis, il ne passe pas quatre heures par jour à soulever des poids, et ne se promène pas non plus en roulant des mécaniques comme Jason Klein, le copain de Whitney.

Mais ce n'est pas parce que Christopher ne correspond pas au modèle type des M.-V. qu'il n'est pas mignon.

— Tu es sympa ! ai-je répondu à Frida avec mauvaise humeur. Tu n'as qu'à lui dire que tu le trouves moche, la prochaine fois que tu lui demanderas de t'aider à défragmenter ton disque dur.

— Ses cheveux sont plus longs que les miens, a marmonné Frida entre ses dents. De toute façon, toi non plus tu n'as pas été sympa avec Jason Klein, hier à la cafétéria. Tu lui as crié devant tout le monde de se taire.

J'ai haussé les épaules, un peu mal à l'aise.

— J'étais énervée… D'ailleurs, il l'avait cherché. En plus, Christopher a toujours la possibilité de se couper les cheveux. Tandis que Jason… Qu'est-ce que tu peux trouver pour sa défense ?

— Tout ce qu'il a dit, c'est qu'il préférait la tenue des pom-pom girls en été, parce qu'en hiver, elles sont engoncées dans de gros sweats.

— C'est une remarque sexiste, a décrété maman.

J'ai jeté un regard triomphal à Frida. Mais elle ne renonçait pas facilement.

— Ce sont des sportives, maman ! Bien sûr qu'elles sont plus à l'aise en débardeur !

J'ai fixé ma petite sœur assise en face de moi à la table du petit-déjeuner.

— Tu veux être pom-pom girl l'année prochaine, c'est ça ?

Frida a pris une profonde inspiration.

— Je m'en fiche, je vais demander à papa. Je suis sûre qu'il me laissera aller toute seule à l'inauguration du Stark Megastore.

— Sûrement pas, a dit ma mère. Et ne va pas le réveiller maintenant. Il est rentré tard hier soir.

Mon père enseigne à l'université de Yale et habite à New Haven pendant la semaine. Il revient à Manhattan le week-end. C'est dur pour les couples de profs, quand ils ne sont pas nommés dans la même ville.

En revanche, pour Frida et moi, il y a quelques avantages. Comme mon père se sent coupable, il nous laisse faire tout ce qu'on veut. Par exemple, si Frida lui demandait la permission de partir en week-end à Atlantic City pour jouer au casino, il répondrait : « Mais oui, ma chérie, vas-y. Tiens, voilà ma carte bleue. Amuse-toi bien. »

Du coup, ma mère nous a encore plus à l'œil quand il est là. Elle sait très bien qu'il se laisse complètement manipuler par ses filles.

— C'est vrai ? a demandé ma mère. Tu veux être pom-pom girl ? Frida, il faut que nous ayons une petite conversation...

Et ma mère s'est lancée dans une diatribe contre la pratique phallocrate qui, jusqu'aux années 70, interdisait aux femmes l'accès aux sports dits « masculins ». En compensation, les pom-pom girls (ou cheer-leaders) ont été créées, c'est-à-dire que les filles ont été reléguées dans le rôle de supporters. Car, bien sûr, la femme n'est là que pour soutenir l'homme, pour l'encourager… Frida m'a jeté un regard noir qui signifiait : « Tu vas me le payer ! »

Je la soupçonnais de vouloir prendre sa revanche à l'inauguration du Stark Megastore.

Et je ne me trompais pas.

Sauf que les choses ne se sont pas passées tout à fait comme je l'imaginais.

3

Frida avait raison sur un point : Gabriel Luna était un *super* chanteur-compositeur.

Je dois avouer aussi que je l'ai trouvé très mignon. Pas du tout une star fabriquée de toutes pièces par l'industrie musicale, comme les autres chanteurs qui rendent Frida et ses copines hystériques.

Et puis, il n'avait pas de tatouages. Ni d'eye-liner sur les yeux comme ils en mettent tous maintenant. C'est ce qu'il m'a semblé, en tout cas, vu que la scène sur laquelle il chantait était quand même assez loin et qu'il y avait beaucoup de monde.

Il était même habillé normalement, en jean et chemise, avec des cheveux en broussaille un peu trop longs (mais beaucoup moins longs que ceux de Christopher), bruns, qui faisaient ressortir ses yeux très bleus (je me fiche pas mal de ses yeux, notez bien). En tout cas, ça allait. Les cheveux, je veux dire.

C'est surtout sa voix, avec son accent adorable, qui m'a plu. Une voix chaude, profonde – mais aussi douce et légère parfois – qui portait bien dans l'espace du Stark Megastore où avait été dressée la scène. Les gens qui se promenaient dans les rayons et remplissaient leurs paniers de CD à prix réduit ne pouvaient pas s'empêcher de s'arrêter pour l'écouter, tellement sa voix et sa présence captaient l'attention.

Quand il est arrivé sur scène, il a chanté le premier titre de son nouvel album. C'était agréable, entraînant, et je n'ai pas pu me retenir de bouger en rythme.

Enfin, discrètement, pour que Christopher ne le remarque pas. Sinon, il se serait moqué de moi.

Gabriel Luna a ensuite échangé sa guitare électrique contre une guitare acoustique. Et il a chanté assis sur un tabouret.

Là, je le reconnais, il n'y a pas que Frida qui s'est sentie défaillir. J'en ai presque oublié que je ne faisais pas partie de ces filles qui sont obsédées par la musique à la mode... Je crois même que, si on m'avait proposé à ce moment-là d'aller l'écouter dans un festival, j'aurais peut-être accepté.

Mais je me suis ressaisie quand j'ai fait la queue avec Frida pour faire signer un autographe sur son CD. Tout à coup, j'ai repris pied dans la réalité. On s'est retrouvées au milieu d'une cohue de filles de treize ou quatorze ans, toutes en jean taille basse à paillettes, exactement comme Frida, et toutes avec leur nom écrit sur un petit papier pour que Gabriel Luna rédige sa dédicace... avec leur numéro de portable. Au cas où il aurait envie de les appeler.

Je suis redescendue de mon nuage et j'ai commencé à m'énerver.

— Il ne te regarde pas, ai-je déclaré à Frida pendant qu'on faisait la queue. (Est-ce que j'ai précisé qu'elle était très longue ?)

— Mais si, a répondu Frida en agitant la main pour attirer l'attention de Gabriel Luna. Il a les yeux pile sur moi !

— Pas du tout, a corrigé Christopher.

C'est vraiment un bon copain, Christopher. Il nous accompagnait juste pour me soutenir moralement… et pour jeter un œil à la section électronique de Stark, qui sortait une nouvelle manette et un écran tellement grand qu'on ne s'abîmerait plus les yeux en jouant à des jeux de stratégie. Tout ça pour moins de cent dollars.

Christopher et moi, on est contre les magasins Stark Megastore pour des raisons éthiques… mais on est bien obligés d'assouplir un peu nos principes quand ils proposent des prix super réduits.

— C'est *elle* qu'il regarde, a dit Christopher en désignant un écran plasma suspendu au plafond.

On a levé les yeux et on a vu, sur un fond rose vif, Nikki Howard, vêtue d'une robe vaporeuse et juchée sur des talons aiguilles, qui dansait au rythme d'une musique rock.

Il y avait des dizaines – peut-être des centaines – d'écrans plats partout dans le magasin, et sur chacun d'eux Nikki Howard s'exhibait dans diverses tenues légères pour présenter aux clients la nouvelle gamme de vêtements et de produits de beauté qui seraient bientôt mis en vente dans les Stark Megastore du monde entier.

— Je suis sûr qu'il se demande si elle est nue sous sa robe, a ajouté Christopher en plaisantant.

— Gabriel Luna ne considère pas les femmes comme des objets sexuels, a répondu Frida avec raideur en détournant aussitôt les yeux de l'écran. Je le sais, je l'ai lu dans son interview pour *CosmoGirl*. Il aime les femmes pour leur intelligence.

J'ai failli avaler de travers ma boisson gratuite. Nikki Howard, intelligente !

Frida est passée immédiatement en mode défense.

— Bien sûr qu'elle est intelligente ! Vous connaissez beaucoup de mannequins de dix-sept ans qui ont signé autant de contrats que Nikki ? En plus, elle est partie de rien. De *rien du tout*. Mais vous, évidemment, ce n'est pas en jouant à vos jeux vidéo imbéciles que vous pouvez savoir ce genre de chose.

Comme d'habitude, Frida nous reprochait d'être complètement à côté de la plaque. On n'a pas tout entendu, heureusement, à cause des haut-parleurs qui diffusaient à fond la musique et du vacarme qui régnait dans le magasin bondé.

Il faut dire que tout le monde ne venait pas pour rencontrer Gabriel Luna. Un certain nombre de visiteurs étaient là, en fait, pour protester contre l'ouverture du magasin et semer la zizanie. Les agents de la sécurité sortaient les manifestants un par un. On les reconnaissait facilement à leurs treillis militaires... et aux pistolets de paintball qu'il dissimulaient sous leurs impers. Leurs cibles principales étaient les écrans plasma, et ils en avaient déjà maculé plusieurs (en des endroits stratégiques) avec de la peinture jaune.

Bref, c'était un peu la pagaille... Mais, pour ma petite sœur, toute cette excitation était une pure bouffée d'oxygène. Elle était aux anges, envoyait des textos à ses copines pour leur raconter ce qu'elles rataient et photographiait n'importe quoi avec son portable.

Ce qu'elle était justement en train de faire en pointant son appareil dans la direction de Gabriel Luna. Mais, comme on était encore bien loin du but, la personne à qui elle destinait cette photo ne distinguerait probablement qu'une vague chemise blanche. Tant pis.

— D'ailleurs, a-t-elle repris, Gabriel Luna a énormément d'aspirations spirituelles... et intellectuelles. Comme moi.

Je me suis à nouveau étranglée en buvant ma boisson.

— Si, c'est *vrai* ! s'est exclamée Frida. Même si je n'ai pas tout le temps le nez dans des bouquins de maths... Gabriel Luna pense aussi que ce qui compte chez une femme, c'est la taille de son cœur, pas celle de son soutien-gorge.

— Ben voyons, ai-je ricané. Il préférerait cent fois sortir avec une fille quelconque qu'avec Nikki Howard.

Christopher s'est esclaffé. (En fait, j'aurais bien aimé y croire, moi aussi.) Mais Frida n'a pas trouvé ça drôle du tout.

— Je ne suis pas une fille quelconque, a-t-elle répondu en me lançant un regard blessé.

— Frida... Je ne parlais pas de toi.

Mais c'était trop tard. Je l'avais vexée.

— Peut-être que toi, tu te juges quelconque, a ajouté Frida d'un air pincé. Mais ne ramène pas tout à ton cas personnel. Moi, au moins, je fais des efforts.

— Qu'est-ce que tu veux dire par là, exactement ?

— Mais regarde-toi, enfin !

J'ai baissé les yeux.

Bon, d'accord, je ne me balade pas en bikini avec des talons aiguilles et un bronzage artificiel comme Nikki Howard. Je ne suis pas non plus Whitney Robertson, avec ses jupes aguicheuses et sa lingerie en dentelle.

Mais pourquoi ne peut-on pas tout simplement s'habiller en jean, sweat à capuche et Converse ?

Frida ne s'est pas fait prier pour me fournir la réponse.

— Tu ressembles à un garçon ! Tu as peut-être un joli corps en dessous, mais personne n'en sait rien vu que tu le caches tout le temps dans des baggys. Et tes cheveux ? Il ne t'est jamais venu à l'idée d'en faire quelque chose, à part les attacher avec un chouchou ? Au passage, je te signale que c'est carrément dépassé. Moi, au moins, *j'essaie* de me mettre en valeur.

Je me suis sentie devenir écarlate sous les néons du Stark Megastore, qui n'aident pas d'ailleurs à embellir le teint. Se faire critiquer par sa petite sœur, c'est une chose...

... mais se faire critiquer devant le garçon dont on est secrètement amoureuse depuis la cinquième, c'en est une autre !

C'était quand même un comble, non ? Déjà que je ne voulais pas venir dans cet horrible magasin et que je me retrouvais à faire la queue pour attendre l'autographe d'un chanteur qui, d'accord, était mignon, mais dont j'avais à peine entendu parler jusqu'à ce matin ! J'aurais pu rester tranquillement à la maison avec Christopher pour essayer d'arriver au niveau soixante de *Journeyquest*. Moi qui vivais un enfer au lycée tous les autres jours de la semaine, il fallait en plus que je subisse *ça* !

— Excuse-moi..., ai-je dit, piquée au vif. Je ne savais pas que j'étais censée ressembler à une poupée Barbie idolâtrée par des fashion-victims de quatorze ans.

Christopher a ri encore.

— C'est vrai que ça craint, a-t-il fait remarquer.

De rouge de honte, je suis devenue rose de plaisir. Parce que Christopher m'approuvait. Il me soutenait.

Eh oui. J'en suis là. C'est triste, mais c'est comme ça.

— Moi, je trouve qu'Em est pas mal, a-t-il ajouté.

Pas mal ! Christopher me trouvait « pas mal » ! Mon cœur s'est mis à battre plus vite. D'accord, on pouvait imaginer mieux comme compliment, mais, venant de Christopher, ça valait tous les « superbe » et tous les « ravissante » du monde. J'ai eu l'impression d'être morte et d'avoir franchi la porte du paradis.

Christopher en a même rajouté, en montrant l'écran plasma au plafond :

— Au moins, elle n'a pas l'air complètement surfaite, comme *elle*.

— Exactement, ai-je claironné à Frida.

Pas mal ! Christopher me trouvait *pas mal* !

Mais Frida n'écoutait pas.

— Nikki Howard est un phénomène ! a-t-elle déclamé. Du jamais-vu dans le domaine de la mode ! C'est l'un des plus jeunes top models à connaître un tel succès. Nikki et ses amis...

— C'est parti, ai-je soupiré en levant les yeux au ciel. Elle va nous sortir le discours des A.D.N.

— Les A.D.N. ? a demandé Christopher.

— Les Amis De Nikki. D'après le numéro de *CosmoGirl* du mois dernier, Nikki Howard explose toutes les cotes de popularité jamais atteintes par les C.P. L.C.

— Quoi ? Les C.P. L.C. ?

Christopher était complètement déphasé. Comme souvent dès qu'il ne s'agit pas de jeux vidéo ou d'informatique. C'est d'ailleurs pour cette raison qu'il me fait craquer, contrairement aux autres garçons du lycée de Tribeca.

— Les gens dont on parle tout le temps dans les médias, mais qui sont seulement Célèbres Pour Leur Célébrité.

Ils n'ont rien fait de particulier pour devenir célèbres. En réalité, ils n'ont aucun talent. Ils viennent de familles très riches, c'est tout. Comme par exemple le petit ami de Nikki, Brandon Stark. Tous les deux, ils n'arrêtent pas de rompre et de se remettre ensemble…

J'étais de bonne humeur maintenant, à cause du « pas mal » de Christopher, et j'ai pris une voix grave pour imiter un présentateur télé : « Dix-neuf ans, fils du milliardaire Robert Stark, le propriétaire de la chaîne de magasins Stark Megastore… » Il y a aussi : « La jeune Lulu, qui fait ses débuts à dix-sept ans sur la scène people, fille de Tim Collins… » Tu sais, Tim Collins, le réalisateur qui a adapté à l'écran *Journeyquest*…

Christopher en est resté bouche bée.

— Celui qui en a tiré ce film complètement nul ?

— Lui-même. Lulu est une A.D.N.

— Qu'est-ce que vous pouvez être méchants, tous les deux ! a dit Frida. Vous méprisez tout ce qui plaît aux gens normaux.

Christopher a fourré un sachet de petits gâteaux vide dans sa poche. Il avait fait une descente sur le buffet offert gratuitement par Stark et remplissait les poches de son jean avec les emballages. Le Commandant (son père) lui interdit de manger des cochonneries et de grignoter en dehors des repas à la maison.

— Ce n'est pas vrai, a-t-il rectifié. On ne méprise pas *Journeyquest*. En tout cas, pas le jeu. Mais le film était nul.

— À part ce jeu-là, vous n'aimez *rien* ! a répliqué Frida en boudant.

— Si, j'aime bien la musique, ai-je dit en remarquant que

les haut-parleurs diffusaient à nouveau la voix de Gabriel Luna. Enfin, ce qu'on entend en ce moment.

— Ah bon ? Alors, vas-y... Nomme un musicien célèbre que tu écoutes. Et pas un chanteur de métal qui vous hurle dans les oreilles !

— Un musicien célèbre ? ai-je répété en haussant les sourcils. Attends... Tchaïkovski ?

Christopher a éclaté de rire.

— Oui ! Mahler, aussi, il est pas mal.

— Trop difficile. Beethoven.

— Ah ! Lui, c'est le top, a dit Christopher en levant le poing, index et auriculaire détachés pour imiter les rockers. Beethoven, c'est mon Dieu.

— Je rêve, a gémi Frida en se prenant la tête entre les mains.

J'ai poussé ma sœur d'une bourrade que je voulais amicale.

— Ben quoi, Frida ! Tu as honte de nous ?

— Oui, a-t-elle murmuré. C'est vrai, vous me faites honte. Vous n'arrêtez pas de dénigrer tout ce qui est *normal*. Nikki Howard et ses amis, par exemple...

Vous n'allez pas me croire mais, pile à ce moment-là, Nikki Howard en personne est apparue devant nous, suivie d'un essaim de groupies.

Frida ne l'a pas remarquée tout de suite. Parce qu'elle était trop occupée à chercher des arguments pour défendre son idole.

— Toi qui est obsédée par le féminisme, a-t-elle continué, tu ne te rends pas compte que Nikki ne serait jamais arrivée à une telle réussite – c'est l'égérie des magasins

Stark, l'un des top models les plus riches au monde – si elle n'était pas féministe ?

— Ah non ? ai-je marmonné, stupéfaite de voir que celle dont on parlait se trouvait justement là, à quelques mètres.

— En plus, a poursuivi Frida, je ne vois pas comment tu peux te dire féministe alors que tu t'acharnes contre une autre femme. C'est vrai, quoi. Nikki est une fille comme les autres, tu devrais la soutenir au lieu de la critiquer !

Sauf que je voyais bien, de mes propres yeux, que Nikki n'était pas du tout une fille comme les autres, sans parler d'être une fille comme moi. Premièrement, elle me dépassait d'une tête (même sans ses talons de plus de dix centimètres, elle devait mesurer dans les un mètre soixante-quinze), et ensuite elle était tellement mince qu'on en aurait mis deux comme elle dans mon jean.

À part ça, elle avait de longs cheveux blonds soyeux qui lui descendaient jusqu'à la taille, parfaitement lisses et en place, alors même qu'elle traversait le magasin à toute vitesse – malgré les talons.

Le léger voilage qui lui tenait lieu de robe couvrait tout ce qu'il fallait, et pourtant je n'avais jamais vu de décolleté aussi profond, à part celui que portait Whitney Robertson l'année dernière pour la photo de classe. Comment Nikki faisait-elle pour empêcher les fines bretelles de glisser et ne pas se retrouver la poitrine à l'air ? Du scotch double face ? J'avais entendu parler de ce genre d'astuces, mais je n'avais jamais eu l'occasion de les voir mises en pratique.

C'était tant mieux, d'ailleurs (qu'elle ait eu recours au double face pour cacher ses seins, lesquels, sans être énormes, ne manquaient pas de volume, contrairement aux miens, et ne demandaient qu'à sortir du léger tissu), parce qu'elle tenait dans les bras ce qu'on prenait à première vue pour une boule de fourrure et qui était en fait un petit chien affolé par les lumières du magasin. Sans le double face, le chien se serait frayé un chemin et aurait été englouti tout entier sous la robe.

Frida continuait à m'accuser de porter atteinte à la cause féministe (tu parles !) sans s'apercevoir de l'agitation qui régnait tout autour. Bouche bée, les gens dans la file d'attente regardaient le super mannequin approcher avec son petit chien et les membres de sa suite : son agent, sans doute, ou une publicitaire quelconque (une femme rousse qui portait un attaché-case et parlait dans un téléphone portable connecté à une oreillette) ; son coiffeur (un homme vêtu d'une chemise de soie et d'un pantalon en cuir, prêt à intervenir avec une bombe de laque) ; et la tête de liste des A.D. N., Lulu Collins en personne, même âge, très jolie elle aussi dans un drapé en imitation peau de serpent, qui marchait dans le sillage de Nikki.

C'était comme au lycée, le matin, quand Whitney, Lindsey et les autres Morts-Vivants font leur entrée dans le couloir. Le monde entier s'arrête pour les suivre des yeux.

Et quand je dis le monde entier... Même Gabriel Luna, tout en continuant à sourire aux filles qui lui tendaient leur CD (et leur numéro de portable), surveillait Nikki du coin de l'œil.

Et même, je dois ajouter... Christopher.

C'est à ce moment-là que Frida, voyant Christopher immobile, la bouche ouverte, s'est retournée pour voir ce qu'il regardait.

Et qu'elle a complètement craqué.

— Oh ! C'est pas vrai ! C'est pas vrai ! C'est pas vrai ! s'est-elle écriée en s'éventant d'une main (l'autre main tenant toujours son portable) comme si elle était sur le point de s'évanouir. C'est elle ! C'est ELLE !

— Tu sais quoi, Frida ? a fait remarquer Christopher. Ton Gabriel Luna est peut-être un garçon sensible et intelligent, mais il lui mate *sérieusement* la poitrine.

— Ce n'est pas le seul, apparemment, ai-je marmonné en constatant (à mon grand dam) que le regard de Christopher se portait dans la même direction.

Christopher est devenu rouge comme une tomate. Sans pour autant détourner les yeux.

Et, tout d'un coup, l'idée d'être « pas mal » ne m'a plus procuré aucun plaisir.

— Oh là là, c'est pas vrai ! a répété Frida en me serrant le bras. Il y a Lulu Collins aussi. Il faut absolument qu'elles me signent un autographe toutes les deux !

Mais, à ce moment précis, la file d'attente qui jusqu'ici avait semblé progresser à la vitesse d'un escargot nous a amenés quasiment devant Gabriel Luna. L'autographe tant attendu se trouvait là, à portée de main. Et surtout, Gabriel Luna était là, si proche qu'on pourrait bientôt le TOUCHER.

Comprenez-moi bien. Je n'avais pas la moindre intention de lui sauter dessus ni de m'accrocher à sa chemise. Je dis seulement que j'aurais pu le faire si je l'avais voulu.

De près, il était encore plus beau. Je confirme qu'il n'avait ni tatouages ni eye-liner. Ses yeux étaient *vraiment* bleus, d'un bleu saisissant.

Et ces yeux bleus magnifiques, loin de se poser sur moi, étaient toujours scotchés sur Nikki.

— Frida…

J'étais incapable de détacher mon regard de Gabriel Luna, comme lui ne pouvait pas détourner le sien de Nikki Howard.

— Frida ?

Mais ma petite sœur ne m'a pas répondu. Quand je me suis enfin arrachée à ma contemplation de Gabriel Luna, j'ai vu qu'elle avait quitté la queue et partait dans la direction de Nikki… Ce n'était pas son intention, pourtant. Mais elle ne pouvait apparemment pas résister à la force d'attraction qu'exerçait sur elle une pareille célébrité. Un peu comme Leander, quand il suit le rayonnement de la bague d'Ashanti et franchit la porte du château des Ombres dans le film *Journeyquest* (qui est nul).

— Frida ? ai-je appelé.

J'ai alors remarqué que Gabriel Luna avait enfin décollé ses yeux de Nikki et me regardait d'un air intrigué.

— Bonjour, ai-je dit d'une petite voix.

— Bonjour, a-t-il répondu.

Il a souri.

Et là – je ne plaisante pas –, c'était comme si je venais d'atteindre un autre niveau dans *Journeyquest*. Non, encore mieux… Comme si je me réveillais un matin et que j'entendais ma mère me dire : « Devine ! Tu ne vas pas au lycée aujourd'hui, il y a une tempête de neige. » Sérieux. C'est l'effet que m'a fait ce sourire. J'ai ressenti un plaisir *physique*.

Ce qui est bizarre, puisque je venais d'éprouver un sentiment comparable quelques minutes à peine auparavant, en entendant Christopher déclarer qu'il me trouvait « pas mal ». Vous savez quoi ? Je ne dois pas être claire avec les garçons.

Évidemment, j'étais incapable de prononcer le moindre mot. Et, évidemment, je suis restée plantée là, bouche ouverte, à me demander comment quelqu'un d'aussi beau pouvait être une personne réelle et pas un produit de l'animation numérisée.

— Comment tu t'appelles ? a-t-il demandé avec une intonation adorable.

— Euh...

Oh non ! Il me parlait, à *moi*. Que devais-je répondre ? Pourquoi est-ce que je me retrouvais dans cette situation ? Où était donc passée Frida ?

— Em.

— Em ?

Gabriel Luna souriait toujours.

— C'est le diminutif d'Émilie ?

— Euh...

Qu'est-ce qui m'arrivait ? D'habitude, je n'étais pas du tout intimidée par les garçons mignons. Il faut dire que, d'habitude, tous les garçons mignons que je rencontrais – à part Christopher, bien sûr – étaient de petits machos prétentieux à qui il fallait rabaisser le caquet. Pas de jeunes dieux à la voix douce et aux yeux bleus qui me faisaient chavirer les sens.

— Non...

— Tu ne veux pas que je t'écrive quelque chose sur un CD ? a-t-il continué en s'étonnant de me voir les mains vides.

Oh non...

— Attendez..., ai-je dit, le cœur battant. C'est ma sœur qui...

J'ai pivoté pour aller chercher Frida et je me suis heurtée à Christopher, qui fixait toujours Nikki. Sauf qu'il avait l'air inquiet, maintenant.

— Em, a-t-il soufflé. Regarde...

La suite m'a fait l'effet d'un rêve. Ou plutôt d'un cauchemar.

Ma sœur s'est approchée de Nikki Howard et, au même moment, un homme qui se tenait debout non loin a écarté les pans de son imperméable.

J'ai alors aperçu un tee-shirt à l'emblème de la Lutte pour l'environnement... et un pistolet de paintball. Un agent de la sécurité l'a repéré aussi et a attrapé Nikki par le poignet pour la tirer vers lui. L'homme-paintball a levé son arme, visé l'écran plasma juste au-dessus et aspergé de jaune la robe de Nikki à l'écran. On aurait dit qu'elle s'était renversé de la moutarde en mangeant un hot-dog, accident qui m'arrive assez souvent, je dois dire.

Et, tout d'un coup, l'un des câbles de l'écran plasma suspendu au plafond s'est cassé. Puis l'autre...

Pile au-dessus de ma sœur Frida qui tendait son stylo à Nikki pour avoir un autographe !

Mon cœur a fait un bond dans ma poitrine.

— Frida ! Écarte-toi ! ai-je crié.

Et je me suis précipitée pour la pousser, juste au moment où le dernier câble de l'énorme écran lâchait.

On a entendu le claquement du métal, malgré la musique que déversaient à fond les haut-parleurs.

L'écran est tombé.

Sur moi.

Et – comme dans *Journeyquest* quand je fais une erreur et que mon personnage perd une vie – tout est devenu noir.

4

Des images. C'est ce que j'ai vu ensuite.

Ou plutôt des formes qui flottaient dans l'espace, comme ce qu'on distingue quand on a mal à la tête et qu'on appuie sur ses paupières.

Je les ai observées en me demandant de quoi il s'agissait. On aurait dit des algues grossies au microscope... Non, ça ressemblait aux cheveux de Christopher, comme la dernière fois qu'on était allés à la piscine avec la classe et que je l'avais espionné sous l'eau.

Mais... Qu'est-ce que je faisais à la piscine ? J'étais tombée à l'eau ? Pourtant je n'étais pas mouillée. En tout cas, je n'avais pas l'impression de l'être...

Si je n'étais pas mouillée, comment pouvais-je alors voir les cheveux de Christopher sous l'eau ? Peut-être que mes yeux n'étaient pas ouverts. Est-ce que mes yeux étaient fermés ou ouverts ? Et pourquoi est-ce que je n'arrivais pas à bouger la main pour me tâter le visage ? Ma main était si lourde...

Pourquoi étais-je si fatiguée ?

Si fatiguée...

J'ai entendu des voix. Les voix disaient quelque chose. Quoi ? Je ne comprenais pas. J'étais trop fatiguée pour comprendre. Qui parlait ainsi ? Pourquoi ne me laissait-on pas *dormir* ?

Mais... C'était la voix de ma mère. C'était ma mère qui parlait. Ma mère et... qui ? Mon père. Mon père et ma mère étaient en train de me dire quelque chose et... Ils voulaient que je me réveille. Pourquoi est-ce que je ne pouvais pas continuer à dormir ?

Je savais que j'aurais dû les écouter – quand ma mère nous donne un ordre, on lui obéit toujours, Frida et moi. Enfin, pas forcément tout de suite, mais à un moment ou à un autre.

Mais je ne pouvais pas bouger. J'avais l'impression qu'on m'avait changée en statue de pierre. Je voulais continuer à dormir, dormir...

La voix de ma mère est devenue insistante.

— Em ! Si tu m'entends, ouvre les yeux ! Ouvre les yeux ! Rien qu'un tout petit peu...

Mais je connaissais la ruse. Dès que ma mère me saurait réveillée, elle m'obligerait à me lever et à vider le lave-vaisselle, à aller au lycée ou je ne sais quoi encore d'aussi peu enthousiasmant. Je n'allais pas me faire avoir.

— Em ! Je t'en prie ! Ouvre les yeux !

Elle semblait bouleversée. Et si l'appartement était en feu... J'ai songé que je devrais peut-être obéir. Ouvrir les yeux, à peine, juste pour voir ce qu'elle voulait.

— Em, je t'en prie...

Il y avait des larmes dans sa voix. Je ne voulais pas faire pleurer ma mère. Ça non, jamais.

Bref, j'ai essayé d'ouvrir les yeux. J'ai *vraiment* essayé. Mais je n'ai pas réussi... Impossible.

Mes yeux ne s'ouvraient pas.

J'ai entendu ma mère pleurer, et mon père qui tentait de la consoler en murmurant : « Ne t'inquiète pas, Karen. »

— Dans de telles circonstances, a dit une voix d'homme que je ne connaissais pas, il n'est pas rare que...

Je n'ai pas entendu la suite parce que je me concentrais tout entière sur mes yeux pour essayer de les ouvrir. Mes paupières pesaient une tonne, et je ne parvenais pas à les soulever. Je n'en avais pas la force.

J'ai alors voulu ouvrir la bouche pour dire à ma mère de ne pas pleurer, pour lui assurer que tout allait bien, que j'étais juste très fatiguée. Si on me laissait seulement me reposer encore un peu...

Mais je me suis aperçue que je ne pouvais pas non plus ouvrir la bouche.

J'ai eu peur. Pas pendant très longtemps, parce que j'étais vraiment trop fatiguée et que j'avais surtout envie de dormir. Je me suis dit que j'expliquerais plus tard à ma mère pourquoi je n'avais pas fait ce qu'elle me demandait... J'expliquerais tout plus tard, mais, pour l'instant je devais absolument dormir. Il fallait que je reprenne des forces. Tout irait beaucoup mieux après...

Enfin, j'ai réussi à ouvrir les yeux. Pas parce que quelqu'un m'appelait. Ni parce que j'en avais assez de contempler des algues derrière mes paupières. Mes yeux se sont ouverts, tout simplement...

Ils se sont ouverts tout seuls.

Mais à ce moment-là, quand j'ai regardé autour de moi, je me suis rendu compte avec étonnement que je n'étais pas dans une piscine, ni chez moi, mais dans un lit d'hôpital.

Je l'ai compris parce que, même s'il faisait assez sombre – ce devait être la nuit –, je ne reconnaissais rien. Les murs étaient beige, pas blanc éclatant comme les murs de ma chambre que j'avais badigeonnés sur un coup de tête, un jour où je ne supportais plus notre appartement et son affreuse teinte coquille d'œuf.

Et tous mes posters avaient disparu, y compris celui de *Journeyquest* – oui, je sais, le film est nul, mais j'adore l'affiche. Et aussi toutes les cartes postales que j'avais achetées au musée d'Art moderne quand on y était allés en sortie avec la classe. Au lieu de tout ça, je ne voyais partout que des fils et des tuyaux sortant de moi, reliés à des machines qui ronronnaient doucement à côté de mon lit et faisaient entendre un petit bip de temps à autre.

Je n'ai pas eu trop peur parce que, à côté des machines, au chevet de mon lit, mon père était assis dans un fauteuil. Il dormait.

J'ai essayé de comprendre ce que je faisais dans ce lit, avec tous ces tuyaux. Je suis en excellente santé et je n'ai été soignée qu'une seule fois à l'hôpital, quand j'avais sept ans et que je me suis cassé le bras en faisant de la trottinette dans la cour de notre immeuble. Est-ce que j'étais encore tombée ? Je ne me souvenais pas d'avoir grimpé sur quoi que ce soit. Qu'est-ce qui avait bien pu m'arriver ? Je ne souffrais nulle part.

J'étais juste super, hyper fatiguée.

Mais mon père, lui, semblait vraiment mal en point. Il avait une barbe naissante, toute grise, comme s'il ne s'était pas rasé depuis très longtemps. (J'ai trouvé ça bizarre, puisque la veille, au dîner, ses joues étaient parfaitement lisses. Mais était-ce bien la veille ? Tout à coup, je n'étais plus sûre de me rappeler. Ce dîner – s'il avait eu lieu – me paraissait si loin.) Et sa chemise était froissée et toute tachée.

Franchement, mon père avait une mine épouvantable. Je me suis demandé pourquoi. Mais je ne voulais pas le réveiller pour l'interroger. Je ne suis quand même pas égoïste à ce point.

D'un autre côté... J'avais soif. Atrocement soif. Il me semblait que j'allais mourir de soif.

Il n'y avait personne nulle part. Je ne savais pas ce qui m'était arrivé mais, vu le nombre de fils et de tuyaux partout, ça avait l'air assez grave.

Si seulement je pouvais boire un peu, juste une gorgée. Je me rendormirais tout de suite et les questions seraient pour plus tard...

J'ai ouvert la bouche pour appeler mon père, mais il ne s'est rien passé.

Rien du tout. Quand j'ai voulu dire « papa », aucun son n'est sorti. J'ai réessayé plusieurs fois, et finalement je me suis entendue émettre une sorte de grognement.

— Papa ?

C'était une sonorité vraiment étrange. Je ne savais pas pourquoi. Peut-être que ma voix était rouillée parce que je n'avais pas parlé depuis un moment. Ou à cause de la soif.

Mon père a aussitôt relevé la tête et m'a regardée en ouvrant de grands yeux.

— Em... ? a-t-il demandé d'un air hésitant.

Je me suis éclairci la gorge et j'ai dit :

— Excuse-moi, mais...

De nouveau, la même sonorité bizarre. Qu'est-ce qui arrivait à ma voix ?

Mon père aussi a dû voir que quelque chose n'allait pas.

Les yeux toujours écarquillés, il s'est levé d'un bond en criant :

— Docteur ! Docteur !

Et il est sorti de la chambre en courant.

J'en ai déduit que je devais être plus gravement atteinte que je ne le pensais.

Mais j'étais trop fatiguée pour chercher à comprendre. Sans rire, je me sentais encore plus épuisée qu'en classe, pendant la première heure de cours. C'est tout dire. Évidemment, si je ne jouais pas à *Journeyquest* jusqu'à minuit avec Christopher, et si je ne passais pas le reste de la nuit à finir mes devoirs pour le lendemain, j'aurais sans doute moins de mal à me lever le matin...

Je voulais rester réveillée. Je le voulais vraiment. J'avais envie de savoir ce qui m'était arrivé, et pourquoi je me trouvais à l'hôpital. Et j'avais envie de boire...

J'ai eu beau lutter, j'étais incapable de garder les yeux ouverts une minute de plus. Je les ai fermés, en me disant que j'allais juste m'assoupir un peu jusqu'à ce que mon père revienne...

Mais, bien sûr, je me suis rendormie. Mmm, dormir... C'était trop bon.

Pourvu que je ne bave pas pendant mon sommeil. En même temps, dans un hôpital, personne ne serait choqué.

Quand j'ai rouvert les yeux, c'était le jour. Et ma mère était assise dans le fauteuil à la place de mon père. Elle a prononcé mon nom.

— Maman..., ai-je dit d'une voix ensommeillée.

J'étais encore super fatiguée.

— Je n'ai pas envie d'aller au lycée aujourd'hui...

En tout cas, c'est ce que j'ai essayé de dire. Est-ce que ce sont les paroles que ma mère a entendues ? Je ne pourrais pas l'assurer à cent pour cent, parce que je n'en étais pas certaine moi-même.

Au lieu de protester, ma mère a plaqué une main sur sa bouche et s'est mise à pleurer. À ce moment-là, j'ai pris conscience du fait qu'elle n'était pas seule dans la chambre. Mon père se tenait debout derrière le fauteuil, et il y avait aussi des gens en blouse blanche que je n'avais jamais vus.

J'ai pensé qu'elle pleurait à cause de ma voix. C'était toujours une voix bizarre... très aiguë.

Et aussi parce que je n'étais pas sûre d'avoir prononcé une phrase cohérente.

— Ma chérie..., a dit mon père.

Il avait une main posée sur l'épaule de ma mère et me regardait d'un drôle d'air... comme la fois où j'avais glissé sur le bord de la piscine, dans un hôtel à Disney World, et que je ne m'étais pas aperçue que je m'étais salement amoché le menton. Je saignais beaucoup mais, puisque je n'avais pas mal, je ne pleurais pas. Je n'avais même pas remarqué que je saignais, vu que j'étais mouillée.

— Tu nous reconnais ? Tu sais comment on s'appelle ?

Oh là là ! Je ne savais pas ce qui m'avait envoyé à l'hôpital, mais ça devait être grave.

— Oui, ai-je dit. Vous êtes mes parents. Daniel Watts et Karen Rosenthal-Watts.

Mes paroles résonnaient étrangement à mes oreilles, comme si j'avais du mal à articuler.

Peut-être est-ce pour cette raison que ma mère a fondu en larmes. C'était vraiment troublant. Je ne l'avais jamais vue sangloter comme ça avant. Même pas à la fin du film *Love Actually*, où elle pleure toujours comme une madeleine.

Mon père non plus n'avait sûrement jamais assisté à un tel débordement. Il a eu l'air complètement perdu.

— Tout va bien, Karen, tout va bien, a-t-il répété.

Heureusement, un des hommes en blouse blanche s'est approché de moi pendant que mes parents essayaient de se ressaisir.

— Bonjour, Emerson, m'a-t-il dit gentiment. Je suis le Dr Holcombe.

Je me suis éclairci la gorge. Mais ça ne servait à rien, en fait, parce qu'il n'y avait rien à éclaircir.

— Pourquoi ma voix est-elle bizarre ? ai-je demandé.

Le Dr Holcombe a sorti une lampe stylo de sa poche et m'a regardé les yeux.

— As-tu mal quelque part ? a-t-il interrogé.

Je me suis demandé s'il ne voulait délibérément pas me répondre ou s'il n'avait pas compris ma question. Ma voix était tellement étrange, je ne me comprenais pas moi-même.

Une autre blouse blanche s'est approchée. Une femme, cette fois, avec des cheveux bruns attachés en chignon.

— Bonjour. Je suis le Dr Higgins. Est-ce que tu peux bouger les doigts de pied, Emerson ?

J'ai dû faire un effort – j'étais encore tellement fatiguée – mais je me suis exécutée.

— Qu'est-ce qui m'est arrivé ?

— Regarde mon doigt, Emerson, a ordonné le Dr Holcombe. Et suis-le des yeux. Mais sans tourner la tête.

J'ai obéi. Je voyais très bien maintenant, et il n'y avait plus d'algues nulle part.

— Je sais que je suis à l'hôpital, ai-je dit. Mais à quoi servent tous ces tuyaux ? Et pourquoi est-ce que j'ai cette drôle de voix ?

— Suis toujours mon doigt, a ordonné le Dr Holcombe en continuant à m'ausculter les yeux avec sa lampe stylo.

— Peux-tu me serrer la main, Emerson ? a demandé le Dr Higgins.

Je lui ai serré la main.

— Excusez-moi..., ai-je commencé.

Puisque ma mère pleurait toujours et que mon père s'occupait de la réconforter, j'étais bien obligée d'adresser mes questions à ces médecins que je ne connaissais pas.

— J'ai manqué combien de jours d'école ?

J'étais en dernière année, quand même. Ce ne serait pas facile de me remettre à jour.

— Et qu'est-ce qui se passe avec ma voix ?

— Nous y viendrons plus tard, a dit le Dr Holcombe en éteignant enfin sa lampe-stylo. Chaque chose en son temps...

Il a remis la lampe dans la poche de sa blouse.

— Pour l'instant, tu dois te reposer. Tout va bien maintenant...

Il a regardé mon père et ma mère – toujours effondrés – et a détourné les yeux, un peu gêné.

— Tes parents se sont fait beaucoup de souci, mais ne t'inquiète pas... Si tu le souhaites, tu peux te rendormir.

J'avais encore sommeil, mais je stressais un peu pour le lycée. Chaque chose en son temps, avait-il dit. Ce n'était pas lui qui aurait une tonne de travail à rattraper !

Et pourquoi ne me répondait-on pas à propos de ma voix ?

La femme au chignon a tripoté les tuyaux autour de mon lit et, tout d'un coup, j'ai eu encore plus sommeil. J'ai fermé les yeux pour me laisser aller à une petite sieste.

Quand je les ai rouverts, c'était la nuit. Et le garçon le plus beau qu'on puisse imaginer était assis dans le fauteuil à mon chevet.

5

— Ah, tu es réveillée, a-t-il dit en voyant que je le fixais avec des yeux ébahis.

Et il a souri.

À ce moment-là, j'ai su exactement ce qu'on doit éprouver quand on atteint le niveau soixante de *Journeyquest* ! J'en avais du mal à respirer.

Je ne me suis même pas étonnée qu'une des machines à côté de mon lit se mette à biper furieusement, comme si elle faisait écho aux battements de mon cœur.

Le sourire du garçon s'est évanoui pour laisser place à une expression angoissée.

— Qu'est-ce qui se passe ! J'ai fait quelque chose ?

— Non, ne t'inquiète pas, ai-je répondu.

J'avais toujours cette voix bizarre, mais elle ne me tracassait plus, maintenant, parce que, même si ce superbe garçon était une hallucination, j'avais bien l'intention d'halluciner le plus longtemps possible.

Je lui ai souri aussi. J'étais soulagée que le bruit de la machine soit redevenu normal (c'était gênant, quand même !).

— Elles sont pour moi ? ai-je demandé en regardant le bouquet de roses rouges qu'il tenait à la main.

Comme si sa présence, déjà, n'était pas un cadeau suffisant. Il m'avait apporté des fleurs, en plus.

— Oh, a-t-il fait en baissant les yeux sur les fleurs d'un air distrait.

Il a posé le bouquet à côté de moi sur le lit.

— Oui... Tu te souviens de moi ? Gabriel Luna. J'étais à l'inauguration du Stark Megastore le mois dernier.

Je ne comprenais pas à quoi il faisait allusion. Je me rappelais vaguement être allée dans un magasin Stark, oui, et alors ? En tout cas, je me souvenais de *lui*. Du moins, je savais que je l'avais déjà vu quelque part. Ces cheveux noirs, ces yeux d'un bleu limpide... Oui, je les connaissais.

Mais je n'aurais pas pu leur associer un nom. Ni les images d'une rencontre.

Je n'arrivais pas à croire qu'un garçon aussi beau vienne me rendre visite à l'hôpital. Et qu'en plus il m'apporte des fleurs.

— Bien sûr que je me souviens de toi, ai-je menti.

— Tant mieux, a dit Gabriel en souriant à nouveau.

Cette fois, mon cœur n'a pas accéléré (Dieu merci), mais je l'ai senti fondre. Pas trop, cela dit. Parce que ce garçon – divinement beau, certes – n'était pas Christopher.

— J'avais peur que tu ne m'aies effacé de ta mémoire. C'est un jour que tu préférerais oublier, j'imagine...

Mais de quoi parlait-il ? Je n'en avais aucune idée. J'ai souri sans rien dire et j'ai caressé une des roses du bouquet.

C'est alors que j'ai remarqué, en voyant ma main...

... que ce n'était pas la mienne.

Enfin, si. Ma main était attachée à mon bras. Mais ce n'était pas... la même qu'avant. À la place de mes ongles courts et grignotés (je les ronge parfois jusqu'au sang), j'avais sous les yeux un superbe exemple de French manucure. Des ongles vernis de rose avec des extrémités blanches en arc de cercle.

Bizarre. Et mes doigts me paraissaient plus *minces*. Est-ce qu'on pouvait maigrir de la main ? J'imagine que oui, si on reste longtemps sans connaissance.

Combien de temps exactement, dans mon cas ?

D'un coup, j'ai compris : Frida avait profité de mon sommeil pour me coller en douce les faux ongles qu'elle menaçait toujours de m'acheter.

La voix de Gabriel m'a ramenée à la situation présente. Il me parlait.

— Tu as plutôt bonne mine. On raconte... toutes sortes de choses sur ton compte. Je ne savais pas à quoi m'attendre. Personne ne voulait me renseigner. Les visites sont interdites... J'ai dû me cacher des infirmières.

Ah ? Mais il était venu quand même ? C'était gentil...

— Comment te sens-tu ? a-t-il demandé avec une sollicitude vraiment sincère.

— Bien. J'ai un peu sommeil, mais...

— Alors, il faut que tu te reposes, a-t-il dit d'un air inquiet. Je ne voulais pas te réveiller.

— Non, non ! Ce n'est pas grave...

J'avais peur qu'il parte. Mon hallucination ! C'était trop beau, je voulais que ça dure encore un peu !

Mais j'avais quand même du mal à garder les yeux ouverts. Mes paupières tombaient toutes seules, malgré ma résistance, comme pendant le cours de M. Greer.

— Ne t'en va pas, ai-je dit.

Il avait posé la main sur mon lit, à quelques centimètres

du bouquet de roses. Et tout d'un coup, je ne sais pas ce qui m'a pris, je l'ai touchée du bout des doigts. Quoi ? *Moi*, toucher la main d'un garçon ? Surtout un garçon aussi mignon que Gabriel Luna. Jamais je ne m'étais assise tout près d'un garçon aussi mignon... À part Christopher. Mais je suis la seule à le trouver mignon...

Les autres – je veux dire Frida et les Morts-Vivants – ne partagent pas mon avis.

Cela dit, Christopher ne m'avait pas apporté de ROSES, lui. Il n'était pas venu me rendre visite à l'hôpital (vous croyez peut-être que je n'avais pas remarqué ?). Et il ne m'avait jamais caressé la main avec son pouce, comme Gabriel venait de le faire. Les rares fois où nos mains s'étaient effleurées, il avait retiré la sienne à la vitesse de l'éclair en pensant que c'était un accident (ben voyons).

De toute façon, j'étais en train d'halluciner... alors quelle importance ? J'allais juste m'entraîner à tenir la main d'un garçon, de sorte que, quand l'occasion se présenterait avec Christopher – et cela arriverait bien un jour, non ? *Non* ? –, je saurais quoi faire.

Dès que mes doigts sont entrés en contact avec ceux de Gabriel, il n'a plus semblé sur le point de partir. Une expression très douce s'est peinte sur son visage. Il a pris ma main dans la sienne et, tout en continuant ses petites caresses avec le pouce, il a dit de sa voix incroyablement chaude :

— Je vais rester jusqu'à ce que tu t'endormes.

Ça, c'était une bonne idée. Une super bonne idée.

En plus, tout à fait plausible dans le cas d'une hallucination. J'espérais seulement que Christopher, le moment venu, se montrerait à la hauteur.

J'avais pourtant l'impression qu'il manquait quelque chose pour que tout soit parfait. Dans mon scénario avec le garçon idéal, il faudrait que…

Mais oui, bien sûr !

— Tu veux bien me chanter… (Déjà, mes paupières se fermaient.)… la chanson que tu as chantée ?

Où ? Je ne comprenais rien à ce que je racontais. Tout ce que je savais, c'est que je l'avais entendu chanter… quelque part. J'en avais la certitude.

Il a souri.

— Tu m'as entendu ? Je croyais que tu étais arrivée après, au moment des autographes… Oui, je vais te la chanter.

De quoi parlait-il donc ?

Il a commencé à chanter, et je ne me suis plus posé aucune question.

Bercée par la mélodie, je me suis sentie glisser doucement dans le sommeil. Mais, juste avant de sombrer, j'ai entendu, comme venant de très loin, une voix qui ressemblait beaucoup à celle de la femme au chignon et qui disait :

— Qu'est-ce que vous faites là, vous ?

Et la chanson s'est arrêtée.

Mais je m'en fichais. Je dormais déjà.

Un garçon super beau qui s'appelait Gabriel Luna m'avait chanté une berceuse.

Un garçon super beau qui s'appelait Gabriel Luna m'avait offert des roses.

Un garçon super beau qui s'appelait Gabriel Luna m'avait tenu la main.

C'était un rêve, évidemment. Le plus beau rêve de ma vie. Si seulement un autre garçon était venu à la place de Gabriel Luna…

J'avais envie de ne jamais me réveiller.

Mais ça n'a pas été possible. De ne pas me réveiller, je veux dire.

Quand j'ai ouvert les yeux, il faisait de nouveau jour.

Et à côté de mon lit, dans le fauteuil, une fille me secouait par le bras en répétant :

— Nikki ! Nikki, réveille-toi ! ALLEZ, réveille-toi !

Quand elle a vu que j'avais les yeux ouverts, elle a soupiré.

— Ah ! Quand même ! Mais qu'est-ce qu'ils te donnent pour te faire dormir aussi profondément ? J'avais peur que tu ne sois dans le coma.

Je l'ai dévisagée sans rien dire, en clignant des yeux. J'avais vaguement le sentiment de la connaître, mais je ne savais pas comment. Est-ce qu'elle fréquentait le lycée ? Dans ce cas, pourquoi venait-elle me voir ? Elle était superbe – une peau parfaitement lisse, un teint de pêche, des cheveux blonds décolorés au look savamment décoiffé, et des clavicules saillantes qui laissaient imaginer le reste d'une silhouette sans une once de graisse.

Non, elle ne pouvait pas être au lycée, tout simplement parce que, au lycée, les filles superbes ne me parlent pas. Sauf pour se moquer de moi.

— Tu ne peux pas t'imaginer le temps que j'ai mis à trouver ta chambre ! Ils ont posté des gardes devant les ascenseurs pour empêcher les gens de monter, tu te rends compte ? C'est plus difficile de te voir que de réserver une table au *Pastis* un samedi soir.

Elle parlait à toute vitesse, d'une voix haut perchée.

— J'ai pris l'escalier et je me suis cachée dans les toilettes en attendant que la voie soit libre. Heureusement que j'avais un exemplaire de *US Weekly* avec moi. Je l'ai balancé sur le bureau des infirmières et je suis passée pendant qu'elles étaient occupées à le lire. Il y a Britney en couverture, sinon ça n'aurait jamais marché.

Ça y est, je savais comment je la connaissais ! Ce n'était pas une des filles qui ricanaient derrière mon dos dans les couloirs du lycée. Non... Je l'avais vue plusieurs fois en couverture sur les magazines de Frida.

C'était Lulu Collins, la fille de Tim Collins, le réalisateur qui avait gagné tellement d'argent avec l'adaptation de *Journeyquest*... et qui avait bien failli me gâcher tout le plaisir que je prenais avec le jeu vidéo.

Mais que faisait donc Lulu Collins au chevet de mon lit d'hôpital ?

— Bref, a-t-elle continué. Vu que personne ne voulait me raconter ce qui t'était arrivé, je me suis débrouillée toute seule. J'étais bien obligée. Kelly sera furieuse, mais tant pis. Je suis ta meilleure amie, non ? Alors pourquoi refuse-t-elle de me mettre au courant ? Et puis aussi... Je t'avoue que je ne supportais plus de l'entendre gémir, celui-là...

Elle a plongé la main dans son immense sac en toile et en a sorti...

... le minuscule chien de Nikki Howard.

— C'est sûrement interdit, mais bon. On peut passer outre aux règlements, parfois.

Là-dessus, elle a posé la boule de poils blancs sur ma poitrine.

Tout ce que je peux dire, c'est que le petit animal m'a fait la fête. Je n'ai jamais particulièrement aimé les chiens. Je ne les déteste pas non plus, mais de toute façon mes parents n'en voulaient pas à cause de leur mode de vie (mon père à New Haven pendant la semaine, ma mère à Manhattan).

Mais ce chien-là, alors ! Il s'est mis à faire des bonds de joie partout, en me léchant le visage et en arrachant les fils.

— Oh ! s'est écriée Lulu quand une des machines a commencé à biper de plus en plus fort. Zut... Comment on rebranche ce truc ? Vite, remets ça. REMETS ÇA !

Je ne comprenais rien. Apparemment, le fil s'était détaché de mon front, où il était maintenu par un sparadrap. Je l'ai recollé et le bip s'est arrêté.

— Ouf, a fait Lulu, soulagée. En tout cas, je peux te dire que les gardes en bas ne rigolent pas. On se croirait à la porte d'une boîte à la mode. Et qu'on ne me laisse pas passer, *moi*, je n'ai pas l'habitude ! Non mais tu te rends compte que Kelly ne raconte rien à personne ?! Si tu voyais les journalistes, ils deviennent fous ! Bien sûr, c'est no comment de ma part, à cause de ce qui s'est passé la dernière fois... Mais là, tu as meilleure mine. Sérieux. Même si tu la joues nature, sans aucun maquillage. Cosy, arrête de la lécher !

J'ai enfin réussi à repousser le petit chien de mon visage.

Et là, j'ai vu quelque chose qui m'a fait tout oublier : le chien, cette fille qui n'était pas mon amie et qui se comportait comme si elle l'était.

J'ai vu un vase sur le rebord de la fenêtre, rempli de roses rouges, et une tonne d'autres bouquets aussi.

Ça alors... Est-ce que mon hallucination n'en était pas une ? Est-ce que Gabriel Luna était vraiment venu me voir et avait chanté en me tenant la main jusqu'à ce que je m'endorme ?

Non. Ce n'était pas possible.

— Quand vas-tu pouvoir sortir ? demandait Lulu. Et qu'est-ce que je dois dire à Brandon ? Il n'arrête pas de me téléphoner et de passer au loft pour avoir des nouvelles. C'est lui qui a découvert où tu étais. Ah oui, et puis aussi... Tu sais, le jour de l'inauguration du Stark ? Le chanteur anglais, comment s'appelle-t-il déjà... ?

— Gabriel.

Mon cœur a fait un bond quand j'ai prononcé son nom. Oh là là, je filais un mauvais coton. En plus, il ne m'intéressait même pas vraiment. J'en pinçais pour un autre garçon... N'est-ce pas ?

— Oui, c'est ça, Gabriel, a dit Lulu. Figure-toi qu'il a envoyé une énorme CORBEILLE de roses au loft. Sérieux. Ça sent tellement fort, on dirait que quelqu'un a renversé un flacon de parfum ! Il est vraiment fou de toi... Bref, Brandon a vu les roses – il est passé l'autre jour pour voir si tu étais rentrée, n'importe quoi... – et maintenant, il croit qu'il y a quelque chose entre toi et Gabriel. Bien fait pour lui. C'est vrai, quoi, il le mérite ! Je l'ai encore vu danser avec Mischa à la *Cave*. Ne te fâche pas mais, vu que tu es portée disparue, disons... Cosy, arrête !

Elle a essayé d'écarter la boule de poils qui recommençait à me lécher le visage, mais en vain. Par rapport à sa taille minuscule, le chien de Nikki Howard possédait des réservoirs de salive inépuisables.

— Désolée. Je n'aurais peut-être pas dû l'amener.

— Non, ce n'est pas grave..., ai-je dit en caressant le petit animal. Mais je...

Lulu venait de sortir une canette de boisson énergétique de son énorme sac en toile. Elle l'a ouverte et a bu une gorgée.

— Si tu savais la gueule de bois que je me tiens ! a-t-elle dit en voyant que je fixais la canette rose vif. J'étais complètement déchirée hier soir. Il faut dire que je n'avais mangé qu'une barre de céréales au déjeuner, et un peu de pop-corn… et j'ai bu genre vingt mojitos ! Tiens, au fait…

Elle m'a montré une énorme bague qu'elle portait au doigt.

— Regarde ce que vient de m'offrir Justin. C'est un saphir rose. Qu'est-ce que tu en penses ? J'ai peur qu'il ne s'imagine… enfin, tu vois ce que je veux dire. Je ne suis vraiment pas prête pour ça, moi. Si c'est pour me retrouver coincée entre les couches et les biberons comme Britney. Non, merci ! Mais je la porte quand même, elle est trop belle.

Je n'en croyais pas mes yeux. Est-ce que cette scène était *vraiment* en train de se passer ? Lulu Collins était assise dans ma chambre d'hôpital et me racontait que Gabriel Luna m'avait envoyé une corbeille de roses dans un certain loft ? Et elle me montrait une bague que lui avait offerte un dénommé Justin (c'était sûrement Justin Bay, la star du film *Journeyquest* avec qui elle sortait en ce moment, en tout cas d'après le dernier numéro de *US Weekly* que j'avais piqué à Frida et lu de A à Z) ? Je n'y comprenais rien !

Ou bien c'était la suite du rêve que j'avais fait avec Gabriel Luna.

Sauf que ce n'était pas un rêve. N'est-ce pas ? Puisque les roses qu'il m'avait apportées se trouvaient là, sur le rebord de la fenêtre.

Et le chien, alors ? Ce n'était pas une hallucination. Je sentais son petit cœur battre contre le mien pendant qu'il me lapait le visage de sa langue chaude et humide.

Non, je ne rêvais pas. J'étais bien réveillée.

Du coup, j'ai dit à Lulu :

— Excuse-moi, mais je ne comprends rien à ce que tu racontes. Et d'abord... Est-ce qu'on se connaît, toi et moi ?

Les petites lèvres roses de Lulu se sont arrondies de stupeur. Et, pendant qu'elle restait ainsi, la bouche ouverte, j'ai entrevu un chewing-gum rose à l'intérieur.

— Oh là là, s'est-elle exclamée d'un air effaré. Alors, c'est ça ? Tu as perdu la mémoire ? C'est vrai que tu as pris un sacré coup sur la tête en tombant, quand tu t'es évanouie. Gabriel s'est précipité, et les secours ont essayé de te ranimer... Ils étaient occupés avec l'autre fille, aussi, celle qui a reçu l'écran de télé...

— Justement, je voulais te dire... Je ne suis pas Nikki.

Lulu a brusquement refermé la bouche. Elle m'a regardée en plissant les yeux. Et brusquement elle s'est levée, m'a prise par les épaules et m'a secouée. Cosy s'est mis à aboyer comme un fou.

— Qu'est-ce qu'ils t'ont fait ? a-t-elle hurlé. Qui est-ce ? Les scientologues ? Je t'avais prévenue de te méfier de ces gens-là !

Les machines autour de mon lit n'ont pas trop apprécié qu'elle me bouscule et se sont mises à sonner. Pour moi non plus, ce n'était pas très agréable.

— Nik, c'est moi ! Lulu !

Elle était à genoux sur mon lit maintenant et criait de plus belle.

— Je suis ta meilleure amie ! On habite ensemble !

Heureusement, c'est un grand loft et on a chacune notre salle de bains, parce qu'avec ton problème de reflux gastrique...

— Que se passe-t-il, ici ? a demandé une voix à la porte de la chambre.

En tournant la tête, j'ai vu une infirmière qui nous regardait d'un air horrifié.

— Lâchez-la ! a-t-elle ordonné. Venez m'aider, vous autres ! Vite, un brancardier !

Dans la seconde qui a suivi, un homme baraqué en blouse bleue s'est jeté sur Lulu, l'infirmière a attrapé le chien – qui grognait comme une bête féroce malgré sa petite taille – et ils ont été entraînés hors de la chambre. Ma mère et le Dr Holcombe se sont précipités. Ils étaient pâles et inquiets.

— Nikki ! hurlait encore Lulu dans le couloir. Ne t'inquiète pas, Nikki ! Je reviendrai ! Je vais élucider cette affaire et je te sortirai d'ici...

Une porte a claqué et le silence est revenu. Enfin, pas tout à fait. Les machines affolées sonnaient toujours autour de mon lit.

— Ça va, ma chérie ? a demandé ma mère, les yeux agrandis par l'angoisse.

Pendant ce temps, le Dr Holcombe se penchait sur moi pour vérifier tous les fils.

— Oui, oui... Mais qu'est-ce qui se passe ? Pourquoi dit-elle qu'elle me connaît ?

Le Dr Holcombe avait réussi à calmer les machines. On n'entendait plus maintenant que le bip régulier du moniteur cardiaque.

— Je suis désolé, Emerson. Les infirmières ne doivent laisser entrer que ta famille...

— Je ne connais pas Lulu Collins, moi ! Pourquoi m'appelait-elle Nikki ? Maman... *Qu'est-ce qui se passe ?*

— Docteur..., a murmuré ma mère d'un air troublé.

Elle se mordait la lèvre inférieure. C'est un geste qui trahit chez elle un état de grande anxiété – par exemple, quand mon père est en retard pour le concert de clarinette de Frida ou la réunion d'information des parents d'élèves.

— Est-ce qu'on ne devrait pas...

— Absolument pas ! a coupé le Dr Holcombe en préparant une seringue. Emerson a besoin de repos.

— Mais, docteur...

— Le mieux pour l'instant, c'est qu'elle...

Je n'ai pas entendu la suite. Parce que le Dr Holcombe a fait quelque chose avec la seringue – pourtant, je n'ai rien senti – et j'ai plongé de nouveau dans une douce torpeur.

Si j'avais su que c'était le dernier sommeil paisible qu'il me serait donné de goûter pendant *très* longtemps, j'en aurais profité à fond.

6

Quand je me suis réveillée, il faisait nuit. Frida me regardait. Plus exactement, elle me fixait comme si j'étais une sans-abri étendue sans connaissance dans le métro.

En me voyant ouvrir les yeux, elle a fait un bond de trois kilomètres en arrière tellement elle a eu peur.

Je ne plaisante pas.

— Qu'est-ce qu'il y a ? ai-je demandé.

Ma voix était toujours aussi bizarre. Avec un timbre haut perché et... comment dire... J'avais l'impression de parler comme une fille qui minaude.

— Quoi ? Je suis pleine de boutons, c'est ça ?

Je me suis touché le visage. Mais, tout ce que j'ai senti, c'est une peau très douce. Ce qui m'a semblé... inhabituel.

— Alors ? Tu ne m'as pas répondu. Qu'est-ce que tu regardais ? ai-je insisté.

Quelle drôle de voix ! Je n'arrivais vraiment pas à m'y habituer. Alors que j'essayais de comprendre ce qui avait bien pu se passer, je me suis rendu compte que je n'avais rien bu depuis très longtemps. En fait, je mourais de soif. C'était peut-être ça, l'explication : j'avais tout simplement la gorge desséchée.

— Il n'y aurait pas un peu d'eau dans le coin ?

— D... de l'eau ? a bégayé Frida. Tu... tu veux boire ?

— Oui, s'il te plaît.

J'étais assez réveillée maintenant pour essayer de m'asseoir.

Erreur. Les machines tout autour du lit ont commencé à sonner. Et, à cause des fils et des tuyaux, je n'arrivais pas à me redresser. Je suis retombée contre l'oreiller.

Une douleur atroce m'a alors vrillé la tête.

Frida avait l'air horrifiée.

— Je... je crois que... tu n'as pas encore le droit de te lever.

— Apparemment, non.

En me tâtant le front, je me suis aperçue que le fil à cet endroit était fixé avec du sparadrap seulement. J'ai décollé l'adhésif avec mes faux ongles et j'ai retiré le fil. Aucune machine n'a réagi.

— Tu... tu ne devrais pas faire ça, a dit Frida, en ouvrant toujours des yeux grands comme des soucoupes.

— C'est bon, ai-je marmonné en décollant d'autres sparadraps.

J'ignorais les risques que je courais, évidemment, mais j'en avais assez d'être attachée à ces machines. D'ailleurs, je me sentais très bien maintenant. Enfin, à part ma tête qui me faisait affreusement mal... Et ma gorge desséchée.

— Est-ce que tu vois de l'eau quelque part ? ai-je demandé à Frida. Dis ? Tu ne trouves pas que j'ai une voix bizarre ?

Frida n'a pas répondu. Elle était pétrifiée et semblait sur le point de se mettre à pleurer.

À ce moment-là, j'ai remarqué qu'elle avait renoncé à son sacro-saint brushing. Ses cheveux partaient dans tous les sens et retombaient en mèches ternes le long de son visage pâle, strié de larmes. Elle n'était pas maquillée non plus et, alors que, d'ordinaire, sa tenue semble sortir tout droit d'un magazine pour ados, elle portait un vieux sweat de ma mère et un jean complètement défraîchi.

C'est surtout ce dernier détail qui m'a troublée – encore plus que les roses de Gabriel Luna qui commençaient à se faner sur le rebord de la fenêtre et la visite super bizarre de Lulu Collins. C'est vrai, quoi. Frida fait très attention à son apparence depuis... depuis toujours. Elle pique une crise à la vue d'un point noir, et l'idée de sortir sans mascara la met dans tous ses états. Bref, qu'elle ne porte pas la moindre trace de maquillage et qu'elle ose se montrer dans cet accoutrement négligé, ce n'était pas normal.

— Qu'est-ce qui t'arrive ? me suis-je étonnée. On dirait que tu viens d'apprendre que le jury de *La Nouvelle Star* est manipulé. D'ailleurs, il l'est. J'en suis sûre.

— Je...

Frida a cligné des yeux plusieurs fois. Et une larme est apparue au bord de sa paupière.

— Je n'arrive pas à croire... que c'est toi, a-t-elle murmuré.

— Évidemment que c'est moi !

Non mais, franchement, qu'est-ce qui ne tournait pas rond dans sa tête ? J'ai toujours pensé que ma petite sœur ferait mieux de se préoccuper un peu moins de son look et de passer plus de temps à lire... même des bandes dessinées. Mais là, je dois dire qu'elle faisait fort. Pour reprendre une expression de Lulu, elle était fagotée comme un as de pique.

— Qui d'autre voudrais-tu que ce soit ?

J'ai eu l'impression que ma question était la goutte d'eau

qui manquait pour faire déborder le vase. Tout à coup, Frida s'est mise à pleurer. À pleurer *vraiment*.

— Qu'est-ce qui ne va pas, Frida ?

Une voix à la porte nous a fait sursauter toutes les deux.

— Alors ? On se sent un peu mieux aujourd'hui ?

Le Dr Holcombe est entré dans la chambre, suivi de mes parents. Ils ont souri en voyant que j'étais réveillée.

— Elle... elle veut boire ! s'est écriée Frida, de la voix de quelqu'un qui aurait vu un rat sur les rails du métro.

— Eh bien, je pense que nous allons pouvoir lui donner satisfaction, a répondu le Dr Holcombe avec bonne humeur. Frida... Va donc demander un pichet d'eau et un verre aux infirmières !

Frida s'est aussitôt éclipsée, manifestement soulagée qu'on lui procure une occasion de s'échapper. Le Dr Holcombe a ramassé un des fils que j'avais enlevés – avec le sparadrap toujours collé.

— Tsst, tsst, a-t-il fait en le replaçant doucement sur mon front. Je suis content que tu te sentes mieux, mais restons prudents... Tu es encore très faible.

— J'ai juste mal à la tête, ai-je répliqué. Enfin, un petit peu.

Le Dr Holcombe a rajusté les fils.

— C'est tout à fait normal. Il faut que tu te reposes.

J'ai regardé mes parents pour voir ce qu'ils en pensaient. Est-ce que le médecin n'exagérait pas un peu ? Je ne me sentais pas si mal que ça...

En même temps, ils paraissaient vraiment inquiets.

— Tu dois écouter le Dr Holcombe, chérie, a dit ma mère en me prenant la main. C'est lui qui sait mieux que tout le monde.

Je n'en doutais pas, mais quand même.

— Je ne comprends pas. Qu'est-ce que j'ai ? Qu'est-ce qui m'est arrivé ?

— Tu n'imagines pas comment on te bourre de médicaments ! a déclaré mon père sur un ton jovial qui sonnait bizarrement.

Comme s'il n'était pas jovial du tout, en fait, mais qu'on lui avait dit de faire semblant. En tout cas devant moi. Je ne sais pas pourquoi j'ai eu cette idée, mais après je n'ai pas réussi à m'en débarrasser.

— Ça oui ! a renchéri le Dr Holcombe d'une voix enjouée lui aussi. Avec un peu de chance, nous allons bientôt pouvoir réduire les doses. Mais c'est encore trop tôt.

C'était donc ça. J'étais droguée. Je comprenais mieux maintenant pourquoi je n'arrêtais pas de dormir... sans parler des hallucinations.

Mais, en jetant un coup d'œil à la fenêtre, j'ai su que tout ne s'était pas passé seulement dans ma tête. Les roses fanées me donnaient un indice.

— Quand ? ai-je demandé.

— Quand allons-nous réduire les doses ? a dit le Dr Holcombe en inspectant les machines à côté de mon lit. Je ne veux pas trop m'avancer...

— Non. *Quand* est-ce que je suis arrivée à l'hôpital ? Combien de temps ai-je manqué le lycée ?

— Ne t'inquiète pas pour ça, Em, a dit mon père de sa voix faussement joviale. Nous avons parlé à tes professeurs...

Ils étaient allés voir mes profs ! Oh non... J'aurais tellement voulu que *ça*, ce soit une hallucination, plutôt que la scène avec une Lulu Collins qui se croyait ma meilleure amie !

— Combien de temps ? ai-je répété d'une voix tremblante – et toujours bizarre, même que ça commençait à m'énerver.

— Oh, pas tant que ça, a répondu le Dr Holcombe. Un peu plus d'un mois, à peine.

— Un mois !

J'ai essayé de m'asseoir, mais naturellement les machines se sont affolées. Surtout le moniteur cardiaque, vu que j'avais une attaque de panique en pensant à tous les cours qu'il me faudrait rattraper. En plus, j'avais la tête qui tournait. Et pas seulement à l'idée de la tonne de devoirs qui m'attendait.

Pile à ce moment-là, Frida est revenue dans la chambre avec un pichet d'eau et un verre. En entendant le bruit des machines, elle a cru que je faisais un malaise et s'est figée sur le seuil.

— Est-ce qu'elle… est-ce qu'elle…, a-t-elle bredouillé, les yeux écarquillés.

— Tout va bien, l'a rassurée ma mère en posant d'autorité les mains sur mes épaules pour m'empêcher de me redresser. Em, arrête… Il y a des choses bien plus importantes que le lycée pour l'instant.

Elle plaisantait ou quoi ? Qu'est-ce qui pouvait être plus important que le lycée ?

— Mais je vais prendre du retard ! Je serai obligée de redoubler !

— Absolument pas. Je t'en prie, Em, calme-toi. Docteur, est-ce que vous pouvez lui donner quelque chose…

— Non, ai-je crié. Vous n'allez pas encore me faire dormir ! Je veux mon ordinateur portable ! Apportez-moi mon ordinateur et je pourrai commencer à travailler. Est-ce qu'il y a le Wi-Fi dans cette chambre ?

— Allons, allons, a dit le Dr Holcombe en riant. Ne nous emballons pas, jeune fille. Frida, donne-lui à boire, s'il te plaît.

Frida, qui me regardait toujours comme si j'étais une extraterrestre, a rempli un verre d'eau et me l'a tendu d'une main tremblante.

— T... tiens, a-t-elle dit.

En prenant le verre, j'ai remarqué encore une fois les faux ongles glamour qu'elle avait collés par-dessus les miens, tout rongés.

— Merci... Et merci aussi pour la manucure, ai-je ajouté avec une pointe de sarcasme.

Frida m'a répondu d'une voix mal assurée :

— Je... je ne t'ai pas fait de manucure.

— C'est ça, oui...

J'ai voulu porter le verre à ma bouche mais, comme je ne pouvais pas m'asseoir, j'ai mal visé et je me suis renversé plein d'eau glacée dans le cou.

Ce qui m'a énervée encore plus.

— Doucement..., a dit gentiment le Dr Holcombe en essuyant les dégâts avec son propre mouchoir. Tu vois bien que ce n'est pas la peine de vouloir tout faire trop vite. Une chose à la fois. Les devoirs, ce sera pour plus tard... Allez, essaie encore.

J'avais vraiment soif. Ma mère m'a aidée à porter le verre à mes lèvres, et l'eau est passée dans ma gorge. Que c'était bon ! Jamais je n'avais bu d'eau aussi pure, aussi fraîche.

— Voilà qui est mieux, a continué le Dr Holcombe. Veux-tu essayer de manger un peu maintenant ?

Manger ! Rien qu'à cette idée, mon estomac s'est mis à gargouiller. Voyant que je hochais la tête avec enthousiasme, le Dr Holcombe a eu l'air content.

— Frida... Va donc voir ce que tu peux trouver à la cafétéria pour ta sœur. De quoi as-tu envie, Emerson ?

Ma mère a froncé le nez, comme toujours quand elle s'apprête à dire quelque chose qui lui paraît drôle.

— Moi, je sais ce qui lui plairait... Une grosse coupe de glace avec de la crème Chantilly. N'est-ce pas, Em ?

— Avec un gâteau aux pépites de chocolat en prime, a suggéré mon père, qui avait renoncé à ses airs de « Monsieur Jovial » et redevenait presque normal.

— T... tu veux ça, Em ? a demandé Frida.

Bizarrement, j'ai hésité.

— Oui ! ai-je répondu malgré tout.

Moi qui n'ai jamais pu résister à une coupe de glace avec un gâteau aux pépites de chocolat, je n'en avais pas envie !

Mais j'ai bien fait d'accepter car, pour la première fois depuis que j'avais ouvert les yeux sur ma sœur, Frida a souri. Un sourire timide, mais un sourire quand même.

— Je reviens tout de suite, a-t-elle lancé en sortant aussitôt de la chambre.

Je n'en revenais pas. Ma petite sœur se montrait ravie de m'apporter quelque chose à manger ! Et au lit, par-dessus le marché ! Plus que la fausse jovialité de mon père et les larmes de ma mère, c'est ce qui m'a fait penser que mon état devait être vraiment grave.

— Alors ? Qu'est-ce qui m'est arrivé ? ai-je demandé

après le départ de Frida. Pourquoi suis-je ici ? J'ai eu un accident ? Le métro a déraillé ?

Ma mère a froncé les sourcils.

— Tu ne t'en souviens pas ? L'inauguration du Stark Megastore ? Tu ne te rappelles *rien* ?

Le Stark Megastore ? Gabriel en avait parlé, lui aussi. Il avait évoqué un événement particulier... Une sensation confuse s'est animée au fond de ma mémoire mais, quand j'ai essayé de la faire remonter à la surface, elle m'a échappé...

— Nous y reviendrons plus tard, a aussitôt embrayé le Dr Holcombe. Le plus important, c'est que tu te rétablisses.

J'étais perplexe.

— J'ai manqué le lycée pendant un mois... C'est long ! Pourquoi ? J'étais dans le coma ?

— Tu n'es pas tombée dans le coma à cause de... euh, de l'accident, a expliqué ma mère avec douceur. C'est le Dr Holcombe qui a provoqué un coma chimique pour que tu guérisses plus facilement de tes blessures. Il t'en sort progressivement depuis quelques jours, en vérifiant petit à petit que tout va bien.

— Mais où est-ce que j'ai été blessée, exactement ? Je n'ai mal nulle part. Sauf à la tête. Et ma voix est bizarre, aussi. Vous entendez ?

Mes parents ont regardé le Dr Holcombe, en lui laissant visiblement le soin de répondre.

— Emerson... Tes blessures étaient extrêmement graves. Mortelles, même. Nous avons eu recours à une technique très rare pour te maintenir en vie.

Je l'ai regardé sans comprendre.

— Et ça a marché, a poursuivi mon père.

— *Marché* ! s'est exclamé le Dr Holcombe. Bien plus que cela !

Il y avait de l'excitation dans sa voix, et ses yeux brillaient derrière ses lunettes à montures en plastique.

— Nous avons réussi au-delà de tous nos espoirs ! Tu as déjà retrouvé l'usage de la parole, et aussi tes capacités motrices. C'est extraordinaire ! Mais, comme dans toute procédure médicale à risque, on ne peut jamais être sûr du résultat à cent pour cent. Ainsi, tu remarqueras que certaines choses – ta voix, par exemple, tu t'en es déjà aperçue – n'ont pas pu être restaurées tout à fait à l'identique.

— C'est pourquoi tu dois absolument faire ce que te disent les médecins et les infirmières, a insisté mon père.

— Pour commencer, ne pas retirer tes capteurs, a ordonné le Dr Holcombe en ramassant un dernier fil qu'il n'avait pas vu et en le fixant sur ma tempe.

— Et pas de devoirs, a conclu ma mère.

Elle s'était ressaisie et ne pleurait plus. Elle a même essayé de sourire... et ne s'en est pas trop mal tirée.

— Tu comprends ? Pour l'instant, tu ne dois penser qu'à une chose : te rétablir. On s'occupera du lycée plus tard.

— Bon, d'accord...

J'ai regardé mes parents tour à tour en cherchant un indice sur leur visage. Pourquoi me traitaient-ils comme une gamine de six ans ? Ne penser qu'à me rétablir ! Ils rêvaient ou quoi ? Pourquoi ne me parlait-on pas comme à quelqu'un de responsable ?

— Mais... Je suis vraiment ici depuis un mois ? Est-ce que je peux au moins appeler Christopher pour qu'il me donne des nouvelles du lycée ? Il doit se demander comment je vais. Je suis sa seule amie, vous savez...

Mais personne ne s'est précipité pour m'apporter un téléphone. Ils ont encore répété que je devais me reposer, que Christopher allait très bien et qu'on me laisserait bientôt me servir de mon ordinateur. Le Dr Holcombe a fait venir une infirmière pour qu'elle enlève quelques fils. En fait, tous n'étaient pas collés avec du sparadrap. (Il y avait aussi des tuyaux terminés au bout par une aiguille qui me rentrait dans la peau. Eux, j'ai été soulagée d'en être débarrassée. Sans parler de ceux qui faisaient sonner les machines chaque fois que je bougeais.)

Quand Frida est revenue avec la glace, on me traitait un peu moins comme une malade hospitalisée et davantage comme une personne normale.

— Tiens, a dit Frida en posant la glace sur la table roulante qu'une infirmière avait installée en travers du lit.

Ma sœur n'avait pas lésiné sur la sauce au chocolat et la crème Chantilly. Il y avait plein de noisettes grillées et, à côté de la coupe, un énorme gâteau aux pépites de chocolat – le genre dont je pouvais m'empiffrer à raison de quatre ou cinq par jour quand j'avais assez d'argent pour me les offrir.

Soudain, l'idée d'engouffrer autant de sucre m'a donné la nausée. Ce qui était bizarre parce que, d'habitude, le dessert est le plat que je préfère.

Et tout le monde, mes parents, Frida, le Dr Holcombe, trois infirmières et le brancardier que j'avais vu dans mon hallucination (parce que c'était certainement une hallucination, le brancardier qui avait sorti Lulu Collins de ma chambre, avec le chien de Nikki Howard... n'importe quoi !), bref, ils semblaient tous retenir leur souffle en attendant que je goûte la glace.

J'ai donc fait la seule chose que je pouvais faire. J'ai pris ma cuillère et je l'ai plongée dans la coupe. Puis je l'ai portée à mes lèvres – avec précaution, en me rappelant ce qui était arrivé avec le verre d'eau – et j'ai mangé une grosse bouchée.

— Miam, ai-je dit.

Ils ont tous soupiré de soulagement. Et ils ont souri. Et ri. Le brancardier a tapé dans la main d'une infirmière en signe de victoire.

J'ai bu tout de suite une gorgée d'eau. Tout ce sucre, beurk... j'étais complètement écœurée.

Mais qu'est-ce qui m'arrivait ? Moi, détester la glace !

Que m'avait donc fait ce médecin ?

Heureusement, personne n'a rien remarqué. Ils se sont tous extasiés de voir que je me remettais aussi vite.

Bon, d'accord, tant mieux... J'aurais pu me réjouir moi aussi, sauf que je ne savais pas *de quoi* je me remettais. De quelle blessure ? De quel accident ?

Et quelle était exactement cette « technique très rare » dont parlait le Dr Holcombe ?

En tout cas, il avait raison sur un point : je commençais à remarquer que certaines choses étaient différentes depuis l'accident.

Pas seulement que je n'aimais plus la glace. Ça encore, ce n'était pas tellement gênant. Le plus étrange, c'était que les membres de ma propre famille se comportaient avec moi... comme s'ils ne me connaissaient pas.

On aurait presque dit – je sais, ça paraît complètement fou – que j'étais quelqu'un d'autre.

7

MAIS... QU'EST-CE QUI SE PASSE ?

C'est ce que j'ai demandé au médecin et à l'infirmière – tous deux habillés pour le bloc opératoire, avec des masques sur le visage – qui m'ont réveillée en plein milieu de la nuit (du moins, c'est l'impression que j'avais) et m'ont soulevée de mon lit pour me déposer sur un brancard.

— Chut, a dit l'infirmière en désignant ma mère qui dormait dans le fauteuil à côté de mon lit. Ne la réveille pas. Elle est épuisée.

— Mais où allons-nous ?

— Faire des examens, a chuchoté le médecin.

— En pleine nuit ? ai-je articulé d'une voix ensommeillée. Ça ne peut pas attendre demain ?

— Non, a répondu l'infirmière. Ce sont des examens très importants.

Je n'ai pas résisté et je me suis laissé emmener. J'avais tellement sommeil... J'ai eu vaguement conscience d'être roulée dans un long couloir vide, mais c'est tout.

— Ça va ? m'a demandé le médecin en appuyant sur un bouton pour appeler un ascenseur, à des kilomètres de ma chambre, m'a-t-il semblé.

— Oui, ai-je murmuré.

L'infirmière a abaissé son masque et a dit :

— Pas de problème… Il n'y avait personne au poste des infirmières. On ne nous a pas vus. Je crois que c'est bon.

À ce moment-là, son visage m'est apparu clairement.

Et j'ai vu que ce n'était pas une infirmière.

— Hé ! me suis-je exclamée, en me sentant tout à fait réveillée à présent.

Je me suis redressée sur un coude. Ma tête ne me faisait plus mal du tout.

— Vous n'êtes pas…

La porte de l'ascenseur s'est ouverte.

— On y va ! a dit Lulu Collins à l'homme qui portait un masque de chirurgien.

— Mais qu'est-ce que vous faites ? ai-je demandé pendant qu'ils faisaient entrer le brancard dans l'ascenseur.

— On te kidnappe, a expliqué Lulu en appuyant sur le bouton SS (pour sous-sol). Ne t'inquiète pas, Nikki. C'est nous. Brandon et moi. Montre-lui, Brandon.

Et le médecin – qui n'en était pas un – a ôté son masque et m'a regardée.

— C'est moi, Nikki, a-t-il dit avec un grand sourire. Brandon. Tu vois ? Tout va bien. On va te sortir de là.

— Me sortir de…

Je l'ai regardé avec de grands yeux. Il était jeune, blond et incroyablement beau.

Et manifestement fou à lier.

— Je crois que vous faites une énorme erreur, ai-je balbutié.

Est-ce que j'avais encore une hallucination ? Non, impossible. Les hallucinations ne sont jamais aussi précises, n'est-ce pas ? Or j'entendais tous les bruits de l'ascenseur. Je sentais le parfum fruité de Lulu (ou son chewing-gum, peut-être ?). Et je voyais distinctement, à la barbe blonde qui affleurait sur ses joues, que Brandon ne s'était pas rasé et qu'il devait être environ cinq heures du matin.

C'est seulement quand on est sortis de l'ascenseur dans le parking souterrain, et que mes ravisseurs m'ont roulée jusqu'à une limousine – parfaitement, une limousine, longue et noire –, que je me suis sentie terriblement impuissante. Il n'y avait personne tout autour. Même si j'appelais à l'aide, on ne m'entendrait pas.

Lulu s'est tournée vers Brandon.

— Elle ne montera pas de son plein gré, a-t-elle dit. Elle ne nous reconnaît pas.

Il a soupiré, s'est penché sur le brancard et m'a soulevée dans ses bras.

D'accord, j'avais passé un mois dans le coma. Mais je n'avais nullement l'intention de me laisser kidnapper par une nouvelle figure de la presse people, ni par son complice membre des C.P. L.C. J'ai pris une grande inspiration, et j'ai poussé un cri… qu'on aurait pu entendre à des kilomètres.

C'est-à-dire, si quelqu'un avait pu l'entendre.

Mais il n'y avait personne. Brandon m'a fourrée à l'arrière de la limousine – pendant que je le mordais et lui lançais des coups de pied – et a pris place en face de moi. Il avait l'air de souffrir… mais pas seulement physiquement. De tristesse, aussi.

Lulu s'est vite assise à côté de lui et a crié au chauffeur de démarrer !

— Bon sang, Nikki, a-t-il dit. C'est moi, Brandon ! Tu me connais. On sort ensemble !

En fait, oui, je le connaissais. Sérieux. Je l'avais vu dans les magazines de Frida. C'était Brandon Stark – comme la chaîne des magasins Stark. Le petit ami de Nikki Howard, celui avec lequel elle ne cessait de rompre et de se remettre, un vrai feuilleton... Brandon Stark, héritier d'une fortune colossale, estimée (toujours d'après un magazine de Frida) à grosso modo un milliard de dollars.

Je peux vous dire que je n'avais jamais rencontré quelqu'un d'aussi riche.

Pour autant, cela ne lui donnait pas le droit de me balancer dans une limousine comme un sac de pommes de terre.

— Vous êtes malades ou quoi ? leur ai-je demandé à tous les deux. Vous ne voyez pas que j'ai besoin de rester à l'hôpital ?

— Désolée, a répondu Lulu en se débarrassant de son habit de chirurgien et de son masque.

J'ai remarqué que, en dessous, son maquillage et sa combi noire moulante étaient restés intacts.

— Il fallait absolument qu'on te sorte de là. Vu le lavage de cerveau qu'ils te font subir !

— Un lavage de cerveau ? N'importe quoi ! Et d'abord, je ne te connais même pas, *toi* !

Ce n'était pas la chose à dire. Lulu et Brandon ont échangé un regard.

— Tu comprends, maintenant ? lui a-t-elle soufflé.

Pendant ce temps, Brandon me dévisageait – du haut de son mètre quatre-vingt-dix. Qu'est-ce qu'il était beau ! Dans le genre Jason Klein (le petit copain de Whitney). Il avait un menton carré et des cheveux blonds qui tombaient un peu sur ses yeux verts... Des yeux qui ressortaient d'autant plus que le reste de son visage était encore en partie couvert par le masque de chirurgien.

Il a poussé un gros soupir.

— Nikki... Qu'est-ce qu'ils t'ont fait ?

C'était plutôt à moi de poser des questions, non ?

— Pourquoi vous m'appelez Nikki ?

— Oh non ! a fait Lulu en se prenant la tête dans les mains.

Brandon semblait paralysé, comme si le prof de physique lui avait demandé de donner la définition d'un conducteur.

Le chauffeur de la limousine s'est retourné et a demandé très calmement :

— Dois-je aller au loft de Miss Howard ?

Lulu a relevé la tête.

— Oui, bien sûr...

Voyant que Brandon accusait le coup, elle a ajouté en soupirant :

— Peut-être qu'elle reconnaîtra les lieux.

— Mais enfin ! Vous ne pouvez pas faire ça ! ai-je protesté en essayant de rester calme.

Ce qui n'était pas facile, compte tenu de la situation. En résumé... J'étais en train d'être kidnappée, avec sur le dos ma seule tenue d'hôpital. Qui plus est, j'étais pieds nus. Donc je ne pouvais même pas envisager de sauter de la voiture et de partir en courant.

— Nikki, a repris Lulu avec patience. On fait ça pour toi. Parce qu'on t'aime. Je ne sais pas ce qu'ils t'ont raconté... mais ce sont des mensonges. Tu comprends ? On est tes amis.

— Moi, je suis *plus* que ton ami, a corrigé Brandon en se rapprochant de moi.

Un peu trop près, d'ailleurs. Et puis... Qu'est-ce qu'il

avait à me regarder comme ça ? Sur son visage, les néons de la 2e Avenue jetaient des lueurs roses, bleues et vertes.

— Je suis ton *petit ami*. Comment peux-tu m'avoir oublié ?

Je dois le lui accorder, il avait l'air sincèrement triste. Il ne faisait pas semblant. Sa voix profonde s'est brisée quand il a prononcé les mots « petit ami ». C'était presque touchant.

Enfin, disons que j'aurais pu être émue si je n'avais pas eu la certitude de me trouver en face de deux barjots complets.

J'ai essayé de contrôler le tremblement de ma voix pour leur parler – pas très réussi.

— Si vous me ramenez à l'hôpital, je vous promets que je ne porterai pas plainte pour enlèvement. Personne ne sera au courant. Déposez-moi devant la porte, et je ne dirai jamais rien.

— Enlèvement ! s'est exclamé Brandon, stupéfait. Mais on n'est pas en train de t'enlever !

Lulu a attrapé une canette de boisson énergisante dans le frigo de la voiture et a bu une gorgée.

— En fait, si, a-t-elle déclaré. Nikki a raison. Mais je préfère utiliser le terme « intervention ».

— Comment est-ce possible qu'elle ne nous reconnaisse pas ? a demandé Brandon. Qu'elle ne sache même plus qui elle est ?

Lulu a secoué la tête d'un air désabusé.

— Je lui avais dit de se méfier des scientologues…

J'ai pris une profonde inspiration. « Reste calme, Emerson. Surtout, reste calme. »

— Je ne comprends rien à ce que vous racontez, tous les

deux. Il y a sûrement un malentendu. Je m'appelle Emerson Watts. Mes parents – et, soit dit en passant, ils vont paniquer quand ils verront que j'ai disparu – sont Daniel Watts et Karen Rosenthal-Watts. Je ne sais pas pourquoi vous me prenez pour Nikki... Nikki Howard, j'imagine. Mais vous vous trompez.

Ils m'ont dévisagée en ouvrant des yeux immenses et parfaitement incrédules. Comme Frida quand j'essaie de lui expliquer les subtilités des jeux vidéo et qu'elle n'y comprend rien.

Je n'allais pas me laisser décourager pour autant.

— Je suis en dernière année au lycée de Tribeca. Il y a un mois environ, j'ai... Je ne sais pas exactement ce qui s'est passé, mais j'ai eu un accident. Je ne connais pas les détails, en fait. Je me suis réveillée à l'hôpital, là où vous m'avez kidnappée. Et j'aimerais y retourner. Tout de suite.

Ma voix est devenue pressante, presque hystérique, quand j'ai dit « tout de suite ». À part ça, j'avais réussi à maintenir un ton plutôt raisonnable. Même si j'étais loin de me sentir rassurée, dans cette limousine de luxe où j'avais été embarquée par deux fêlés de la jet-set.

Au passage, j'ai remarqué qu'on ne m'offrait rien à boire, à moi. Et j'avais vraiment soif.

— Oh là là, a lâché Brandon en réponse à mon petit discours, comme s'il ne pouvait pas s'empêcher d'exprimer à voix haute ce qu'il pensait en son for intérieur.

— Tu te rends compte ? a renchéri Lulu sans détacher de moi ses yeux ahuris. Mais ça va aller une fois qu'on l'aura ramenée chez elle. Elle reconnaîtra ses affaires... Regarde comment elle est sapée. C'est fou, non ? Si elle était dans son état normal, elle mourrait de honte qu'on la voie dans une robe pareille.

J'ai compris qu'elle prenait ma tunique d'hôpital pour une robe ! Brusquement, j'en ai eu assez, et je me suis penchée en avant pour m'adresser au chauffeur.

— Arrêtez-vous immédiatement et laissez-moi descendre. Sinon vous irez en prison, vous aussi, pour enlèvement et séquestration de personne.

À ma grande surprise, le chauffeur a obtempéré. Mais, en fait, la limousine s'arrêtait parce qu'on était arrivés à destination.

— Désolé, Miss Howard, a dit le chauffeur. Je ne fais qu'obéir aux ordres.

— Mais pourquoi est-ce que tout le monde m'appelle comme ça ! ai-je crié.

— Comment on vous appelle, mademoiselle ?

— Miss Howard ! Et Nikki !

Le chauffeur a eu l'air gêné.

— Euh... Peut-être parce que c'est votre nom, mademoiselle.

— Je n'arrête pas de le répéter ! me suis-je écriée en m'adressant toujours au chauffeur. Je m'appelle Emerson Watts. Je ne suis pas Nikki Howard !

Le chauffeur a tourné le rétroviseur vers moi.

— Euh... Je crois que si, mademoiselle.

Alors je me suis vue dans le rétroviseur.

Et j'ai hurlé.

8

Vous auriez probablement hurlé, vous aussi, en découvrant que votre visage dans le rétroviseur était celui d'une autre.

Et pas celui de n'importe qui, en plus, mais un visage qu'on voyait partout, en couverture des magazines, sur les autobus, sur les cabines téléphoniques... Le visage de quelqu'un qui se montrait au monde entier en soutien-gorge et petite culotte.

Je ne plaisante pas. Je me regardais dans le rétroviseur de la limousine, et c'était Nikki Howard que je voyais.

Quand j'ai levé la main, horrifiée, pour la plaquer sur ma bouche, Nikki aussi a levé sa main.

Et, quand j'ai laissé retomber ma main, Nikki a fait pareil.

C'est à ce moment-là que je me suis mise à trembler.

Je ne pouvais plus m'arrêter.

— Mais qu'est-ce qui... Comment est-ce possible ? ai-je demandé en ne m'adressant à personne en particulier.

— C'est bien la question qu'on se pose, a répondu Lulu. Tu comprends maintenant pourquoi on était obligés de te kidnapper ? Enfin, de faire une « intervention » ?

La main tremblante, je me suis touché les cheveux... je veux dire, les cheveux de Nikki Howard. Ils étaient attachés en queue-de-cheval, ce qui expliquait pourquoi je n'avais pas remarqué les longues mèches blondes dans mon dos. L'absence de miroir dans ma chambre d'hôpital y participait aussi, évidemment.

— Je... je suis un top model, ai-je gémi en regardant mon reflet dans le rétroviseur.

À ce moment-là, j'ai enfin compris pourquoi ma voix me paraissait si bizarre. Ce n'était tout simplement pas ma voix. C'était celle de Nikki Howard, une voix maniérée, haut perchée, ultra féminine... pas du tout comme la mienne.

— Absolument, a dit Lulu. Tu te souviens de moi maintenant ? Lu-lu. Lulu Collins. Je partage un appartement avec toi. Enfin, un loft.

Elle semblait sincèrement inquiète pour moi. D'accord, elle était ridicule dans sa combinaison moulante, genre *Mission impossible* – sans doute s'imaginait-elle qu'il fallait s'habiller ainsi pour enlever quelqu'un, avec des cuissardes noires en daim à talons de quinze centimètres –, mais elle donnait quand même l'impression d'être vulnérable et plutôt gentille, avec ses yeux innocents cernés de khôl, son petit visage d'oiseau et son gloss à paillettes.

Mais non, que je suis bête. Ce n'est pas pour MOI qu'elle s'inquiétait, mais pour Nikki Howard.

Que je *n'étais pas,* malgré l'image que me renvoyait le rétroviseur.

— Allez viens, a soufflé Brandon en me prenant doucement par le bras. On va discuter de tout ça là-haut. Tu as sûrement envie de te changer, de remettre tes vêtements à toi... De manger quelque chose, peut-être ?

Et là, malgré tous ces événements – je me retrouvais

avec le visage de quelqu'un d'autre ; Brandon Stark (élu meilleur parti par le magazine *People* dans la catégorie riches célibataires à épouser) et Lulu Collins venaient de m'enlever ; mes parents ne savaient pas où je me trouvais et étaient probablement morts d'inquiétude ; les membres de ma famille m'avaient menti pendant tout ce temps et m'avaient empêchée de me regarder dans une glace –, bref, malgré tout ça, je n'ai pas pu contrôler mon estomac, qui a réagi au mot « manger » en faisant entendre un gargouillement féroce. Je ne savais peut-être pas qui j'étais, mais je savais que j'avais très faim.

Brandon m'a prise doucement par le poignet – je devrais plutôt dire le poignet de Nikki Howard, qui n'avait rien à voir avec le mien, à la fois parce qu'il était tout fin et parce qu'il ne portait pas le bracelet Livestrong ni le bracelet porte-bonheur que Frida m'a fabriqué l'été dernier en colo.

— Viens, a-t-il dit. On va te faire quelque chose à manger.

— Oui ! s'est exclamée Lulu tout excitée. Il reste du saumon à l'unilatérale. Tu adores... Il n'y a qu'à le réchauffer au micro-ondes.

On est entrés dans un immense hall d'immeuble, tout en marbre. Il se trouve que Lulu Collins et Nikki Howard partagent un loft dans un ancien poste de police datant du XIXe siècle, à trois cents mètres à peine de chez moi. Puis on est montés dans un ascenseur en acajou orné de cuivres rutilants, manœuvré par un employé en livrée qui a soulevé sa casquette à liseré d'or pour me saluer.

— Content de vous revoir, Miss Howard... Vous nous avez manqué.

J'ai vaguement souri, mal à l'aise.

Heureusement que Brandon me tenait par le bras, sinon je suis sûre que je me serais effondrée. Pas seulement à cause de la faim, mais parce j'étais complètement paniquée par ce qui m'arrivait.

Je marchais dans le corps de quelqu'un d'autre ! Pieds nus, par-dessus le marché. Et vêtue d'une tunique d'hôpital.

Le liftier n'a pas eu l'air de trouver la situation insolite. Quand l'ascenseur s'est arrêté à l'étage du loft, il a ouvert la porte et déclaré d'une voix parfaitement naturelle :

— Bonne journée à tous !

Et j'ai senti mes pieds nus s'enfoncer dans une moquette blanche d'une épaisseur inouïe. Je me trouvais dans un loft gigantesque, avec au fond une énorme cheminée en marbre (sans feu) et une cuisine ultramoderne – granit et acier – à l'autre extrémité. Le plafond était haut de quatre mètres et, sur toute la longueur, d'immenses fenêtres donnaient d'un côté sur un paysage de toits et d'immeubles, de l'autre sur le pont de Manhattan.

L'ensemble était luxueux et moderne. Au-dessus de la cheminée, sur un énorme écran plat, une vidéo montrait l'intérieur d'un aquarium (pour faire croire que la télé était un aquarium). Un peu partout étaient disposés de grands canapés blancs, garnis de coussins dans lesquels on devait s'enfoncer complètement. Il y avait des magazines sur les tables basses devant les canapés. Avec le visage de Nikki Howard en couverture.

Ou plutôt, devrais-je dire, *mon* visage.

Brandon m'a entraînée vers un des canapés et m'a fait

gentiment asseoir. C'était incroyablement doux et moelleux.

— Repose-toi, Nikki, a-t-il dit avec sollicitude. Lulu, tu as quelque chose à manger ?

— Ça vient ! a répondu Lulu en ouvrant un réfrigérateur à double porte.

— Et une boisson chaude, a-t-il ajouté en me regardant. Elle grelotte.

Il a saisi une couverture blanc crème qui gisait en boule à l'extrémité du canapé, me l'a posée sur les épaules et l'a resserrée autour de moi. C'était une matière très douce, chaude et légère à la fois. J'ai jeté un coup d'œil à l'étiquette.

Cent pour cent cachemire.

Évidemment.

Pendant qu'il arrangeait la couverture, j'ai levé les yeux et j'ai croisé son regard. Il était vraiment très beau. Enfin, si on aime ce genre de beauté parfaite. Qui ne m'attire pas franchement. Moi, je préfère le genre crack de l'informatique, avec des cheveux longs et un look plus décontract. Du moins, c'est ce que je préférais jusqu'à maintenant. Mais je dois avouer – peut-être à cause de la lumière diffusée par un plafonnier au design incroyable – que les yeux verts de Brandon Stark me troublaient.

— Ça va ? a-t-il murmuré en plongeant son regard dans le mien.

Je ne m'attendais pas du tout à la suite. Tout simplement parce que je ne m'étais jamais retrouvée aussi près d'un garçon... sauf de Christopher.

Et Christopher ne me voyait pas comme une fille.

Ah si, il y avait eu Gabriel Luna, bien sûr.

Mais lui, c'était une hallucination. N'est-ce pas ?

Donc comment aurais-je pu deviner, en voyant Brandon se pencher vers moi, qu'il avait une idée en tête ? J'ai supposé qu'il allait m'enlever une poussière ou je ne sais quoi d'autre sur le visage.

En fait, pas du tout. Sauf s'il comptait enlever la poussière avec sa bouche. Parce qu'elle s'est posée sur la mienne, et Brandon Stark s'est mis à m'embrasser.

À m'embrasser ? Non, je corrige. Brandon Stark pratiquait sur moi la technique de réanimation qu'on appelle bouche-à-bouche.

Et, à ma grande surprise, j'ai trouvé l'expérience très agréable.

Ou plutôt, le corps de Nikki Howard l'a trouvée agréable. Sinon, comment pourrais-je expliquer que je lui aie rendu son baiser ? Moi qui n'avais jamais embrassé aucun garçon ?

Avec ce premier baiser, en tout cas, j'ai compris tout d'un coup pourquoi on en faisait tout un plat. Dans les romans à l'eau de rose de Frida (que je parcourais de temps en temps quand je n'avais rien d'autre à lire), les héroïnes racontent toujours de long en large ce qu'elles ressentent quand l'homme dont elles sont amoureuses les embrasse. Elles parlent d'avoir les lèvres brûlantes et le ventre qui se liquéfie.

Je n'ai éprouvé ni l'un ni l'autre quand Brandon m'a embrassée.

Mais, si elles n'étaient pas brûlantes, mes lèvres me chauffaient plutôt agréablement. Très agréablement.

Quand je pense que je n'étais même pas amoureuse de Brandon ! Qu'est-ce que ça devait être quand on embrassait quelqu'un qu'on aimait ? Qu'est-ce que j'aurais ressenti, par exemple, si Christopher m'avait embrassée ?

À cette pensée – et même si mon corps, ou plutôt celui de Nikki, aimait bien la sensation –, j'ai voulu arrêter tout de suite. Surtout qu'apparemment un baiser menait facilement à autre chose…

— Mmpf, ai-je fait en repoussant Brandon, si fort que nos bouches se sont décollées en laissant entendre un petit bruit de succion.

Du coup, il a perdu l'équilibre et a failli tomber tête la première dans le canapé.

— Qu'est-ce qu'il y a ? a-t-il demandé en se relevant, chagriné. Tu n'as pas envie ? Tu m'as manqué, tu sais !

J'imagine que la plupart des filles seraient ravies d'être embrassées par Brandon Stark. Il paraît que c'est un tombeur notoire. Frida, par exemple, aurait sûrement bondi (de joie). Je suis même sûre que ma petite sœur aurait adoré qu'il la kidnappe.

Bon, je n'étais pas indifférente au fait qu'il était super beau et semblait très attiré par moi.

Mais, le problème, c'est qu'il ne l'était pas. Attiré par moi, je veux dire.

Il était attiré par Nikki Howard.

Et moi, il ne m'attirait pas.

— P… pardon, ai-je bredouillé.

C'est vrai, il avait l'air tellement malheureux, je regrettais de lui faire de la peine. Et j'ai regretté aussi de ne plus sentir sa bouche chaude sur la mienne… Une part de moi aurait bien voulu qu'il continue de m'embrasser. Parce que, tout ce qu'on raconte sur les baisers, c'est complètement justifié !

— Excuse-moi, mais… Je ne te connais pas.

— On sort ensemble depuis deux ans ! s'est-il exclamé. Je veux dire, en tout, même si on a rompu plusieurs fois. Comment peux-tu avoir oublié ça ?

J'ai resserré la couverture autour de moi pour me donner une contenance. Et aussi parce que je ne savais pas quoi répondre. Je me sentais les lèvres toutes bizarres. Elles me piquaient un peu, à cause de sa barbe, et c'était douloureux.

Mais c'était une douleur… agréable. Je ne pouvais pas le nier. Et j'éprouvais une douce sensation de chaleur dans le ventre.

Au secours ! Nikki Howard était une fille facile ! Ou alors, c'était peut-être *moi* qui aimais ça. Et je ne m'en étais jamais rendu compte, tout simplement parce que l'occasion ne s'était pas présentée !

Mais qu'est-ce qui n'allait pas chez moi ? Pourquoi Christopher n'avait-il jamais essayé de m'embrasser, comme Brandon ? On aurait pu faire ça tout le temps, au lieu de jouer à des jeux vidéo débiles !

Hein ? *Moi*, je pensais une chose pareille ! Oh non ! Qu'est-ce qui m'arrivait ?

Heureusement, Lulu a surgi à ce moment-là avec une pile de vêtements dans les bras.

— Tiens, a-t-elle dit en déposant un jean, un tee-shirt et des dessous en dentelle sur le canapé. Tu as sûrement envie de te changer. Franchement, cette robe ne te va pas super.

— C'est une tunique d'hôpital…

J'ai pris les vêtements et j'ai hésité en parcourant le loft du regard.

Lulu a poussé un gros soupir.

— C'est dingue ! Tu ne te rappelles même pas où est ta chambre ?

Elle a pointé un doigt vers une porte, à côté de la cuisine.

— Par là... Vas-y. Et viens manger, ensuite. Ce sera prêt.

Je l'ai remerciée et je me suis levée, les jambes flageolantes, en serrant toujours la couverture autour de mes épaules. Puis je suis partie vers la porte, sans regarder Brandon. J'étais affreusement gênée. D'abord parce que ça me faisait bizarre de marcher dans mon nouveau corps.

Ensuite parce que je sentais qu'il avait les yeux fixés sur moi.

Je ne pouvais pas le lui reprocher. S'il éprouvait la même sensation que ce baiser avait fait naître en moi, il avait sûrement une envie folle de me courir après pour recoller sa bouche à la mienne.

Comment font les couples pour ne pas s'embrasser tout le temps ? C'est trop génial.

Oh là là. Je sais que je suis un top model depuis à peine cinq minutes, et déjà je n'ai plus toute ma raison. Il faut que je me ressaisisse.

J'ai ouvert la porte de la chambre de Nikki Howard, soulagée d'échapper au regard de Brandon... et j'ai reçu de plein fouet un entêtant parfum de roses.

J'ai vite compris pourquoi. La « corbeille » de roses évoquée par Lulu – celle que Gabriel Luna avait fait livrer – était posée sur la coiffeuse. Sauf que cette « corbeille » était en fait une énorme caisse en bois... qui débordait de roses.

Gabriel ne lésinait pas !

La chambre de Nikki ressemblait beaucoup au salon... toute blanche, avec une épaisse moquette et un lit immense jonché de coussins. En fait, la seule couleur de la pièce provenait des roses de Gabriel. Les hautes fenêtres qui allaient du sol au plafond étaient tendues de rideaux en satin blanc. Un énorme miroir – à moitié caché par les roses de Gabriel – surmontait la coiffeuse, dans un coin de la chambre.

Et, dans ce miroir, je me suis vue – une fille toute mince, blonde et pâle, qui avait l'air terrifiée et serrait des vêtements contre sa poitrine, une couverture en cachemire drapée sur les épaules.

Sauf que, d'après Frida et *CosmoGirl*, cette fille pâle et terrifiée gagnait quelque chose comme vingt mille dollars par jour.

Contrairement à moi, Nikki n'avait pas décoré les murs de sa chambre avec des cartes postales de musées ou des affiches de films qu'elle aimait. Je ne voyais pas non plus de livres – romans de science-fiction ou de fantasy, mangas – entassés dans tous les coins. Même sa table de nuit était totalement nue. À part un ordinateur portable (d'un rose hideux) posé sur une petite table près de son lit, elle ne semblait pas posséder tellement de choses. Ah si, une télévision à écran plat fixée au mur en face du lit.

Et du maquillage. Ça, j'en ai trouvé dans tous les tiroirs que j'ai ouverts pour chercher... je ne savais pas quoi au juste.

Il y en avait partout. Du mascara. Et du gloss. Des tonnes de gloss.

Je me suis dit qu'elle devait en avoir besoin, vu le nombre

de fois qu'elle embrassait. Elle était sûrement obligée d'en remettre tout le temps.

En ouvrant une porte, j'ai découvert que Nikki ne s'intéressait pas aux livres, d'accord, mais qu'elle possédait une quantité faramineuse de vêtements. Son dressing était plein à craquer – des milliers de hauts, de vestes, de jeans et de pantalons, de robes et de jupes, dans toutes les matières et toutes les couleurs possibles et imaginables –, avec un cintre pour chaque vêtement. Certains étaient tout neufs et portaient encore l'étiquette avec le prix. J'ai trouvé plus d'une paire de jeans à quatre cents dollars ! Et une robe toute simple à *trois mille dollars* (impossible, c'était sûrement une erreur).

Au-dessous, sur des étagères, étaient rangés des centaines de sacs de tailles diverses, en toile, en cuir, avec des perles et des broderies... Et des chaussures – bottines, bottes, tennis, ballerines, mules à talons, sandales et même, allez savoir pourquoi, une paire de sabots hollandais.

Si elle voyait le dressing de Nikki Howard, Frida aurait une attaque et monterait tout droit au paradis. Moi, je suis restée perplexe. Comment pouvait-on, à dix-sept ans, s'offrir des jeans à quatre cents dollars ? D'ailleurs, quel intérêt de mettre ce prix-là dans un jean ?! Et qui s'occupait de ses vêtements pour que tout soit si bien plié et rangé ? En fait, je le trouvais complètement flippant, cet endroit. Je m'y sentais mal à l'aise.

Je suis vite ressortie. J'ai ouvert une autre porte... et je me suis retrouvée dans la salle de bains de Nikki Howard.

Contrastant avec le reste du loft, cette pièce-là n'était pas blanche. Les murs en marbre brillant renvoyaient une teinte gris-vert – enfin, les murs non tapissés de miroirs.

Il y avait une douche séparée et une baignoire équipée de jets massants. Le miroir au-dessus du double lavabo était entouré de spots lumineux, comme dans une loge d'artiste. Et mon reflet dans la glace avait l'air effrayé.

J'ai posé les vêtements que Lulu m'avait donnés et, levant les bras, j'ai dénoué ma queue-de-cheval (ou plus précisément la queue-de-cheval de Nikki Howard). Mes cheveux sont retombés en cascade sur mes épaules. Mais ils n'avaient rien à voir avec mes cheveux à moi, qui sont raides et châtains. Ceux-là étaient blonds, soyeux, et ondulaient en mèches souples... même si on voyait qu'ils n'avaient pas été brossés – ni lavés – depuis un certain temps.

Et, quand j'ai dégrafé la tunique d'hôpital dans mon dos et qu'elle est tombée à mes pieds (aux pieds de Nikki), j'ai découvert un corps qui s'accordait avec les cheveux, c'est-à-dire qui ne ressemblait pas du tout au mien. C'était ce corps absolument parfait – selon les critères des Morts-Vivants – que j'avais vu poser dans d'innombrables pubs pour la lingerie fine de Victoria's Secret. Tout le monde le connaissait... Pas de surprise.

Sauf qu'assurément – et cette surprise-là était de taille – ce corps parfait semblait soudain être le mien.

Je me suis détournée du miroir et j'ai vite enfilé les vêtements – une petite culotte en dentelle rose avec soutien-gorge assorti, un jean moulant qui m'allait comme un gant et un tee-shirt portant l'inscription « bébé Cadum » en travers de la poitrine, sans que les jolies lettres roses cachent pour autant ce que le soutien-gorge balconnet mettait en valeur. Là encore, rien à voir avec les vêtements contenus dans mon armoire, à la maison, que je choisissais avant tout pour leur capacité à dissimuler ce que Nikki Howard préférait apparemment offrir à tous les regards.

Je suis allée chercher une paire de chaussures dans le dressing – des Skechers avec le moins de talon possible – et je les ai enfilées.

Puis, après un dernier regard à cette chambre censée être la mienne – mais que je n'aurais jamais pu maintenir aussi bien rangée – je suis retournée à la porte, je l'ai ouverte...

Et j'ai été de nouveau agressée.

9

Mais ce n'était pas trop grave, parce que cette fois il ne s'agissait pas de deux C.P.L.C. portant des masques de chirurgien, mais d'un agresseur qui mesurait vingt centimètres de haut et ne pesait pas plus de trois kilos. Dès que je suis apparue sur le seuil de la chambre, une petite boule de poils blancs avec une langue rose – alias le chien de Nikki – m'a foncé dessus.

— Pardon, a lancé Lulu depuis la cuisine en me voyant attraper le petit animal tout excité. Je l'avais enfermé dans ma chambre et je viens de le laisser sortir. Regarde comme il est content de te voir ! Tu nous as peut-être oubliés, *nous*, mais tu te souviens sûrement de Cosabella. Tu l'as appelé comme ça en l'honneur de ta marque de lingerie préférée.

Bien évidemment, je n'ai pas de marque de lingerie préférée. Je suis plutôt du genre sous-vêtements « confort ».

En tout cas, si moi, je ne connaissais pas Cosabella, il était évident que lui me connaissait. Dès que je me suis assise sur le grand canapé blanc où j'avais pris place un instant plus tôt, il m'a sauté sur les genoux en agitant sa minuscule queue et s'est dressé sur ses pattes arrière pour me lécher le visage.

Ça ne m'a pas dérangée. Pas du tout. En fait, comparé à

tous les chocs que je n'arrêtais pas de subir, me faire lécher le visage m'a paru plutôt agréable.

— Alors…, a dit Brandon en s'asseyant en face de moi et en m'observant d'un air inquiet.

Mais pas parce qu'il se demandait comment il allait s'y prendre pour m'embrasser encore. Je l'ai vite compris, hélas.

— Maintenant, parlons sérieusement, a-t-il repris. Qui t'a fait ça, Nikki ? Sois honnête. C'était Al-Qaida ?

— Brandon ! s'est écriée Lulu dans la cuisine.

— Ben quoi ? S'ils veulent porter atteinte à notre pays, ils pourraient très bien s'en prendre au top model des magasins Stark. C'est un symbole de l'Amérique libre, non ?

— Al-Qaida ne rend pas ses victimes AMNÉSIQUES, a déclaré Lulu debout derrière l'îlot central en granit. Il n'y a que les scientologues qui savent faire ça.

Brandon m'a dévisagée avec gravité.

— C'étaient les scientologues, Nikki ?

Je me suis massé les tempes (enfin, celles de Nikki, je veux dire).

— Que ce soit clair une fois pour toutes…, ai-je répondu. Je sais que j'ai les traits de Nikki Howard, la voix de Nikki Howard, qu'en ce moment je me trouve dans le loft de Nikki Howard et que je porte ses vêtements… Et que son chien est en train de me lécher la figure. Mais je ne suis pas Nikki Howard. D'accord ?

— D'accord, a dit Brandon. Sauf que… si, tu l'es.

— Non ! ai-je insisté. Je ne comprends rien à ce qui se passe, tout comme vous. Mais, croyez-moi, je ne suis pas Nikki !

— Mais comment ce serait possible ? a demandé Lulu en s'approchant.

Elle portait un plateau chargé de bols et d'assiettes...

Dont le contenu sentait divinement bon.

Ce qui était tout à fait incompréhensible car, lorsque j'ai regardé de plus près (une fois le plateau déposé sur la table basse devant moi), je n'ai rien vu qui soit de nature à me plaire – rien qui m'aurait plu autrefois, en tout cas. Il y avait le fameux saumon à l'unilatérale (beurk) et un bol de soupe, genre soupe japonaise avec des algues et du tofu qui flottent dans du bouillon (là encore, beurk), le tout accompagné d'une tasse de thé vert.

Et je hais le thé vert.

Mais, apparemment, Nikki Howard aime ça. Car je me suis jetée sur le thé et, immédiatement après, sur le saumon et la soupe.

Je n'avais jamais rien mangé d'aussi bon !

Lulu et Brandon m'ont regardée tout engloutir, et Lulu a fait remarquer d'un air presque admiratif :

— C'est incroyable ce que tu peux adorer le saumon à l'unilatérale !

J'ai posé ma fourchette. Il ne restait plus rien, même pas une goutte de soupe.

— Encore une fois, je vous assure... Je ne suis pas Nikki Howard ! C'est vrai, vous devez me croire. Je ne vous connais pas tous les deux. Je vous ai vus dans des magazines, mais... je ne sais rien de vous.

— Elle m'a repoussé quand je l'ai embrassée, a dit Brandon tristement.

Lulu m'a dévisagée, choquée.

— Nikki ! Tu es vraiment dure !

Je me suis sentie rougir jusqu'à la racine des cheveux. S'ils avaient seulement idée... Je l'avais repoussé, oui, mais ce n'était pas par manque d'envie...

— Est-ce que vous allez comprendre, à la fin ? Je ne suis *pas* Nikki Howard ! Je suis Emerson Watts. Je le jure !

Lulu a posé une main compatissante sur mon bras.

— Oui, Nikki, je comprends. C'est pour ça que nous avons décidé d'intervenir. Pour t'aider à retrouver le souvenir de qui tu es vraiment... Et tu ne t'appelles pas Emerson Watts. Regarde...

Elle s'est penchée pour attraper un gros press-book noir sous le canapé et l'a ouvert à la première page, sur laquelle était collée une photo découpée dans un magazine... Nikki Howard, en robe du soir, en train de sauter sur un trampoline.

— Ça c'était tout au début, tes premiers contrats pour Stark. Tu te rappelles ? On ne se connaissait pas à l'époque. Rebecca était tout excitée de t'avoir dénichée. Tu venais d'arriver à New York. Tu te souviens de Rebecca ? Ton agent ?

J'ai fait non de la tête.

— Bon, alors tu te rappelles sûrement quand tu as signé avec Ford. Ils n'avaient jamais vu ça. Ils disaient qu'à quinze ans tu étais beaucoup plus mûre que tous les autres mannequins de vingt ans.

— Non, ai-je répété. Je ne suis pas Nikki. Je suis Emerson Watts.

— Emerson Watts..., a murmuré Brandon.

Il fronçait les sourcils en essayant de se concentrer, ce qui de toute évidence lui demandait un gros effort.

— Emerson Watts, a-t-il répété. J'ai l'impression d'avoir entendu ce nom quelque part...

— Chut, lui a lancé Lulu. Tu vas l'embrouiller.

Elle a tourné la page du press-book.

— Regarde, Nikki. Là... C'est ton premier défilé pour Chanel. Tu te souviens, j'étais assise au premier rang ? Et après, pendant la soirée, je t'ai demandé si tes espèces de sandales grecques à lanières et à talons stiletto te faisaient mal. Et tu as répondu que c'était une tortu...

— Emerson Watts, a répété encore Brandon, à qui l'excès de concentration donnait maintenant une expression douloureuse. Sérieux. Ce nom me dit quelque chose...

— Ne fais pas attention à lui, a dit Lulu en tournant encore une page. Il est fatigué. Il a dansé toute la nuit à la *Cave*... Regarde ! Ta première pub pour Victoria's Secret !

J'ai regardé fixement les photos en serrant Cosabella contre moi (il ne manifestait pas la moindre envie de me quitter, ce qui ne me dérangeait pas. Au contraire, j'aimais bien sentir son cœur battre sur mes genoux. Euh, les genoux de Nikki. Ce minuscule animal qui semblait m'adorer au plus haut point avait un côté rassurant. Et tant pis si celle qu'il adorait vraiment, c'était Nikki Howard !).

En examinant les photos, j'ai reconnu le corps que je venais de voir dans le miroir de la salle de bains. Sur le papier, entre la lingerie fine et l'effet de la peinture à l'aérographe, il apparaissait encore plus parfait.

Quand même, il me semblait bizarre que Lulu Collins, pour essayer de me faire retrouver la mémoire, me montre le press-book de Nikki Howard et pas un album de photos de famille.

Mais bon, vu le contexte – une élève banale, en dernière

année de lycée, qui se retrouvait dans le corps de l'un des super modèles les plus célèbres du monde –, rien n'était finalement si étonnant. Et peut-être qu'après tout, me mettre sous les yeux des photos de moi portant un soutien-gorge incrusté de diamants n'était pas la plus mauvaise stratégie.

— Et là ! s'est exclamée Lulu en tournant la page. Tes premières photos pour une nouvelle ligne de vêtements ! Regarde comme tu es jolie. Tes yeux sont de la même couleur que les saphirs... Ce n'est même pas retouché avec Photoshop, tu sais. Tes yeux sont vraiment de cette couleur !

— Ça y est, j'ai trouvé ! s'est écrié Brandon.

Lulu et moi avons sursauté. Cosabella aussi. Il a relevé la tête et l'a regardé d'un air intrigué.

— Emerson Watts ! C'est la fille sur qui est tombé l'écran plasma pendant l'inauguration du nouveau magasin de mon père, à SoHo.

J'ai cillé. Aux mots « plasma » et « écran », quelque chose a surgi tout au fond de mon esprit – loin, très loin, comme un rêve que j'aurais fait il y a longtemps... Et je me suis rappelé le jour où Christopher et moi on avait emmené Frida à l'ouverture du Stark Megastore... J'ai commencé par revoir quelques images. Et puis un flot de souvenirs me sont revenus.

— Oui ! me suis-je exclamée en surprenant un peu Cosabella. Oui ! C'était moi ! Emerson Watts ! J'y étais ce jour-là !

— Moi aussi ! s'est écriée Lulu en ouvrant de grands yeux. Quelle horreur ! C'était affreux ! Nikki, tu te souviens maintenant ? Tu t'es évanouie !

— Je ne suis pas Nikki, ai-je corrigé. Je suis Emerson Watts. C'est sur *moi* que l'écran plasma est tombé.

Lulu a complètement ignoré ma remarque.

— Tu avais perdu connaissance, Nikki ! Gabriel Luna s'est précipité. Il t'a prise dans ses bras, il t'a parlé, mais il n'a pas réussi à te faire revenir à toi. Personne n'a réussi. Les secours médicaux sont arrivés, et...

Elle m'a lancé un regard accusateur.

— Et après, tu ne m'as plus donné aucune nouvelle ! Kelly a raconté qu'on avait diagnostiqué une hypoglycémie et que tu étais partie quelque part pour te soigner. Mais je savais bien que ce n'était pas vrai. D'abord parce que tu ne m'as jamais parlé d'hypoglycémie. De reflux gastrique, oui, mais pas d'hypoglycémie. Et ensuite parce que tu ne serais jamais partie sans me dire où tu allais ! En plus, tu aurais emmené Cosabella.

J'ai regardé le petit chien sur mes genoux. Vu ce que j'éprouvais déjà pour lui en quelques heures... Bien sûr, Nikki l'aurait emmené.

À moins qu'elle n'ait pas eu le choix.

— Et tu m'aurais appelé, moi ! a ajouté Brandon.

J'ai remarqué qu'il me regardait d'un air... Bref, comme jamais aucun garçon ne m'avait regardée.

À part peut-être Gabriel Luna, l'autre nuit à l'hôpital.

Sauf que – et je ne pouvais pas m'empêcher d'être déçue – ce n'était pas moi que Gabriel couvait des yeux.

C'était Nikki Howard. Celle qu'il avait tenue inconsciente dans ses bras au Megastore, et qu'il était ensuite venu voir à l'hôpital.

Quelle imbécile j'étais ! Comment avais-je pu penser

une seule seconde que Gabriel Luna m'apportait des fleurs à moi ? Ces fleurs ne m'étaient pas destinées.

Il les offrait à Nikki Howard.

C'est incroyable ce que je peux être naïve, parfois. Quel garçon me regarderait, moi – une fille banale – à côté d'une bombe comme Nikki Howard ? Même Christopher ne l'avait pas quittée des yeux au Stark Megastore. Et pourtant, ce n'est pas le genre à être attiré par les jolies filles. C'est vrai, il s'est toujours moqué de Whitney et des autres Morts-Vivants du lycée.

Mais je me souvenais à présent que ses yeux étaient restés scotchés à la poitrine de Nikki Howard ce jour-là.

Si inimaginable que cela puisse paraître, cette poitrine était la mienne maintenant... en tout cas pour un certain temps.

Quelle conséquence ce *détail* aurait-il sur ma relation avec Christopher ?

Mon cœur s'est serré à cette pensée.

Et puis, je me suis rappelé quelque chose : à l'inauguration du Stark Megastore, Christopher avait dit qu'il me trouvait « pas mal ». Mais ça, c'était du temps où j'étais encore moi, Emerson Watts. Est-ce qu'il me trouverait toujours pas mal en Nikki Howard ?

Curieusement, j'en doutais.

— Bref, comme je n'avais plus de nouvelles de toi, je me suis mise à ta recherche, a repris Lulu. J'ai d'abord vérifié tous les endroits où tu aurais pu aller pour te reposer... Bali, les Bahamas, les Caraïbes... Mais il n'y avait aucune trace nulle part des faux noms que tu utilises d'habitude.

— Lulu m'a alors demandé de l'aider, a enchaîné Brandon, et j'ai parlé à mon père. Je me suis dit qu'il était forcément le mieux placé pour savoir quelque chose. Mais sa réaction m'a complètement refroidi.

— Oui ! a lancé Lulu, indignée. Il a raconté à Brandon que tu allais bien, mais que tu étais partie pour régler des problèmes personnels. N'importe quoi ! J'ai compris tout de suite que c'était du baratin. Parce que tu n'aurais jamais essayé de régler tes problèmes personnels sans moi ! Tu me demandes toujours conseil. Comme la fois où Henry a raté ton balayage, tu te souviens ? Bref. Après, j'ai pensé à un centre de désintoxication. Enfin, juste pour te reposer, évidemment – je sais bien que tu ne prendrais jamais le risque d'abîmer ton corps en te droguant –, et pour te cacher des journalistes...

— Mais tu n'étais inscrite nulle part, a complété Brandon. Pour finir, j'ai fouillé en douce dans le bureau de mon père... Il y avait un dossier sur toi, et j'ai vu que tu étais hospitalisée à Manhattan General, ici à New York, dans la 16e Rue...

— À trois cents mètres d'ici ! s'est écriée Lulu. Tu te rends compte ? C'est moi qui suis allée me renseigner, parce que Brandon...

Brandon a eu l'air honteux.

— Je me suis dit que tu m'en voulais peut-être, a-t-il expliqué. À cause de l'histoire avec Mischa... Sérieux, Nikki, je croyais que tu ne m'appelais pas parce que tu étais fâchée. Mais tu sais, à propos de Mischa... C'est elle qui n'arrête pas de me téléphoner. Elle veut sortir un album et, comme je me lance dans la production...

— Je suis allée te voir, a interrompu Lulu avec un regard agacé à Brandon. Et quand tu ne m'as pas reconnue, alors là... J'ai compris qu'on t'avait emmenée de force.

Toutes ces explications me paraissaient un peu embrouillées, et pas très logiques. Mais, enfin, c'était leur manière de raconter ce qui s'était passé entre la dernière fois où j'avais été moi-même – à l'inauguration du Stark Megastore – et aujourd'hui.

En tout cas, une chose était sûre. Il s'était vraiment produit quelque chose de *très*, *très* étrange ce jour-là.

— Ça y est ! s'est écriée Lulu. J'ai compris !

— Tu as compris quoi ? ai-je demandé.

— Pourquoi tu crois être cette fille, Emerson Watts, alors que tu as l'aspect physique de Nikki. Mais oui ! Il y a eu un échange d'esprits ! Comme dans le film *Freaky Friday dans la peau de ma mère* !

Je l'ai regardée en écarquillant les yeux.

— Lulu...

Quand je pense que certaines filles (ma sœur, par exemple) vénèrent des gens comme Lulu. D'accord, elle est belle et riche. Et peut-être – je dis bien peut-être – pleine de bonnes intentions.

Mais il lui manque vraiment quelques neurones !

— Les échanges d'esprits, ça n'existe pas, ai-je marmonné.

— Bien sûr que si ! Tu crois qu'on en parlerait autant dans les films si ça n'existait pas ?

Je me suis demandé comment faire comprendre la physique quantique – plus une ou deux notions de biologie – à cette fille qui avait visiblement arrêté l'école à quatorze ans, peut-être même avant.

— Lulu... Ce que tu décris, ça n'arrive pas. D'accord ?

— Mais alors, comment tu l'expliques ? a-t-elle demandé en ouvrant de grands yeux innocents. C'est pourtant évident ! Quand l'écran plasma est tombé sur l'autre fille et que tu t'es évanouie – toi, je veux dire Nikki – vous avez échangé vos esprits. Tout ce qu'il nous reste à faire maintenant, c'est de la retrouver – puisque l'esprit de Nikki est prisonnier d'elle. Vous n'aurez qu'à refaire l'échange, et voilà !

Brandon fronçait les sourcils.

— Sauf que...

— Il n'y a pas de « sauf que », a décrété Lulu avec entêtement. C'est comme ça que ça marche ! Cela dit... Vu que vos esprits se sont échangés pendant que vous étiez toutes les deux évanouies, on sera peut-être obligés de vous assommer si on veut que le phénomène se reproduise dans les mêmes conditions. Mais on fera attention à ce que ça ne laisse pas de lésions ni de bleus, parce que tu as ton défilé de printemps à Milan dans quelques...

— C'est impossible, a interrompu Brandon.

— Comment ça, impossible ? Pourquoi est-ce que tu es toujours aussi négatif, Brandon ? Tu passes trop de temps avec Mischa, à mon avis. Elle voit tout en noir à cause de son épisode pilote qui n'a pas été sélectionné...

— Je ne suis pas négatif, a répondu Brandon. Je dis seulement qu'on ne pourra pas faire l'échange des esprits.

— Mais pourquoi ?! a crié Lulu en s'énervant.

En fait, elle était tellement menue et tellement mignonne qu'on avait du mal à prendre sa colère au sérieux. Un peu comme un chihuahua qui grogne...

— Si on a besoin d'un médium, je peux demander à Yoshi. Il va à mon cours de yoga, et il est complètement branché spiritisme.

— Le problème..., a commencé Brandon en hésitant,

l'air très gêné. C'est juste que... Quand j'ai fouillé dans le bureau de mon père, j'ai lu quelque chose à propos de cette fille, Emerson Watts.

Intriguée, je me suis penchée en avant – ce qui n'était pas facile, vu qu'on s'enfonçait profondément dans le canapé.

— Quoi ? ai-je demandé.

— Il y avait un compte rendu médical... En fait, quand l'écran est tombé sur Emerson Watts... elle... enfin, je veux dire toi... elle est morte.

10

J'ai secoué la tête, horrifiée.

— Non ! Ce n'est pas possible.

— Je te rapporte seulement ce que j'ai lu, a dit Brandon, qui semblait désolé pour moi. Et je dois dire que mon père avait l'air très secoué. C'est vrai, quoi, même si c'est la faute des casseurs...

— Quels casseurs ? Tu veux dire les écolos ?

— Oui. Mais il est responsable, parce que c'est lui qui devait assurer la sécurité.

Lulu a jugé bon d'en rajouter :

— C'est sa faute si les écrans plasma n'étaient pas mieux accrochés au plafond.

— Ils étaient très bien accrochés, a répliqué Brandon. Mais on ne pouvait pas prévoir que quelqu'un allait tirer dessus avec un pistolet de paintball et que...

— Je ne te crois pas, ai-je coupé.

Brandon a secoué la tête.

— Je t'assure que si. Si les écolos n'avaient pas...

— Je ne te parle pas de l'écran plasma, ai-je dit en me levant, mais en serrant toujours Cosabella contre moi. Je te parle de moi ! Le fait que je sois morte... Je ne peux pas être morte.

— Je l'ai lu dans le rapport médical, a répété Brandon.

Et, dans le dossier, il y avait aussi la notice nécrologique qui est parue dans le journal.

J'ai eu l'impression qu'un poids s'abattait sur moi. Pas le ciel qui me tombait sur la tête...

Juste un rouleau compresseur.

Lulu a cessé de se mordre la lèvre inférieure et a repris la parole :

— Nikki... Je crois que Brandon a raison. J'ai vu l'écran tomber sur la fille, et je ne vois pas comment on pourrait survivre à ça. Elle était là-dessous... comme un insecte écrasé.

Le rouleau compresseur m'a libérée et j'ai pu enfin parler, tout en faisant les cent pas dans le salon.

— Si je suis morte, comment est-ce que je peux être ici ? En train de vous parler ? Après avoir mangé du saumon à l'unilatérale ?

— Je te l'ai déjà expliqué, a répondu Lulu d'une voix patiente. Parce qu'il y a eu un échange d'esprits et...

— Arrête avec ça ! ai-je crié. Je te répète que ça n'existe pas !

— D'accord, d'accord, a-t-elle murmuré, un peu effrayée. Ce n'est pas la peine de crier.

— Il y a forcément une autre explication, ai-je dit en marchant de long en large. Et d'abord... Si Emerson Watts est morte et si je suis Nikki Howard, pourquoi est-ce que les *parents d'Emerson Watts* sont restés tout le temps à mon chevet à l'hôpital ? Pourquoi pas les parents de Nikki ?

— Parce que Nikki n'a pas de parents, a répliqué Lulu. Elle s'est fait émanciper le jour où elle a décroché son premier contrat de mannequin.

Je me suis figée sur place.

— Quoi ?

— Nikki ne s'est jamais entendue avec ses parents. C'est vrai, tu ne parlais pas... enfin, *elle* ne parlait pas beaucoup d'eux.

— Pour ne pas dire « jamais », a rectifié Brandon.

— Et elle ne leur téléphonait pas non plus. Je crois... (Lulu s'est mise à chuchoter.) Je crois qu'elle venait d'une famille pauvre. Le genre qui habite dans un mobile home, tu vois.

— Pourquoi est-ce que tu chuchotes ? ai-je demandé.

— Euh, je ne sais pas, a répondu Lulu en haussant les épaules. Enfin si... parce que ça ne se fait pas trop de parler d'argent. Bref, Nikki ne racontait jamais rien, ni sur son enfance, ni sur sa vie avant d'arriver à New York et de devenir célèbre.

J'ai recommencé à faire les cent pas.

— D'accord... Mais ça n'explique pas ce que faisaient *mes* parents dans la chambre d'hôpital de Nikki Howard.

— Parce qu'ils savent que ton esprit est en elle, a repris Lulu sans se décourager. Le corps d'Emerson Watts est peut-être mort, mais son esprit est toujours vivant. Ce qui, bien sûr, nous amène à la grande question : où est l'esprit de Nikki ? Est-ce qu'il est en train d'errer quelque part ? Si tel est le cas, on doit le rattraper.

— Il faut qu'on appelle Kelly, a déclaré Brandon. On va lui raconter que Nikki est ici, avec nous. Mais qu'en fait ce n'est pas Nikki. Après, on lui demandera où est la *vraie* Nikki. L'esprit de Nikki, je veux dire.

Je les ai dévisagés tour à tour. Comment avais-je pu tomber sur deux kidnappeurs aussi stupides ?

— Tu crois que Kelly a tout manigancé ? a demandé Lulu.

C'est vrai que moi, je m'en suis toujours méfiée. Quand même ! Une directrice d'agence de pub qui ne fait même pas passer Nikki en couverture de *Sports Illustrated* pour le numéro spécial maillots de bain ? Elle prétend toujours que rien ne presse et que Nikki n'a pas à s'inquiéter. Mais c'est nul, cette réponse ! Je te parie que c'est Kelly qui a organisé l'échange d'esprits et tout...

Je n'ai pas entendu la réponse de Brandon. Parce qu'à ce moment-là je me grattais la tête et que j'ai senti quelque chose sous mes doigts.

Quelque chose d'autre que des cheveux ou du cuir chevelu.

Tout en continuant à me palper, je me suis arrêtée devant l'une des immenses fenêtres du loft et j'ai regardé mon reflet – le reflet de Nikki Howard – avec en arrière-plan les lumières de Manhattan. Qu'est-ce que j'avais donc, là-derrière ?

À la base de mon crâne – celui de Nikki –, j'ai identifié une longue entaille, bien refermée mais encore boursouflée, cachée par les cheveux. Quelque chose de terrible s'était passé à cet endroit. Quelque chose qui avait laissé cette énorme cicatrice d'un centimètre et demi de large et de presque quinze centimètres de long.

En fait, j'avais déjà une petite idée. À cause de tous les documentaires sur la chirurgie esthétique que je regardais avec Christopher sur Discovery Channel... Quelqu'un avait pratiqué une incision à l'arrière de la tête de Nikki et tiré sa peau (avec les cheveux) pour dénuder tout l'os du crâne.

Mais pourquoi ? Pourquoi lui aurait-on fait subir une telle opération ? À moins que...

Et là, je me suis rappelé quelque chose qui m'a glacé le

sang (le sang de Nikki, je veux dire). Un dimanche après-midi pluvieux, chez Christopher, on avait regardé une émission sur la chirurgie tout en mangeant des chips en cachette. Ça s'appelait : « Transplantations cérébrales : la chirurgie de l'avenir est possible aujourd'hui. »

Non. Non !

Je revoyais parfaitement le documentaire. Tout le monde prenait l'idée pour de la science-fiction, mais en réalité des savants européens avaient réussi à transplanter un cerveau dans un animal intact et à le maintenir viable, ou vivant, pendant un certain nombre de jours.

— Cool, avait commenté Christopher. Je veux faire ça, moi.

Le documentaire expliquait que, si la technologie ne progressait pas, c'était uniquement à cause de raisons éthiques. Les spécialistes de bioéthique jugeaient immoral de vider un corps – même en mort cérébrale – de cet organe essentiel qu'on ne pouvait pas séparer de la personne.

— Immoral ? avait ironisé Christopher. Moi je suis d'accord pour qu'on transplante mon cerveau dans le corps de Hulk.

Il avait été déçu d'apprendre qu'on était encore loin de pouvoir transplanter le cerveau d'un être humain. Cela dit, il y a seulement une génération, le clonage d'un être humain aussi semblait impossible. Alors... Dans combien de temps les transplantations cérébrales deviendraient-elles de simples opérations de routine, comme la greffe du cœur ?

Est-ce que c'était ça ? Est-ce que j'étais la première à avoir bénéficié d'une greffe de cerveau ? L'écran plasma, en tombant, aurait écrasé mon corps mais épargné mon cerveau ? Et le Dr Holcombe l'aurait alors récupéré pour le transplanter dans un corps disponible... celui de Nikki Howard, qui avait apparemment succombé à un accident cérébral ?

Non. C'était absurde. Matériellement impossible. Le documentaire n'avait-il pas précisé qu'on ne savait pas encore appliquer la technologie à l'être humain ?

Et surtout... Même en supposant que le procédé soit maintenant au point, pourquoi aurait-on choisi de me sauver, moi ?

Pourtant, bien des choses que je ne comprenais pas jusque-là s'éclairaient brusquement. D'abord, la réaction bizarre de Frida – qui avait dit : « Je n'arrive pas à croire que c'est toi. » Il y avait de quoi hésiter... Si à l'extérieur j'étais Nikki Howard et pas la sœur qu'elle connaissait et aimait (admettons).

Ensuite, le Dr Holcombe qui m'interdisait de bouger ou de me lever. Évidemment, quelqu'un qui vient de subir une opération au cerveau...

Il se flattait d'avoir réussi au-delà de tous ses espoirs. Je voulais bien le croire ! On avait transplanté mon cerveau dans le corps de quelqu'un d'autre, et déjà j'étais lucide, je parlais et je contrôlais (plus ou moins) mes fonctions motrices (au bout d'un mois, quand même).

Et aussi le fait que tout était désert – un étage entier de l'hôpital réservé à moi seule ! – quand Lulu et Brandon m'avaient roulée sur le brancard ? Il fallait que l'opération reste top secret. Pourquoi ? À cause de la controverse éthique dont parlait le documentaire ?

Comment expliquer que j'aimais le poisson, tout d'un coup ?

Et que moi, Emerson Watts, je voyais avec les yeux bleu saphir de Nikki Howard et pas avec les miens, qui sont d'un marron parfaitement banal ?

J'étais accablée. Tout se tenait ! Ce n'était pas un échange d'esprits, comme Lulu s'obstinait à le penser. Le Dr Holcombe avait scié le crâne de Nikki Howard pour l'ouvrir, retiré son cerveau et mis le mien à la place, puis rattaché soigneusement tous les nerfs, les artères et les veines, et enfin refermé la boîte crânienne et recousu la peau.

Sous la force du choc, j'ai senti que mes jambes ne me soutenaient plus. Je me suis retrouvée couchée sur la moquette, avec Lulu et Brandon penchés sur moi qui me regardaient d'un air angoissé... et le chien de Nikki Howard activement occupé à me lécher la joue.

Lulu pleurait.

— Nikki ! Tu m'entends, Nikki ? Oh, Brandon, tout ça c'est ta faute ! On n'aurait pas dû la sortir de l'hôpital. Elle est peut-être vraiment très malade !

Brandon me donnait de petites claques sur le visage.

— Nikki ? Nikki !

— Aïe ! ai-je dit, agacée. Arrête de me frapper !

Brandon a obéi immédiatement.

— Pardon. Tu nous a fait peur. Ça va ?

— Oui, oui... Aidez-moi à m'asseoir sur le canapé.

Brandon m'a relevée. Puis, très galamment, il m'a soulevée dans ses bras pour me porter jusqu'au canapé. Dès que j'ai été assise, Cosabella m'a sauté sur les genoux et m'a gratifiée de coups de langue revigorants.

— Qu'est-ce qui t'es arrivé ? a demandé Lulu. C'est une hypoglycémie ? Tu n'as pas assez de sucre dans le sang, c'est ça ? Tu veux boire quelque chose ? Brandon, il y a des Coca light dans le frigo. Va lui en chercher un.

— Non..., ai-je dit faiblement, en me retenant de faire remarquer à Lulu que light signifie sans sucre, et que ce n'est donc pas très efficace dans le cas d'une hypoglycémie. Non, ça va...

— Donne-lui-en un quand même, Brandon, a insisté Lulu. Nikki... euh, Emerson... je ne sais plus. Je suis désolée. Vraiment désolée. On n'aurait jamais dû... On voulait seulement t'aider. Qu'est-ce qu'on peut faire pour toi, maintenant ?

— Rien, ai-je répondu d'une voix épuisée.

Parce que c'est ainsi que je me sentais. Épuisée, rien d'autre. Pas outrée par ce qu'on m'avait fait. Pas en colère. Même pas émerveillée.

Ils avaient réussi. Ils avaient réussi.

Avec moi, la médecine faisait un bond. *La première greffe du cerveau...*

Lulu m'a ouvert une canette de Coca.

— Tiens... Bois ça.

La première gorgée m'a fait un bien fou. Ce qui était incompréhensible, parce que je déteste les boissons à l'aspartame. Mais là, j'ai continué à boire. C'était frais, pétillant, délicieux.

— Écoute, Nikki..., a dit Lulu. Enfin, Emerson, je ne sais pas... Tu veux qu'on appelle quelqu'un ? Ton agent, Rebecca ? Ou la directrice de l'agence de pub, Kelly ? On appelle Kelly et on lui demande de nous expliquer ce qui se passe ?

— Non, n'en parlons à personne. Pas encore.

Je n'étais pas prête à retourner à l'hôpital. Pas tout de

suite. Il fallait d'abord que je digère ce que je venais de comprendre… et dont j'étais presque sûre.

Pourquoi ne me l'avait-on pas dit ? *Pourquoi attendre* ?

— Je suis vraiment fatiguée, ai-je soupiré en tendant la canette vide à Lulu. Est-ce que je peux rester un peu ici pour me reposer ? Et pour réfléchir à ce que je vais faire ?

— Bien entendu ! a répondu Lulu. C'est ton loft. C'est moi qui te paie un loyer.

— Non, ai-je corrigé. Tu paies un loyer à Nikki Howard.

J'étais le premier cas de transplantation cérébrale…

… et, pour héberger mon cerveau, on avait choisi le corps du plus célèbre top model du monde.

J'aurais préféré Hulk. Sérieux.

11

J'ai été réveillée par une sonnerie.

Sauf que je ne parvenais pas à localiser la source. Pendant un instant, je me suis crue dans ma chambre et j'ai tendu la main pour chercher mon réveil. Mais, au lieu d'attraper un objet en plastique dur, mes doigts ont reconnu le contact d'une peau douce et chaude.

Ce qui était pour le moins insolite.

Plus troublant encore, quand j'ai ouvert les yeux, j'ai vu que je n'étais pas dans ma chambre. Ni à l'hôpital, dernier endroit où je m'étais réveillée. Non, je m'étais endormie sur le canapé du salon, dans le loft de Nikki Howard – avec ma tête posée sur l'épaule de Brandon Stark !

Je me suis aussitôt redressée – effarée de m'être laissée aller à cette position intime avec quelqu'un qui m'était totalement étranger – et j'ai senti que la tête me tournait. Plus exactement, ma tête me faisait mal.

Je n'ai pas tardé à me rappeler pourquoi.

À cette pensée, un gémissement sourd est sorti de ma gorge et j'ai posé mon front sur mes genoux. Les longs cheveux blonds de Nikki Howard sont retombés de chaque côté, presque jusqu'à terre. Apparemment, Cosabella n'aimait pas trop me voir ainsi, car il a sauté sur mes genoux et m'a léchée pour me dire bonjour.

Quand la sonnerie a retenti à nouveau, je me suis levée, Cosabella dans les bras, et j'ai fait quelques pas dans le salon pour chercher d'où elle provenait et l'éteindre.

C'était le matin. Le ciel qu'on voyait par les immenses fenêtres était déjà clair et bleu. Une belle journée d'automne commençait.

Mais ça ne troublait guère les deux A.D.N. (Amis De Nikki), qui s'étaient endormis à côté de moi sur le canapé. Avec ses cheveux emmêlés et son mascara qui avait un peu coulé, Lulu Collins ressemblait à un ange.

Quant à Brandon Stark, son grand corps d'un mètre quatre-vingt-dix en équilibre périlleux sur le bord du canapé, il ronflait doucement, la télécommande encore dans la main. Sur l'écran au-dessus de la cheminée, des images de visages célèbres se succédaient. MTV, sans le son.

La sonnerie s'est fait entendre une troisième fois. Lulu a poussé un grognement tout en rabattant sur sa tête la couverture en cachemire qu'on avait partagée tous les trois. J'ai alors compris que le son venait d'une sorte d'interphone installé à côté de l'ascenseur.

— Oui ? ai-je répondu d'une voix rauque dans le combiné.

— Pardon de vous réveiller, Miss Howard, a dit une voix d'homme que je n'ai pas reconnue (évidemment). Mais M. Justin Bay est là et demande à vous voir.

Justin Bay ? L'acteur principal du film *Journeyquest* ? Justin Bay voulait me voir ?

Immédiatement après, j'ai pensé : « Mais non, imbécile ! Pas toi. C'est Nikki Howard qu'il vient voir ! »

Mais... Pourquoi ? Justin était le petit copain de Lulu, non ? Ne m'avait-elle pas d'ailleurs montré un saphir rose, quand je la prenais pour une hallucination à l'hôpital, en me racontant que « Justin » lui avait offert cette bague ?

Si. Je m'en souvenais parfaitement.

— Il veut voir Lulu, plutôt, ai-je dit. Elle dort et...

— Non, Miss Howard, a répondu le portier. M. Bay a bien précisé qu'il souhaitait vous voir, *vous*. Il vous prie de ne rien dire à Miss Collins et de le rejoindre en bas. Il paraît que c'est important.

J'avais l'esprit passablement embrouillé. Justin Bay voulait voir Nikki Howard, mais sans que Lulu soit au courant ? Qu'est-ce que c'était que cette histoire ?

— Il affirme qu'il ne partira pas sans vous avoir vue, a continué le portier d'une voix neutre. Et que, cette fois, il ne plaisante pas.

J'étais toujours aussi perplexe. Quelle raison impérieuse Justin Bay avait-il de voir Nikki Howard en se cachant de Lulu ? J'ai essayé de me rappeler ce que je savais de lui, c'est-à-dire pas grand-chose – à part ce que j'avais lu dans le *US Weekly* de Frida, et qu'il jouait très mal dans le film *Journeyquest*. Ah oui, et qu'il était incroyablement beau aussi.

Et riche. Son père, Richard Bay, qui avait interprété le rôle principal dans la série *Le Guerrier du ciel* (un méga succès) quand il était jeune, produisait à présent des émissions de télé et élevait des buffles dans un immense ranch du Montana. (Mais pourquoi Frida laissait-elle toujours traîner ses magazines people partout ? Et pire : pourquoi est-ce que je les lisais ?)

Justin avait peut-être une surprise pour Lulu. Oui, voilà.

C'était sûrement pour cette raison qu'il voulait voir Nikki et pas elle. N'est-ce pas ?

— Vous voulez que j'appelle la police, Miss Howard ? a demandé le portier qui, décidément, ne cessait de me poser des questions dérangeantes.

— Quoi ? ai-je lâché dans l'interphone, ahurie. Non, non ! Tout va bien. J'arrive.

— Parfait, Miss Howard, a répondu le portier. Je vous envoie l'ascenseur.

J'ai raccroché. Super... J'allais devoir parler à Justin Bay. Mais en me faisant passer pour Nikki Howard. Je ne pouvais pas lui dire que je n'étais pas Nikki. J'avais déjà eu suffisamment de mal à convaincre Lulu et Brandon. Alors, Justin Bay... Rien qu'à sa manière de jouer dans *Journeyquest*, on voyait bien que ce n'était pas une lumière...

Bon. J'arriverais bien à m'en sortir...

Mais non ! Ce n'était pas possible ! Je n'avais pas le temps de voir Justin Bay. Il fallait que je retourne à l'hôpital. Après une bonne nuit de sommeil (même si j'avais dû partager le canapé avec Lulu et Brandon, et devant la démo du clip de Lulu qui plus est – elle essayait de sortir son premier album de rock, et bon, c'est vrai, elle ne chantait pas trop mal), je me sentais suffisamment en forme pour exiger qu'on réponde à toutes mes questions : comment mes parents avaient pu me faire ça, pourquoi personne ne m'avait rien dit, qu'était devenu mon ancien corps...

... et où était le cerveau de Nikki Howard.

J'ai posé Cosabella par terre et j'ai foncé dans la salle de bains. Un seul coup d'œil dans le miroir a suffi à me convaincre que toute cette histoire n'était pas un cauchemar. C'était bien le visage de Nikki Howard que je voyais devant moi.

Après m'être aspergée avec de l'eau froide pour me réveiller, j'ai ouvert les tiroirs, j'ai trouvé une brosse et je me la suis passée dans les cheveux, mais doucement pour ne pas accrocher les points de suture encore sensibles à l'arrière de ma tête. La tête de Nikki, je veux dire. Ensuite, j'ai pris une brosse à dents dans la timbale dorée posée à côté du lavabo. C'était la brosse à dents de Nikki Howard, mais je m'en suis servie quand même. Après tout, mes dents étaient les siennes, non ?

Je me suis rincé la bouche, puis j'ai attrapé la première veste qui me tombait sous la main – en daim marron souple et très doux.

J'étais sur le point de ressortir de la chambre quand brusquement, en passant devant l'ordinateur de Nikki, l'idée de vérifier ce que Brandon avait raconté la veille m'a traversé l'esprit. Est-ce que j'étais vraiment morte ? D'accord, Justin attendait en bas, mais un petit tour sur Google ne me prendrait pas longtemps.

Cela dit, après être restée dans le coma pendant un mois, je devais avoir une tonne de mails. Des spams en quantité, sûrement, mais je ferais vite le tri. Je voulais juste voir si Christopher m'avait écrit...

Quand j'ai ouvert le portable rose de Nikki, j'ai tout de suite remarqué que quelque chose n'allait pas. Pas seulement parce que c'était un PC de la marque Stark et que, si j'étais un top model avec de l'argent à ne savoir qu'en faire, je me serais offert un ordinateur bien plus performant.

Non, c'est le clavier qui était bizarre. Il réagissait avec une lenteur effarante et mettait un temps fou à exécuter les commandes. Chaque fois que j'appuyais sur une touche, l'indicateur du modem s'allumait et signalait une connexion réseau.

Ce qui signifiait que l'activité du clavier de Nikki Howard était enregistrée quelque part. Je l'ai compris grâce au père de Christopher. Il est farouchement convaincu que le gouvernement est en mesure d'espionner les ordinateurs personnels de tous les citoyens.

Et le portable de Nikki Howard – contrairement à celui du Commandant – était clairement sous surveillance.

Bien sûr, quelqu'un qui ne pratique pas tellement les ordinateurs – par exemple, un top model – ne s'en apercevrait pas. Mais, pour une fille comme moi qui ne peut littéralement pas vivre sans être connectée, c'était d'une évidence criante.

Et complètement flippant !

J'ai retiré mes doigts du clavier comme si je venais de recevoir une décharge électrique. J'avais seulement cliqué sur Google. Je n'avais pas communiqué mon nom, ni fait quoi que ce soit qui aurait pu indiquer mon identité.

Tout de même. Ça faisait froid dans le dos. Qui espionnait Nikki Howard ?

Et pourquoi ? Qu'est-ce que les mails d'un top model pouvaient bien avoir d'intéressant ?

À cet instant, j'ai entendu la porte de l'ascenseur s'ouvrir et je suis vite sortie de la chambre. Le liftier – pas celui de la veille – m'a saluée avec un grand sourire.

— Bonjour, Miss Howard.

— Chut, ai-je fait en désignant Lulu et Brandon qui dormaient.

Ils avaient un air tellement angélique. Jamais on ne les

aurait pris pour deux malades capables d'enlever quelqu'un parce qu'ils croyaient que les scientologues lui avaient fait subir un lavage de cerveau.

— Oh pardon, a chuchoté le liftier, qui me tenait la porte de l'ascenseur ouverte. Vous descendez ?

— Oui…

Après un dernier regard à mes « ravisseurs », je suis entrée dans l'ascenseur…

… et un éclair de poils blancs s'est précipité derrière moi.

— Cosy ! ai-je protesté. Va-t'en. Tu te trompes, je ne suis pas ta maîtresse. Et je ne reviendrai pas. Rentre chez toi.

Mais Cosabella gémissait doucement.

— Je suis très sérieuse, ai-je continué. Tu ne peux pas venir avec moi. Je retourne à l'hôpital.

J'ai pris le petit chien, je l'ai posé sur la moquette blanche devant l'ascenseur et je lui ai ordonné de ne pas bouger.

Mais, en voyant son air si triste et son museau tout chiffonné – sans parler de son gémissement pathétique –, j'ai fondu.

Et puis, qui sait si son désir de m'accompagner ne relevait pas plutôt d'un besoin naturel urgent et n'avait rien à voir avec l'amour ?

— Bon, d'accord… Viens.

Cosy a aussitôt bondi dans l'ascenseur en agitant la queue comme… oh, je ne sais pas, comme quelque chose qui est fait pour s'agiter, voilà.

Le liftier m'a souri (enfin, il a souri à Nikki Howard) et a fermé la porte. Quand la cabine est arrivée au rez-de-chaussée, il m'a ouvert et a dit :

— Bonne journée, Miss Howard.

— Je ne suis pas… ai-je commencé.

Mais j'ai vu mon reflet dans les miroirs du hall de l'immeuble. À quoi bon ?

— Merci, me suis-je contentée de répondre en sortant de l'ascenseur, Cosabella sur les talons.

Et vous savez ce qui m'a le plus frappée ? Que Nikki Howard soit aussi superbe. Pourtant, je m'étais juste rafraîchi le visage et brossé les dents. En tout cas, elle était suffisamment belle pour que le facteur qui apportait des colis à la loge du portier en lâche son carnet en me voyant et le ramasse… en rougissant.

Ou alors, c'est qu'il n'en revenait pas de voir quelqu'un d'aussi célèbre se balader en jean et Skechers.

Quand même, je pencherais plutôt pour la première hypothèse. Il était tout simplement saisi de croiser une créature d'une telle beauté.

C'est trop cool, non ? Je veux dire, d'être tellement belle que le facteur en perd ses moyens.

Mais quand c'est seulement un corps dans lequel on a été transplantée ? Ça n'a franchement rien de glorieux.

Je ne l'avais pas vraiment remarqué la veille – vu que j'étais passablement troublée par le fait d'avoir été enlevée et parce que je venais de m'apercevoir que je me retrouvais prisonnière dans le corps de quelqu'un d'autre –, mais le hall de l'immeuble de Nikki était immense, éclairé par un gigantesque lustre en cristal suspendu au plafond.

Et juste sous le lustre se tenait Justin Bay. On aurait dit un mannequin d'un des magazines pour ados que lisait ma sœur, avec une allure très relax (jean, pull gris à col en V et veste en cuir marron). Quand il m'a vue approcher, son visage de beau brun s'est crispé et il a regardé derrière moi d'un air inquiet, comme pour s'assurer que personne ne me suivait.

Une fois certain que j'étais seule, il s'est détendu et a souri. En révélant des dents incroyablement blanches et bien alignées.

— Ah, tu es là, a-t-il dit, et j'ai reconnu la voix de son personnage dans *Journeyquest* (je ne voudrais pas me répéter, mais le film est vraiment nul).

— Ben oui, ai-je répondu, tandis que Cosabella filait vers la double porte vitrée qui donnait sur la rue. Mais je suis super pressée. Tu veux me donner quelque chose pour Lulu, c'est ça ?

Le sourire de Justin s'est évanoui.

— Pour Lulu ? a-t-il demandé d'un air perplexe. Non... Pourquoi ?

— Euh, je ne sais pas...

Debout sur ses pattes arrière, Cosabella grattait à la porte. Je ne m'étais pas trompée. Il avait vraiment besoin de se soulager.

— Puisque tu as insisté pour me voir moi, et pas elle... Je me suis dit que tu voulais lui faire une surprise...

— Tu plaisantes ou quoi ? a dit Justin en me prenant brusquement par la main.

Et pas pour échanger une poignée de main. Non. Il me l'a serrée très fort, tout en me regardant avec des yeux éloquents, implorants et embués de larmes – exactement comme dans le film *Journeyquest*, quand Leander supplie la méchante sorcière de ne pas tuer son Alana adorée (interprétée par Mischa Barton).

— Nikki ? Où étais-tu passée ? Je devenais complètement dingue ! Je t'ai laissé des messages, je t'ai envoyé des textos... Tu ne m'as pas répondu. Pendant plus d'un mois ! Et, quand j'apprends enfin que tu es revenue, tu ne m'appelles même pas ? J'ai fait quelque chose qui te n'a pas plu ? Dis-moi !

Je l'ai dévisagé sans rien dire, horrifiée, parce que dans mon esprit se bousculaient trois choses à la fois. Premièrement, je comprenais que Justin Bay était amoureux de moi. Enfin, pas de moi, mais de Nikki Howard.

Deuxièmement, je découvrais que Nikki Howard était une garce sans scrupule qui sortait avec le petit copain de sa meilleure amie à son insu. Et à l'insu de son propre petit copain à elle.

Et, troisièmement, il m'apparaissait clairement que le chien de Nikki Howard ne pouvait plus se retenir et s'apprêtait à souiller le sol en marbre du hall.

— Attends..., ai-je dit en dégageant ma main. Il faut que je laisse sortir mon chien.

La déception a assombri le visage de Justin.

— Nikki ! Mais qu'est-ce que...

— J'arrive...

Je me suis dépêchée d'aller ouvrir la porte.

— Cosy ! Viens, ici. Vite...

Cosy m'a suivie sur le trottoir, dans l'air frais de l'automne, et s'est accroupi à côté d'un gros pot de fleurs... Oh là là, c'était plus grave que je ne pensais !

Et je n'avais rien pour ramasser.

— Pardon, ai-je dit piteusement au portier, debout un peu plus loin, qui hélait un taxi pour un autre habitant de l'immeuble.

Il m'a regardée en souriant, étonné.

— Ce n'est rien, Miss Howard. Je m'en occupe, comme d'habitude.

Quoi ?! Le portier de Nikki Howard ramassait les crottes de son chien ? J'étais tellement gênée que j'aurais voulu rentrer sous terre. En attendant, j'ai piqué un fard (et, au passage, j'ai noté que Nikki Howard rougissait facilement).

Il faut dire aussi que ce qui s'était passé dans le hall avec Justin m'avait quand même pas mal troublée. C'est vrai, quoi !

— Non, non ! ai-je insisté. Si vous avez un sac en plastique, je vais le faire...

Le portier me dévisageait à présent comme si j'étais devenue complètement folle. Apparemment, Nikki Howard ne proposait jamais de ramasser les crottes de son chien.

— Miss Howard ? C'est moi, Karl... Je vais nettoyer.

Oh là là, qu'est-ce que j'avais honte !

— Très bien. Euh, Karl... Pardon, mais je suis pressée. Je voudrais vous demander un service... Est-ce que vous pouvez ramener Cosy au loft ?

Il n'était pas question que je retourne dans le hall où Justin m'attendait !

Karl a hoché la tête. Mais à peine a-t-il pris Cosy dans ses bras que celui-ci s'est mis à hurler.

Il n'a pas gémi. Ni aboyé. Il a littéralement hurlé à la mort.

Bon. Qu'est-ce qu'il avait encore ?

— Vous lui avez terriblement manqué, a expliqué Karl. Il pleure comme ça depuis un mois.

Quelle horreur ! Comment avais-je pu abandonner mon chien pendant aussi longtemps ?

Mais non, voyons ! Ce n'était pas mon chien.

Et je ne l'avais pas abandonné. Karl ignorait que la pauvre bête souffrait en fait parce que sa vraie maîtresse était morte (j'en avais la quasi-certitude maintenant, l'hypothèse de Lulu avec son histoire d'échange d'esprits étant physiquement impossible).

— Cosy !

J'ai repris le petit chien au portier. Aussitôt, il s'est arrêté de pleurer et a essayé de se blottir sous ma veste.

— Cosy, ai-je murmuré en sentant mon cœur fondre à nouveau. Je ne peux pas t'emmener. Je ne suis pas ta vraie maîtresse. Et je retourne à l'hôpital. Les chiens sont interdits...

Mais il a levé vers moi des yeux remplis d'amour et, la langue pendante, a agité la queue.

J'ai su à cet instant que j'allais l'emmener. Que je ne pourrais plus m'en séparer.

Comme si ma vie n'était pas assez compliquée comme ça...

Mais je n'étais pas au bout de mes peines car, pour couronner le tout, Justin Bay est sorti sur le trottoir et m'a rejointe. Il avait l'air embêté.

— C'est à cause de la bague ? m'a-t-il soufflé à l'oreille.

On se trouvait dans une rue passante et je l'ai à peine entendu à cause du bruit des voitures.

— Celle que j'ai offerte à Lulu ? a-t-il précisé en voyant que je ne suivais pas. Ça ne voulait rien dire, tu sais. C'était seulement pour la rassurer, parce qu'elle commençait à avoir des soupçons... pour nous deux. Tu ne peux pas m'en vouloir à cause de cette bague...

— Je ne comprends rien à ce que tu racontes, ai-je répondu. (Ce qui était la vérité.) Et il faut que j'y aille…

Son visage s'est complètement défait sous le coup de l'émotion.

Et, brusquement, il m'a prise dans ses bras et… m'a embrassée sur la bouche.

Mon deuxième baiser en l'espace de douze heures a été encore plus troublant que le premier. Parce que, celui-là, je l'ai senti jusqu'au bout de mes doigts de pied, qui se sont tétanisés dans mes Skechers.

Moi qui ricanais, en lisant les romans de Frida, quand le beau ténébreux attrapait la pauvre héroïne – en réalité, elle ne demandait que ça – et l'écrasait contre son torse puissant, et qui pensais « Ben voyons. On y croit, tiens ! » lorsqu'elle sentait ses jambes mollir. Imaginez ma surprise quand mon propre corps – je devrais plutôt dire le corps de Nikki Howard – a complètement fondu sous l'effet du baiser de Justin Bay, là, en pleine rue, devant le portier et la file des taxis qui attendaient que le feu passe au vert, et devant tous les regards que le spectacle intéressait. En fait, je n'en revenais tellement pas que j'ai failli lâcher Cosabella – qui d'ailleurs étouffait, serré entre nous deux.

Était-ce normal ? Est-ce qu'on réagissait toujours de cette manière quand on était embrassée – et, dans mon cas, par des garçons que je ne connaissais pas (sinon pour les avoir vaguement vus dans les pages de magazines people) ? Ou est-ce que Justin Bay et Brandon Stark embrassaient particulièrement bien ? Je me suis posé la question… Parce que, très franchement, j'ai adoré ! Sérieux. Même si je n'oubliais pas, évidemment, que c'était mal d'embrasser le copain de la meilleure amie de Nikki Howard, en cachette de son propre petit copain qui plus est.

Sans compter que je ne les appréciais ni l'un ni l'autre. C'est vrai, quoi. J'ai toujours été raide dingue de mon meilleur ami. Dans ma vraie vie, je veux dire. Si lui s'était penché ainsi sur moi, en plein milieu de la rue, je suis sûre qu'il se serait produit une explosion quelque part !

C'est pourquoi je ne pouvais pas me laisser aller à ce baiser, même si le corps de Nikki le désirait. Et au cas où Christopher passerait par là. Il déteste Justin Bay.

Bon d'accord... Comment aurait-il su que c'était moi, et pas Nikki Howard ?

Mais là n'était pas la question.

Et Lulu alors ? Supposons que Lulu se réveille, qu'elle regarde par la fenêtre et nous voie ? Certes, elle m'avait kidnappée. Mais elle avait agi par bonté de cœur.

Bref, avec la bouche de Justin sur la mienne, je ne pouvais pas trop protester. Et, même si la sensation était délicieuse, il fallait absolument que j'y mette le holà. Du coup, j'ai rassemblé toute la volonté dont je pouvais être capable et je me suis arrachée à l'étreinte de Justin.

— Arrête, s'il te plaît...

— Pourtant tu en as envie, je le vois bien, a-t-il murmuré d'une voix rauque.

Je vous jure que c'est ce qu'il a dit, texto ! Exactement comme les beaux ténébreux dans les bouquins de Frida. Et il me serrait toujours dans ses bras.

Le pire, c'est qu'il avait raison. J'en avais envie. Ça oui. Mais je n'allais pas commettre l'erreur de l'avouer.

— Non, ai-je répondu. Je ne veux pas. Ce n'est pas bien.

— Tu ne disais pas ça à Paris.

Je me suis éclairci la gorge, et j'ai fait en sorte de garder la tête tournée pour l'empêcher de recommencer.

— Hmm... Non... En plus, je ne suis jamais allée à Paris. Lâche-moi, s'il te plaît...

À ma grande surprise, il s'est reculé. Mais pas pour satisfaire ma demande... Il m'a lâchée parce que Gabriel Luna – qu'est-ce qu'il faisait ici, celui-là ? – venait de surgir derrière lui et l'empoignait avec force.

— Elle t'a demandé de la laisser tranquille, a-t-il dit.

Ouah ! Ça devenait franchement chevaleresque. Encore une fois, comme dans les romans de Frida... sauf que celui-ci me plaisait bien.

— Mais ! s'est exclamé Justin en rajustant sa veste en cuir. De quel droit... ?

— Je suis un ami de Nikki, a répliqué Gabriel Luna d'une voix parfaitement glaçante.

Un A.D.N ! Gabriel Luna se rangeait parmi les Amis De Nikki !

Sa voix a pris une intonation beaucoup plus douce et pleine de sollicitude quand il s'est adressé à moi.

— Ça va, Nikki ?

J'ai hoché la tête tout en caressant distraitement Cosabella, qui n'avait pas beaucoup apprécié d'être écrasé contre moi et grognait à l'intention de Justin. Il avait beau ne peser que trois kilos, il exprimait son mécontentement avec la férocité d'un rottweiler.

— Oui, ai-je répondu. J'avais juste peur... euh... qu'on nous voie.

Je voulais parler de Christopher, bien sûr – et de Lulu. Mais Justin a regardé tout autour, comme s'il s'apercevait seulement maintenant qu'on se trouvait au beau milieu d'une rue pleine de monde. Il n'a pas du tout levé les yeux vers les fenêtres au-dessus. Quel mufle ! (C'est le mot qu'on emploierait dans un roman de Frida, n'est-ce pas ?)

Gabriel a souri en remarquant la panique soudaine de Justin.

— C'est vrai que j'ai doublé une bande de paparazzis en arrivant..., a-t-il déclaré.

Il n'a pas eu besoin d'en dire plus. Justin a remonté le col de sa veste et s'est éloigné précipitamment.

— Je t'appelle ! m'a-t-il lancé.

Je n'en revenais pas ! Il se fichait royalement de Lulu, sa petite copine officielle, mais, à l'idée d'être surpris par des paparazzis, il prenait ses jambes à son cou. Quel petit crétin ! Quel minable ! Quel... ! Je ne trouvais pas de mot assez dur.

— Tu es sûre que ça va, Nikki ? a demandé Gabriel en me considérant avec inquiétude.

J'ai cligné un peu des yeux... puis je me suis tournée vers Karl. Le portier nous dévisageait, bouche bée, les doigts sur son téléphone portable, comme s'il s'apprêtait à appeler police-secours. Voyant que je le regardais, il a rangé son téléphone.

— Oui, oui, ai-je répondu à Gabriel. Ça va... Mais il faut que je retourne à l'hôpital. Je n'étais pas censée sortir si tôt et... Je dois y retourner.

— Je sais, a dit Gabriel de la même voix posée qu'il avait eue pour parler des paparazzis. Je suis allé prendre de tes nouvelles, et c'était la panique totale là-bas à cause de ta disparition... Tu as eu envie de t'amuser un peu, c'est ça ?

J'ai ouvert de grands yeux, interloquée. Envie de m'amuser ? Pas du tout. J'avais été enlevée par deux C.P.L.C. déguisés en chirurgiens.

Brusquement, j'ai compris ce qu'il avait dû s'imaginer en me surprenant en train d'embrasser Justin Bay devant chez moi (enfin, devant chez Nikki Howard).

Et je me suis sentie rougir jusqu'à la racine des cheveux.

— N… non, ai-je bredouillé. Ce n'est pas ça du tout ! Il y a eu un malentendu. C'est à cause de Lulu ! Lulu Collins et Brandon Stark…

Je me suis interrompue. Rien qu'à son expression, je voyais que ma tentative d'explication ne faisait qu'empirer les choses.

— Il faut que j'y aille, ai-je conclu en baissant les yeux, tellement j'étais mortifiée. À… à plus tard.

Je me suis détournée, tenant toujours Cosabella dans les bras, et j'ai fait un pas vers le bord du trottoir.

La voix de Gabriel m'a arrêtée aussitôt.

— Ce n'est pas la peine. Il n'y a pas de taxis.

— À cette heure-ci, il ne faut pas y compter, a confirmé Karl, qui avait apparemment écouté notre conversation. Tout le monde part au travail. Dans une heure, peut-être…

Une heure ! Je ne pouvais pas attendre une heure ! Je devais absolument retourner à l'hôpital ! Surtout si ce qu'avait dit Gabriel était vrai et que là-bas « c'était la panique totale ». Au lieu de perdre du temps à regarder mes mails sur l'ordinateur de Nikki, j'aurais dû appeler mes parents pour les rassurer. Je pouvais peut-être emprunter le téléphone portable de Karl… Non, trop tard… Il fallait que je fonce…

— Tant pis. Je vais y aller en métro.

— Tu ne peux pas prendre le métro, a dit Gabriel en énonçant calmement une évidence.

— Bien sûr que si.

Je me suis tournée pour partir de l'autre côté. Après tout, j'habitais dans ce quartier et je n'avais aucun mal à me repérer. De toute façon, que pouvais-je faire d'autre ?

— C'est la ligne 6. Je descends à la 14e Rue, et après ce n'est pas loin à pied.

Mais, quand j'ai voulu sortir ma carte de transports de ma poche, je me suis rendu compte que ce n'était pas ma poche. C'était celle de Nikki Howard.

Et elle était vide.

— Oh non, ai-je gémi.

Allez donc vous déplacer à New York sans carte de transport !

— Tu sais bien que tu ne peux pas prendre le métro, a répété Gabriel sans se départir de son calme.

J'ai ouvert la bouche pour dire « Pourquoi pas ? », mais, au même moment, quelqu'un m'a attrapée par le bras. J'ai cru que c'était Justin Bay (encore !), et j'ai pivoté brusquement en me préparant à repousser un autre baiser. Hé ho, j'avais besoin de rester solide sur mes jambes !

Sauf que je me suis retrouvée face à un groupe d'écolières en jupe plissée et sweat marron qui se sont mises à hurler.

— Regarde, Tiffany ! a crié celle qui me tenait par le bras, une adorable gamine de neuf ans avec des tresses et des taches de rousseur. Je te l'avais dit que c'était elle !

En même temps, elle pointait du doigt une énorme affiche haute de plusieurs étages, sur le côté d'un immeuble… Une pub pour le nouveau Stark Megastore de SoHo, avec Nikki Howard en bikini.

La fillette a failli m'arracher le bras tellement elle était excitée.

— Nikki ! Nikki ! Je peux avoir ton autographe ?

— Moi aussi, Nikki ! a crié une autre en m'agitant un carnet sous le nez. Je peux en avoir un ? S'il te plaît !

J'ai essayé de me libérer.

— Je ne suis pas Nikki ! Lâchez-moi... Je ne suis pas...

— Mesdemoiselles...

L'institutrice qui accompagnait le groupe – une sortie d'école, visiblement – a tenté de ramener l'ordre.

— Laissez-la tranquille ! Revenez ici... Laissez-la !

Mais son autorité ne pesait rien dans la balance. Que voulez-vous faire contre un top model en chair et en os ?

Bref, les gamines ne me lâchaient pas. Et elles ne me croyaient pas. D'autant plus que, sur l'énorme affiche, le visage qui était le mien leur donnait raison.

Qui sait ce qu'elles auraient fait si Gabriel et le portier n'étaient pas venus à mon secours ? Pendant que Karl les repoussait, Gabriel a passé un bras autour de mes épaules et m'a entraînée plus loin.

— Tu comprends maintenant pourquoi tu ne peux pas prendre le métro ? a-t-il dit. Sauf si tu portes une cagoule.

Je n'ai pas ri à sa plaisanterie. Parce que je venais de comprendre, avec horreur, qu'il disait vrai : je ne pourrais plus jamais prendre les transports en commun comme quelqu'un de normal. Même si je brandissais une pancarte avec écrit dessus : « Je ne suis pas Nikki Howard. Ne me demandez pas d'autographe. »

J'étais effondrée.

— Ce n'est pas grave, a murmuré Gabriel en me serrant gentiment contre lui. Je vais t'emmener.

Et il a désigné une Vespa vert pâle garée un peu plus loin le long du trottoir.

Absolument. Une Vespa.

C'est-à-dire, pour tout un tas de gens accros à une image glamour, un moyen de transport pas cool du tout.

Mais Gabriel, visiblement, se fichait pas mal de ce qu'on pouvait penser de lui.

— J'ai deux casques, a-t-il ajouté pour me rassurer, pensant que j'hésitais pour des raisons de sécurité.

J'ai hoché la tête en silence. Tout ce que je désirais à cette minute précise, c'était échapper aux fans de Nikki Howard – qui continuaient de hurler, malgré les injonctions de leur institutrice et de Karl, qui tentait désespérément de les retenir. Et échapper aussi à la colocataire hystérique de Nikki Howard, à son petit ami, à son luxueux immeuble, à l'énorme affiche sur le côté du bâtiment voisin... et retrouver mes parents.

Du moment que j'y parvenais, peu m'importaient les moyens.

Gabriel m'a tendu un casque de moto qu'il a sorti d'une sacoche à l'arrière de la Vespa.

— Tiens, a-t-il dit. Mets ça.

Il m'a aidée à attacher le casque. J'ai eu peur d'avoir mal à l'endroit des points de suture derrière ma tête. Mais non. Pas de problème.

Puis il m'a fait asseoir à l'arrière de la Vespa, m'a montré où poser les pieds, et s'est installé sur la selle.

— Accroche-toi à moi.

J'ai compris que je devais le tenir par la taille.

Évidemment, je n'avais jamais connu ce genre d'intimité avec aucun garçon. Mais bon. Vu qu'on venait de m'embrasser deux fois en vingt-quatre heures (sans intention délibérée de ma part), je n'étais plus à ça près.

De toute façon, je n'ai pas eu trop le temps de réfléchir. L'une des écolières avait réussi à échapper à Karl et courait vers nous en criant : « Nikki ! Nikki ! »

Gabriel a mis le moteur en route et la Vespa a démarré d'un coup sec. Je venais à peine de glisser mes deux bras autour de sa taille qu'il a lancé :

— On y va !

12

J'habite à Manhattan depuis toujours.

Je sais me débrouiller dans les rues de New York. Je connais tout un tas de petites boutiques sympas où on peut trouver des articles d'occasion, des bouquins à prix réduit. Je suis montée en haut de l'Empire State Building et de la statue de la Liberté. Je suis même allée au World Trade Center du temps où il existait encore. J'ai fait de l'aviron dans Central Park, du skate-board au Rockefeller Center. J'ai goûté à toutes les cuisines du monde. Chinoise, mexicaine, éthiopienne...

Mais je n'avais encore jamais remonté la 4e Avenue à l'arrière d'une Vespa, accrochée au dos d'un garçon super mignon !

Et je dois dire que c'est un moyen de transport extraordinaire. Par rapport au métro ou à la marche, que je pratique régulièrement, c'est incomparable. Pourtant, j'avais les yeux qui pleuraient à cause du vent – et je sentais aussi que Cosabella n'appréciait pas trop d'être coincé entre mon ventre et le dos de Gabriel. Mais c'était super de zigzaguer entre les voitures, de doubler les coursiers à vélo, de passer même quand le feu devenait orange...

... et, surtout, de sentir la chaleur de Gabriel contre moi à travers son blouson de cuir, et de le voir se retourner de temps en temps en me souriant pour s'assurer que tout allait bien.

Je savais qu'il souriait à Nikki Howard, pas à moi, mais tant pis. J'aurais pu rester des heures derrière lui sur sa Vespa. Pour la première fois depuis que je m'étais réveillée à l'hôpital, je me sentais... bien.

Pas parce qu'on avait mis mon cerveau dans le corps de Nikki Howard (ça non).

Mais parce que j'étais en vie.

J'ai pensé à ce moment-là que j'avais de la chance. Oui, vraiment. Une chance incroyable. Je ne savais pas à qui je devais d'avoir été choisie pour tenter l'expérience, mais je me sentais pleine de gratitude envers cette personne.

En tout cas, je lui étais reconnaissante pour la balade en Vespa.

Bon, d'accord, j'appréciais moins pour les écolières qui assaillaient Nikki Howard en vue d'obtenir un autographe...

Le trajet jusqu'à l'hôpital m'a paru trop court. Un kilomètre, vraiment, ce n'est rien (sauf à pied). Et, en descendant dans le parking souterrain, j'ai été saisie d'une bouffée d'angoisse.

Comment allais-je être accueillie ? OK, je n'y étais pour rien puisqu'on m'avait kidnappée. Mais j'aurais pu m'échapper bien plus tôt. En vérité, j'en voulais à mes parents de ne pas m'avoir mise au courant de la transplantation. Qu'est-ce qu'ils s'imaginaient ? Que je ne m'en rendrais pas compte ?!

C'est pour ça que je ne m'étais pas précipitée pour retourner à l'hôpital...

Et maintenant, j'avais peur de ce qui m'attendait.

Gabriel s'est arrêté pour prendre un ticket à l'entrée du parking.

— Tu n'es pas obligé de monter, ai-je dit. Laisse-moi en bas, ça ira.

Si mes parents me faisaient une scène, je ne voulais pas qu'il en soit témoin. Ce serait trop la honte – même si c'est Christopher que je cherche à impressionner, et pas Gabriel Luna.

— Pas question, a-t-il répondu. Après ce qui s'est passé devant ton immeuble ? Je veux être sûr qu'il ne t'arrivera rien.

Mes joues se sont empourprées.

— C'est Justin qui... Enfin, ce n'est pas ce que tu...

— Non. Je veux dire avec les écolières.

— Oh.

Heureusement, il ne voyait sans doute pas que j'étais toute rouge sous le casque. Mais je tenais vraiment à m'expliquer.

— Justin n'est pas... mon petit ami, tu sais.

— Ah bon ?

Zut ! Qu'allait-il penser de moi, alors ? C'était encore pire !

— Non... Il sort avec ma colocataire. Je... je crois qu'il essaie de me draguer.

— Apparemment, oui.

Oh là là. J'aurais mieux fait de me taire !

Gabriel a garé la Vespa et éteint le moteur.

— Comment est-ce que tu as eu l'idée de venir me chercher chez Nikki ? ai-je demandé. Enfin... chez moi ?

Gabriel a souri en prenant le casque que je lui tendais.

— Une intuition, a-t-il répondu. Je comprends que tu

aies eu envie de sortir, vu qu'on ne te permet pas de recevoir de visites... Mais tu leur as vraiment fait peur. À tes parents, je veux dire. Je ne les connais pas, mais je suppose que ce sont tes parents... Je les ai vus ce matin dans le couloir, avant qu'on ne me mette dehors. Ta mère pleurait.

Je me suis mordu la lèvre inférieure. Je ne cherchais pas particulièrement à m'attirer les bonnes grâces de Gabriel (enfin, je crois), mais je ne voulais pas non plus qu'il me prenne pour le genre de fille qui s'enfuit d'un hôpital et fait pleurer sa mère. Ni le genre qui passe la nuit à s'éclater avec un Justin Bay...

J'avais envie de lui dire la vérité. De lui raconter ce qui m'arrivait. Il comprendrait sûrement. On peut espérer ça de quelqu'un qui chante avec autant de sensibilité, non ?

Sauf que je ne pouvais pas puisqu'on ne m'avait rien expliqué à moi non plus ! Un, les visites étaient interdites, et deux, personne n'avait le droit de pénétrer dans ma chambre vu que l'opération était top secret. Si je ne savais toujours pas pourquoi, je comptais bien le découvrir.

Et aujourd'hui même.

— Je...

C'était tellement bizarre. D'être là avec lui, dans ce parking, je veux dire. À l'endroit même où, la veille au soir, j'avais mordu Brandon Stark qui me poussait de force dans la limousine.

— Merci, ai-je dit. Tu t'occupes de moi, et on se connaît à peine.

— J'ai l'impression de te connaître, pourtant. Un peu... Depuis l'autre jour, au Stark Megastore. Tout le monde a eu vraiment peur. Tu... tu devrais faire plus attention à ta santé, Nikki.

Je ne comprenais pas. De quoi voulait-il parler ?

— P… pardon ?

Gabriel a eu l'air d'hésiter. Il semblait toutefois avoir envie de me dire quelque chose. Il m'a pris la main et m'a regardée avec ses yeux si bleus.

— Tu es tellement jolie, a-t-il murmuré. Et pleine de talent. Il ne faut pas que tu te détruises avec l'alcool et la drogue.

J'ai ouvert des yeux complètement ahuris.

— Quoi ? ai-je dit, incapable de sortir autre chose.

— Ton agent explique que tu as été hospitalisée pour hypoglycémie, et aussi… Qu'est-ce qu'elle a raconté, déjà ? Ah oui, que tu étais surmenée. J'étais là quand ça t'est arrivé. Tu te souviens ? Et vraiment j'ai cru que tu allais y passer. Tu ne bougeais plus du tout. On aurait dit que tu étais tombée raide morte, d'un seul coup.

Même si je l'avais voulu, je crois que je n'aurais pas pu émettre un son. Gabriel croyait que Nikki Howard était à l'hôpital pour une cure de désintoxication ? Est-ce que tout le monde pensait ça ? Oh non ! Je suis devenue rouge de honte.

Et puis je me suis ressaisie. Qu'est-ce que j'en avais à faire de ce qu'il pensait de Nikki Howard ? Ça ne me concernait pas…

Enfin, un peu quand même.

— Je ne suis pas…, ai-je commencé.

Il m'a interrompue.

— Nikki… (Et sa voix était aussi douce que le contact de ses doigts sur ma main.) Je sais combien c'est dur d'être toujours sous les feux de la rampe, toujours épiée dans ses moindres faits et gestes. Et je suis heureux que tu acceptes enfin de te soigner...

— Mais...

— C'est bien que tu sois revenue à l'hôpital, a-t-il continué en m'entraînant vers l'ascenseur. Tes parents vont être contents de te voir.

Il a eu un petit rire malicieux.

— Maintenant, j'espère qu'ils me pardonneront d'être venu te voir l'autre soir sans y être autorisé.

La tête me tournait complètement. Je l'ai suivi dans l'ascenseur en serrant Cosabella contre moi.

— Hmm... À ce propos...

— Admettre qu'on a un problème, c'est le premier pas vers la guérison, tu sais, a dit Gabriel en me souriant.

Je n'ai pas pu m'empêcher de lui sourire aussi.

Mais je n'aurais pas dû. Parce que le sourire de Nikki Howard, apparemment, agissait comme un fluide paralysant sur les garçons. Les portes de l'ascenseur se sont refermées et on est restés là tous les deux, sans bouger, pendant presque une minute. Gabriel me regardait fixement.

Et c'était carrément gênant.

— On va à quel étage ? ai-je réussi à articuler.

Gabriel a sursauté et m'a lâché la main.

— Oh pardon, a-t-il dit en appuyant sur le bouton du quatrième.

Je réfléchissais encore à ce que je pouvais expliquer – dans le genre « Je ne me drogue pas, je n'ai jamais touché à la drogue » – quand les portes se sont ouvertes. Devant nous se tenait un agent de la sécurité aux épaules de rugbyman.

— Désolé, l'accès à cet étage est...

En me reconnaissant, il a ouvert des yeux immenses.

— Vous êtes revenue ! s'est-il écrié.

— Euh, oui...

J'avais encore les joues en feu. Moi, droguée ! Alcoolique !

— Mes parents sont là ? ai-je demandé.

Je venais à peine de poser la question qu'ils me sont justement tombés dessus. Ils m'embrassaient et me grondaient à la fois (un mélange de « Où étais-tu passée ? » et de « On était fous d'inquiétude ! »). Bref, exactement comme je l'avais redouté. Le Dr Holcombe mordillait anxieusement ses lunettes, qu'il tenait à la main, tout en consultant un rapport médical. Le Dr Higgins – la femme médecin au chignon – se tenait à ses côtés. Mais ses cheveux partaient dans tous les sens, comme agités par le vent de panique qu'avait semé ma disparition.

Quelle explication allais-je bien pouvoir leur donner à tous ? Je ne voulais pas dénoncer Lulu et Brandon. Ils croyaient sincèrement bien faire... Mais comment ne pas répondre à mes parents ?

Heureusement, Gabriel Luna a attiré l'attention sur lui en annonçant :

— Elle était chez elle.

Le Dr Holcombe a remis ses lunettes.

— Qui est ce jeune homme ?

À ce moment-là, Frida a tourné le coin du couloir, tête basse et épaules voûtées. Elle a levé les yeux en entendant la voix du Dr Holcombe, m'a vue, et a eu un sourire radieux...

... sourire qui s'est évanoui quand elle a aperçu Gabriel.

— Gabriel Luna ! s'est-elle exclamée.

— Gabriel Luna, le chanteur ? a chuchoté mon père à l'oreille de ma mère (mais tout le monde a entendu). C'est lui qui est venu prendre des nouvelles de Nikki Howard tout à l'heure.

— Il était là hier aussi, je l'ai vu assis à côté du lit, a dit le Dr Higgins en pointant un doigt sur Gabriel. Il a apporté des roses !

Frida m'a jeté un regard qui aurait refroidi un volcan.

— *Il t'a apporté des roses* ?

— Il a apporté des roses à *Nikki Howard*, ai-je corrigé.

— Gabriel Luna ? a demandé ma mère. Celui qui était à l'inauguration du Stark Megastore ?

Gabriel a tendu la main à mes parents.

— Oui, a-t-il répondu. Bonjour ! Excusez-moi, je n'ai pas eu le temps de me présenter avant d'être mis dehors... Ravi de faire votre connaissance.

Ma mère lui a serré la main.

— Enchantée, a-t-elle murmuré, complètement ahurie.

— Où avez-vous emmené ma fille ? a demandé mon père en serrant à son tour la main tendue.

Je me suis précipitée pour prendre la défense de Gabriel.

— Il ne m'a pas emmenée, il me ramène... C'est compliqué. Je ne suis pas partie toute seule et... Bref, il m'a aidée.

Gabriel m'a remerciée d'un sourire. Je lui ai souri à mon tour. Il prenait Nikki Howard pour une droguée, d'accord, mais je devais quand même reconnaître que son geste était louable.

— Dans ce cas..., a repris le Dr Holcombe d'une voix faussement affable. Nous vous sommes infiniment reconnaissants, monsieur, euh... Luna.

— De rien, a répondu Gabriel. Je pense sincèrement que...

Mais ce que pensait Gabriel n'intéressait pas du tout le Dr Holcombe.

— Frida ! a-t-il interrompu. Si tu emmenais M. Luna à la cafétéria ? Profites-en aussi pour manger un morceau... Tes parents, ta sœur et moi-même devons avoir une petite conversation.

Frida, qui jusque-là me fixait avec des lames de couteau dans les yeux, a posé sur Gabriel un regard de pure adoration. Un peu comme un personnage de dessin animé dont les pupilles prennent soudain la forme d'un cœur.

Elle a saisi Gabriel (qui n'avait pas son mot à dire) par le bras.

— Viens, a-t-elle fait en prenant sa voix la plus suave. C'est par là...

J'ai eu envie de l'étrangler. Ma sœur s'imagine que les filles doivent toujours minauder devant les garçons ! C'est parfaitement ridicule.

Quand même... Depuis que j'avais été embrassée, je commençais vaguement à comprendre qu'on puisse espérer quelque chose d'eux.

— À plus tard, m'a soufflé Gabriel pendant que Frida le tirait par le bras.

Je n'ai pas eu le temps de répondre. Entraîné par Frida, il avait déjà disparu au coin du couloir. À tout jamais, peut-être.

Mais j'avais d'autres chats à fouetter. Bien plus importants que le béguin de ma sœur pour un chanteur célèbre...

Et en premier lieu ma mère, qui s'est exclamée en fixant ma veste entrouverte :

— Il y a un chien là-dedans !

— C'est le chien de Nikki Howard, ai-je expliqué.

— Et peut-on savoir ce que tu fais avec le chien de Nikki Howard ? a demandé mon père.

— Je pourrai peut-être répondre à cette question quand on m'aura expliqué ce que fait mon cerveau dans le corps de Nikki Howard, ai-je rétorqué.

Le Dr Holcombe a eu l'air gêné. Il a ouvert la porte d'un bureau et nous a fait signe d'entrer.

— Venez, a-t-il dit. Asseyons-nous. Nous avons à parler.

Je suis passée la première, tête haute et menton en avant.

— C'est clair !

13

— Il faut que tu comprennes, Emerson…

Le Dr Holcombe, tenant à deux mains sa tasse de café, était assis derrière un énorme bureau en acajou.

— L'opération que tu as subie était nécessaire pour te sauver la vie.

— Ça, je m'en doute. Vous n'auriez pas transplanté le cerveau de quelqu'un qui n'en avait pas besoin. Mais pourquoi moi ? En quel honneur suis-je la première à bénéficier des progrès de la médecine ?

Le Dr Holcombe s'est éclairci la gorge.

— Hmm…

Et une idée m'est venue tout à coup.

— Quoi ? Je ne suis *pas* la première ?

— Bien sûr que non, a répondu le Dr Holcombe en partant d'un rire fier. Mais la plus jeune, ça oui !

Je l'ai regardé en ouvrant de grands yeux.

— Mais… J'ai vu un documentaire il y a quelques mois… Je croyais qu'aucune greffe de cerveau humain n'avait jamais été tentée.

— Aucune dont on ait parlé, a-t-il corrigé. Parce qu'aucun de nos receveurs n'a voulu divulguer l'information. Tout au contraire…

— Vos receveurs ? Pourquoi ? Il y en a eu beaucoup ?

— Oh oui... La technique a été mise au point par mon équipe il y a un certain nombre d'années. Néanmoins, c'est une opération extrêmement coûteuse – et donc encore assez rare. Tu es arrivée dans notre service avec des blessures qui, dans des circonstances ordinaires, auraient été fatales. C'est un pur hasard qu'un donneur de corps viable se soit présenté au moment où ton cœur a lâché.

— Un donneur de corps viable ? ai-je répété, incrédule. Vous voulez dire... Nikki Howard ? C'est comme ça que vous l'appelez ? Vous vous rendez compte que vous parlez de... d'un être humain !

— Le Dr Holcombe en a parfaitement conscience, Emerson, est intervenue ma mère.

Mes parents avaient pris place dans des fauteuils en cuir, face au bureau du Dr Holcombe, et j'étais assise entre eux deux. Le Dr Higgins, ainsi que M. Phillips, le « représentant légal » de Stark, s'étaient installés sur un canapé un peu plus loin.

— Quel est le rapport avec Stark ? ai-je demandé en désignant M. Phillips.

— Tu as été prise en charge au sein de notre hôpital par l'Institut de neurologie et de neurochirurgie, lequel est financé en majeure partie par Stark. C'est la seule unité médicale au monde où sont pratiquées des greffes du cerveau. Stark ne souhaite pas révéler au grand public l'existence de notre Institut, parce que l'opération suscite encore... des controverses d'ordre éthique.

— Évidemment ! ai-je répondu. Pour donner un corps à un receveur, on vole celui de quelqu'un qui est déclaré en mort cérébrale. C'est ça ?

— « Voler » n'est pas tout à fait le terme exact, a fait observer M. Phillips.

Le Dr Higgins a pris la parole.

— Emerson, a-t-elle expliqué d'une voix très douce. Nikki Howard souffrait d'une malformation congénitale du cerveau extrêmement rare, dont personne – pas même elle – n'avait connaissance. Un anévrisme... C'était une bombe à retardement, tout à fait imprévisible... et qui a explosé exactement en même temps que se produisait ton accident. Ce jour-là, il se trouve aussi que des équipes médicales étaient présentes sur les lieux, ainsi qu'une ambulance, requises par Stark Megastore afin de parer à d'éventuels actes de violence de la part des manifestants écologistes pendant l'inauguration. C'est la raison pour laquelle on a pu vous maintenir en vie – toi et elle – et vous transporter aussi rapidement à l'hôpital. Mais, à votre arrivée, vous n'aviez ni l'une ni l'autre aucune chance de survivre... en tout cas, chacune toute seule.

— Ta mère et moi..., a commencé mon père.

Il s'est tu. Ses yeux brillaient d'une manière étrange... Des larmes ! Jamais auparavant je ne l'avais vu pleurer. Parfois, il s'essuyait juste le coin des yeux à la fin d'un film.

— Quand nous sommes arrivés, a-t-il repris, tu étais maintenue en vie par un respirateur artificiel. Les médecins nous faisaient venir pour te dire au revoir...

Ma mère a pris la relève. Elle aussi avait les yeux brillants.

— Et puis, le Dr Holcombe t'a examinée. Il nous a annoncé qu'il y avait peut-être un moyen pour que tu restes en vie... mais que c'était très risqué. Et qu'il pouvait y avoir... des complications.

— Ah ? Des complications ? ai-je ironisé. Par exemple que j'allais me réveiller dans le corps de quelqu'un d'autre ?

— C'est vrai que tu n'es plus... « toi », a poursuivi ma mère. En apparence, tout du moins. Mais, à l'intérieur, tu restes la même. C'est pour cette raison que le Dr Holcombe et son équipe ont jugé qu'il valait mieux ne pas te mettre au courant tout de suite. Tu avais déjà subi un tel traumatisme. Il fallait te laisser un peu de temps... pour t'habituer.

Oh non ! Je me suis pris la tête entre les mains. Je ne pouvais pas croire ce qui était en train de m'arriver !

Et, derrière tout ça, il y avait Stark !

Je me suis redressée en contenant mes larmes. Mes parents avaient donné leur accord ? Comment pouvaient-ils permettre une chose pareille ?

— Je ne peux pas..., ai-je balbutié. C'est atroce !

Le Dr Holcombe a eu l'air agacé.

— Qu'est-ce qui est atroce, Emerson ? Tous les ans, des milliers de personnes sont déclarées en état de mort cérébrale. Et des milliers d'autres souffrent de blessures si graves que leur corps ne peut pas continuer à vivre. Est-ce si atroce de leur donner une deuxième chance ?

Il a marqué une pause, puis m'a souri.

— En outre, il me semble que tu n'as pas trop à te plaindre. Tu étais très amochée en entrant au bloc... et tu en ressors avec un corps de top model. Des millions de jeunes filles donneraient leur vie – littéralement – pour être à ta place en ce moment !

Quelle horreur ! Comment pouvait-il parler ainsi ? Cet

homme, qui pourtant m'avait sauvé la vie, ne comprenait rien à la vie. Et il ne me comprendrait jamais, moi. Même s'il avait tenu mon cerveau dans ses mains, qu'il s'en était occupé pendant des heures pour l'installer dans la tête de quelqu'un d'autre...

— Vous n'aviez pas ma permission ! ai-je protesté.

M. Phillips est intervenu dans la conversation.

— Vos parents ont signé l'autorisation...

Ma mère avait les yeux noyés de larmes, comme moi.

— Ma chérie..., a-t-elle plaidé. Sinon, tu serais morte. Sans le Dr Holcombe et son équipe, nous t'aurions perdue !

Je n'ai rien répondu. C'était le cœur de Nikki Howard qui battait dans ma poitrine, mais je sentais ce cœur-là se serrer aussi fort que le mien autrefois quand j'étais bouleversée.

J'ai essayé de m'exprimer en adulte – ce qui n'était pas facile vu que Nikki Howard avait une voix de petite fille, fluette et haut perchée.

— En tout cas, ai-je déclaré, pour ce qui est des greffes du cerveau financées par Stark, ça ne va pas rester un secret très longtemps ! Parce que lundi prochain, quand Emerson Watts ira au lycée sous les traits de Nikki Howard...

— Elle n'ira pas, a coupé froidement M. Phillips.

— Mais...

Je me suis tournée vers mes parents. Pourquoi avaient-ils l'air tellement... coupables ? Que se passait-il ?

— Je vais retourner au lycée !

— Emerson Watts ne retournera pas au lycée, a repris M. Phillips. Parce que Emerson Watts n'existe plus.

— Comment ça, je n'existe plus ? Je suis là, non ?

— Em, a murmuré mon père.

Il y avait quelque chose dans son expression... que je n'arrivais pas à cerner.

Mais que je n'aimais pas. Ma mère aussi, assise près de lui, avait la même expression paniquée et désolée à la fois. Ils ont consulté M. Phillips du regard.

Pourquoi serait-il consulté, lui ?

— Quand nous sommes arrivés à l'hôpital, a expliqué mon père, et que le Dr Holcombe nous a parlé de la greffe du cerveau, il a posé... des conditions. Nous, tes parents, devions accepter certaines choses pour que l'opération puisse avoir lieu.

J'ai regardé mon père et ma mère, tour à tour. Je n'y comprenais rien.

— Quel genre de choses ? ai-je demandé.

M. Phillips a sorti une liasse de documents d'une mallette posée à ses pieds et me l'a tendue. J'ai compté une cinquantaine de pages, imprimées en petits caractères, chacune paraphée et signée par mes parents.

Il tenait dans les mains un double de ce « contrat ».

— Par exemple, ils ont accepté qu'en cas de réussite de l'opération vous devriez honorer tous les engagements en cours de Nikki Howard.

Les yeux me sont sortis de la tête.

— *Quoi* ?

Affolée, je me suis tournée vers mes parents. Mais ils fixaient tous les deux le plancher.

— En d'autres termes, a poursuivi M. Phillips, pensant sans doute que je ne comprenais pas (mais j'avais très bien compris, j'espérais seulement, contre tout espoir, qu'il y avait une erreur)... En d'autres termes, donc, vous allez continuer à incarner l'égérie de Stark sous les traits de Nikki Howard. Sinon, il vous faudra rembourser en totalité les frais médicaux et assumer le coût d'éventuelles poursuites judiciaires.

Ce n'était pas seulement les yeux que j'ouvrais tout grands maintenant, mais la bouche aussi. Mon cœur cognait dans ma poitrine. Le cœur de Nikki Howard, plutôt.

M. Phillips a voulu s'assurer que le message était clair.

— Au risque de me répéter, Miss Watts, je suis en train de vous expliquer que, si vous n'honorez pas les engagements professionnels de Nikki Howard auprès de Stark, vos parents devront deux millions de dollars à cet hôpital. Ils seront passibles d'une amende pour rupture illégale de contrat et risquent la prison si la clause de confidentialité n'est pas respectée. Ai-je été suffisamment clair ?

Non ! Non, ce n'était pas possible. C'était une hallucination ! Gabriel Luna et tout le reste, d'accord, c'était vraiment arrivé. Mais ça, non. Je faisais un cauchemar !

— Oh..., a repris M. Phillips. Il y a autre chose que vos parents ont accepté...

— Autre chose ? ai-je gémi.

Le Dr Holcombe a expliqué :

— C'est un aspect relativement banal de la procédure, Emerson. Nous demandons à tous nos patients de s'y plier. Dans l'intérêt de l'Institut... Ce que nous faisons ici ne doit pas se savoir, bien sûr. Certaines personnes – plus particulièrement dans les domaines religieux ou politique – ne comprendraient pas que nous agissons pour sauver des vies. Bref, si les gens qui sortent d'ici avec un autre corps et un autre visage conservaient leur identité antérieure... Eh bien, comme tu l'as évoqué toi-même, le secret serait vite divulgué. C'est pourquoi tous nos patients, d'un point de vue légal, doivent être déclarés morts.

J'en suis restée bouche bée.

— Mais je ne suis pas morte !

— Légalement si, a enchaîné M. Phillips. La question est la suivante : comment définit-on l'identité ? Réside-t-elle dans l'âme ? Ou dans le cerveau ? Ou dans le cœur et le corps physique ? Le cerveau de Nikki Howard, il est vrai, ne fonctionne plus. Mais son cœur continue de battre.

— Son... cœur ?

J'ai posé la main sur mon cœur – ou plutôt sur le cœur de Nikki Howard – et j'ai senti son battement régulier. Jusqu'à maintenant, le rythme de mon cœur m'avait toujours paru rassurant.

À présent, je le trouvais... inquiétant.

— En revanche, a continué M. Phillips, le cœur d'Emerson Watts a cessé de battre il y a plus d'un mois. Si toutes les fonctions motrices sont arrêtées dans un corps, et que le cerveau en est ôté, alors cette personne, en vertu d'un jugement rendu ici dans l'État de New York en 1984 et qui fait jurisprudence, cette personne est considérée comme « décédée ». Inversement, quelqu'un qui est doté d'un cerveau vivant et d'un cœur qui bat – dans le cas présent, Nikki Howard – sera considéré, d'un point de vue légal, comme « vivant ».

Je n'y comprenais rien. Est-ce que ce type se rendait compte qu'il s'adressait à une élève de dernière année de lycée et pas à une étudiante en droit ? D'accord, j'étais plutôt brillante, mais quand même.

— Pardon ? ai-je fait.

M. Phillips s'est exprimé plus lentement, comme si ses paroles allaient ainsi m'être plus compréhensibles.

— Ce que j'essaie de vous expliquer, Miss Watts, c'est qu'il y a trente-quatre jours très exactement, selon la définition légale donnée par l'État de New York, Emerson Watts est morte...

Je n'aimais pas du tout ça. Mais alors, pas du tout.

— D'après la loi, je suis morte ?

— *Emerson Watts* est morte.

— Mais... je suis Emerson Watts !

— Vous croyez ? a demandé M. Phillips avec un petit sourire.

C'est son sourire qui m'a achevée. Et brusquement j'ai eu peur. Jamais je n'avais éprouvé une telle angoisse dans ma vie... même quand j'avais vu l'écran plasma se décrocher au-dessus de ma petite sœur.

— Oui, ai-je affirmé avec toute la force de conviction dont j'étais capable. Oui, évidemment ! Et je ne comprends rien à cette conversation. Qu'est-ce que vous essayez de me dire ? Que moi, je suis morte et que Nikki Howard est vivante, c'est ça ?

— Pas du tout. Ce que je vous explique, Miss Watts, c'est que *vous êtes* Nikki Howard.

14

J'étais de retour dans ma chambre, en tunique d'hôpital – et la seule patiente à l'étage de l'Institut de neurologie et de neurochirurgie. Le Dr Holcombe et son équipe souhaitaient me faire passer d'autres examens, et, selon les résultats, ils décideraient de me laisser ou non rentrer chez moi – ou plutôt chez Nikki Howard, puisque dorénavant je devais vivre dans son loft et honorer ses engagements.

Bien sûr, mes parents m'avaient assuré que je n'étais pas obligée de me faire passer pour Nikki (après le départ de M. Phillips, le juriste de Stark). Si je refusais, ils se débrouilleraient pour trouver les deux millions – et l'argent pour payer l'amende et la procédure légale.

— On peut toujours se déclarer en faillite, avait déclaré ma mère d'une voix faussement enjouée.

Comme si j'allais choisir de mettre mes parents sur la paille !

J'ai répondu que je n'étais pas inquiète. Enfin, par rapport aux engagements professionnels de Nikki Howard. Non, vraiment, ça ne me faisait pas peur. Sans rire, quelle difficulté y a-t-il à poser devant les caméras ? Il suffit de rentrer le ventre, non ? Quand on voit les mannequins dont parlent les magazines de Frida, franchement, elles ne donnent pas l'impression d'être des génies.

Quant à la vie privée de Nikki Howard, là, je me faisais un peu de souci. Vu l'aperçu que j'en avais eu, ça n'allait pas être facile. Notamment en ce qui concernait sa vie amoureuse...

Rien que d'y penser, j'avais mal à l'estomac (mais c'était peut-être juste les brûlures gastriques que Lulu avait évoquées).

En résumé, j'allais devoir me faire passer *tout le temps* pour Nikki. Mes parents et ma sœur seraient les seuls à connaître ma véritable identité. D'après M. Phillips, la presse raconterait que Nikki, blessée à la tête au cours de sa chute due à une hypoglycémie et au surmenage, souffrait d'amnésie. Ainsi expliquerait-on pourquoi je ne reconnaîtrais pas ses multiples relations de travail – maquilleuses, stylistes, etc. – pendant les séances photos.

Sauf que vous en connaissez beaucoup des gens qui deviennent amnésiques, vous ? À part dans les films ? Mais bon. Si les têtes pensantes chez Stark s'imaginaient que leur bobard tiendrait la route...

Il y avait quand même un petit problème, et j'en ai parlé tout de suite à M. Phillips : j'avais déjà raconté à Lulu Collins et à Brandon Stark que je n'étais pas Nikki Howard.

Il a haussé les épaules. Grâce à l'histoire de l'amnésie, a-t-il répliqué, ça passerait comme une lettre à la poste.

Il avait raison, en fait. Lulu et Brandon y croiraient dur comme fer. Ils avaient déjà déliré avec un lavage de cerveau par Al-Qaida et un échange d'esprits, alors... Ils goberaient n'importe quoi.

Moi non plus, je ne me faisais pas tellement de souci à leur sujet. Ce qui m'inquiétait, *vraiment*... c'était Stark. Les grands patrons, je veux dire. Pour commencer, ils nous tenaient en otages, mes parents et moi, et je n'entrevoyais aucune issue possible. Comment deux professeurs d'université pourraient-ils trouver deux millions de dollars ?

Je pensais aussi à l'ordinateur de Nikki Howard (un modèle Stark). Quelqu'un enregistrait l'activité de son clavier, croyant qu'elle – ou moi – ne s'en apercevrait pas. Sans vouloir être parano, j'avais ma petite idée quant à l'identité de ce quelqu'un.

Ses employeurs, bien sûr. La richissime chaîne des magasins Stark.

Je gardais ça pour moi, mais je n'aimais pas du tout cette omniprésence de Stark dans ma vie et celle de ma famille. C'était une superpuissance qui détenait tout pouvoir sur nous.

Et aussi... qu'était-il advenu de moi ? Ce moi que Christopher trouvait « pas mal ».

J'ai posé la question à mes parents en attendant le Dr Higgins, qui devait m'emmener au labo pour faire des examens.

— Où est mon corps ? ai-je demandé. Je veux dire... l'autre.

Ils ont échangé un bref coup d'œil. Puis ma mère a répondu, prudemment :

— Il n'y avait pas d'autre solution, chérie... Nous l'avons fait incinérer.

J'étais horrifiée !

— Nous avons organisé une célébration, a aussitôt ajouté ma mère. Il fallait garder le secret, tu comprends. Les paparazzis avaient tout filmé. Les images sont passées sur CNN, des milliers de gens ont vu l'écran plasma s'écraser sur toi. La télévision n'a montré que ça pendant des jours et des jours... Nous n'avions pas le choix.

— Il y avait du monde au crématorium, a continué mon père, croyant me faire plaisir. Ta grand-mère est venue de Floride... Les magasins Stark lui ont payé le billet d'avion.

Soudain, mes yeux se sont remplis de larmes.

— Grand-mère me croit morte ?

Plus jamais je ne recevrais de tee-shirts par lots de trois pour Noël ? Plus jamais de cartes d'anniversaire avec un billet de vingt dollars glissé à l'intérieur ?

Ma mère s'est mordu la lèvre inférieure.

— Oui... Ma chérie, je suis désolée... Mais tu la connais, elle est incapable de tenir sa langue. On ne pouvait pas lui dire la vérité.

Je n'arrivais pas à y croire. Aux yeux de tout le monde, j'étais bel et bien morte. Légalement, médicalement, techniquement. Morte de toutes les manières possibles, sauf celle qui importait vraiment : littéralement.

Quand je pense que j'aurais pu assister à mon propre enterrement !

— Il y avait des gens du lycée ? ai-je demandé. À la célébration...

— Bien sûr..., a répondu mon père avec une légère hésitation. Christopher et son père...

Et là, pour la première fois depuis que je m'étais réveillée dans le corps de Nikki Howard, j'ai vraiment craqué.

— Christopher ? Quoi ? Vous ne lui avez rien dit ? Christopher pense que je suis morte ?

Mes parents ont échangé un regard paniqué. Je me suis mise à pleurer, tellement fort que je ne voyais plus rien. Ni mes parents, ni la chambre autour de moi. Ils ont dû avoir peur que je ne perde complètement la boule. Ma mère a fait un signe à mon père – sans doute pour lui ordonner d'aller chercher le Dr Holcombe, qui pourrait me calmer avec ses tranquillisants.

Ma mère est venue s'asseoir à côté de moi sur le lit et m'a prise dans ses bras. (Cosabella, qui dormait tranquillement à mes pieds, s'est précipité pour me lécher la figure.)

— Chérie... On ne pouvait pas le raconter à Christopher... Tu as entendu ce qu'a dit M. Phillips...

Oh oui, j'avais entendu ! Et je comprenais maintenant pourquoi M. Phillips et les magasins Stark avaient sauvé Emerson Watts, élève de dernière année au lycée. Pourquoi ils avaient préservé son cerveau grâce à une nouvelle technologie médicale rarement appliquée et extrêmement coûteuse.

Ils ne l'avaient pas sauvée, elle. Ils avaient sauvé Nikki Howard.

— Je sais que c'est une chose terrible à dire, a continué ma mère en me serrant contre elle, mais... Christopher s'en remettra. Avec le temps. Il oubliera.

— Il... s'en remettra ? ai-je sangloté. Mon meilleur ami pense que je suis morte, mais je ne le suis pas et je ne peux pas lui dire... Et tu crois qu'il s'en remettra !

C'est le moment qu'a choisi Frida pour entrer dans la chambre. Ses yeux lançaient des éclairs, elle pointait le menton en avant – donc elle était en colère et venait pour me régler mon compte.

Mais elle s'est arrêtée net en me voyant pleurer.

— Qu'est-ce qu'elle a ?

— C'est à cause de Christopher, a expliqué ma mère

en me serrant toujours dans ses bras. Parce qu'il la croit morte...

— Oh, a dit Frida en me dévisageant. Et alors ? Ne t'inquiète pas pour lui. Je l'ai vu au lycée l'autre jour, il va très bien.

En entendant ça, j'ai pleuré encore plus fort.

— Frida ! s'est écriée ma mère.

— Quoi ?

Frida a pris la télécommande sur la table de chevet, près de mon lit, a allumé la télé et a commencé à zapper.

— C'est la vérité ! a continué ma sœur. Au début, ça lui a fait un coup, mais bon. La vie continue. D'ailleurs, je ne vois pas pourquoi tu te mets dans cet état-là. Ce n'était même pas ton petit ami. C'est bien ce que tu disais, non ?

Ma mère s'est levée et a arraché la télécommande des mains de Frida.

— Toi, viens avec moi dans le couloir. J'ai à te parler.

Elles sont sorties toutes les deux et j'ai essayé de me ressaisir. Je me trouvais affreusement égoïste. C'est vrai, quoi ! J'avais à peine pensé à Christopher depuis mon réveil à l'hôpital, sauf pour regretter qu'il ne m'ait pas embrassée à la place de Justin ou de Brandon...

Mais lui ? Qu'est-ce qu'il éprouvait depuis qu'il me croyait morte ? Comment s'en sortait-il ? Qu'avait-il ressenti en me voyant écrasée par l'écran plasma, juste sous ses yeux ? Ça avait dû être horrible pour lui. Et avec qui déjeunait-il à la cafétéria, maintenant que je n'étais plus là ? Il n'avait personne d'autre avec qui se moquer des Morts-Vivants, ou jouer à *Journeyquest*, ou regarder des documentaires sur Discovery Channel. Pauvre Christopher !

À moins que… à moins que quelqu'un d'autre ne lui ait mis le grappin dessus. Mais qui ? Quelle autre fille au lycée de Tribeca voyait en lui un garçon sexy malgré ses cheveux trop longs ? Et lui ? Quelle autre fille trouvait-il « pas mal » ?

Il y en avait sûrement une ! Peut-être qu'elle était assise à côté de lui à la cafétéria, en ce moment même, et qu'elle aussi boudait les hors-d'œuvre et les salades infâmes qu'il était conseillé de choisir pour garder la ligne…

Frida est revenue, seule et l'air maussade.

— Je suis censée m'excuser, a-t-elle marmonné.

Elle a regardé Cosabella, l'écran noir de la télévision éteinte, la fenêtre… tout sauf moi.

— Alors, excuse-moi si je t'ai blessée. D'ailleurs, ce n'est pas vrai. Christopher ne va pas bien. Enfin, j'imagine… Il est tellement bizarre, de toute façon, ce n'est pas facile à savoir.

J'avais séché mes larmes – les larmes de Nikki… Pourtant, le Dr Holcombe m'avait recommandé de ne plus penser de cette manière. « C'est TON corps, Emerson, avait-il expliqué. Pas le sien. Ce n'est plus son corps à elle. »

Ben voyons. Sauf que je portais son nom. J'allais habiter dans son loft. J'avais son visage. Et son (ses) petit(s) ami(s). Tout, quoi.

J'avais quand même envie de pleurer chaque fois que je pensais à Christopher et que je l'imaginais en train de jouer à *Journeyquest* avec une autre fille – ou de regarder Discovery Channel. (Quoique, les émissions sur la chirurgie, maintenant je pouvais m'en passer !) Mais j'essayais de ne pas me laisser aller. Comme l'avait fait remarquer le Dr Holcombe, au moins, j'étais en vie.

Tout ça ne m'expliquait pas pourquoi ma sœur était en colère contre moi.

— Qu'est-ce que tu as ? ai-je demandé.

— Rien, a répondu Frida. Gabriel est parti.

Je n'ai pas compris tout de suite de quoi elle voulait parler. Et puis je me suis souvenue qu'elle était descendue avec Gabriel, tout à l'heure.

C'était donc ça ? Frida était jalouse parce que Gabriel Luna était venu me rendre visite !

— Il était obligé, a-t-elle soupiré en se laissant tomber dans le fauteuil près de mon lit. Les gardes n'ont pas voulu le laisser remonter.

J'ai haussé les épaules.

— Il se remettra vite de sa déception.

Frida m'a fusillée du regard.

— Tu te fiches complètement de lui, hein ?

— Pourquoi je m'y intéresserais ? Je le connais à peine. En plus...

Je me suis sentie rougir. J'allais ajouter : « C'est Christopher qui me plaît. » Mais je ne pouvais pas l'avouer à ma sœur. Même à présent que Christopher me croyait morte, que je me retrouvais dans le corps de Nikki Howard et que je ne pouvais plus espérer qu'il m'aime un jour. Alors j'ai donné une fausse explication :

— Il me prend pour Nikki Howard.

— Et alors ? Tu ne devrais pas être aussi dure avec lui. Il est vraiment sympa ! Et il te trouve super.

— Qu'est-ce qui te fait dire ça ?

J'avais du mal à le croire vu que, après notre conversation, je savais qu'il me prenait pour une droguée.

— Il me l'a dit. Là, à la cafétéria. On a partagé un croissant aux amandes… Ça fait affreusement grossir, mais j'ai laissé tomber mon régime depuis ton accident. C'est trop douloureux de ne pas manger de sucreries quand on a une sœur en train de subir une greffe du cerveau. Bon, alors… Comment il t'a aidée ?

— Pardon ?

— Tout à l'heure, tu as dit que Gabriel t'avait aidée.

— Oh… Lulu Collins et Brandon Stark sont venus me kidnapper hier soir et m'ont emmenée dans le loft de Nikki Howard. Mais ne le raconte à personne, Frida. Je ne veux pas qu'ils aient d'ennuis.

— LULU COLLINS, a hurlé Frida en se levant d'un bond. Tu as rencontré Lulu Collins ? Et Brandon Stark ? Tu plaisantes ? Tu étais avec eux ? Où es-tu allée ? Tu as pu entrer à la *Cave* ? Est-ce que tu as vu Justin Bay ?

— Ne t'emballe pas ! Et d'abord arrête de crier. Non, ce n'était pas du tout comme tu l'imagines…

Frida s'est calmée et m'a regardée avec un air surexcité.

— Brandon Stark et Nikki Howard sortent ensemble – enfin, ils sortaient ensemble. S'il te prenait pour Nikki, il a dû… Est-ce qu'il a essayé de t'embrasser ?

Je n'allais sûrement pas lui raconter mes aventures avec la langue de Brandon, ni la suite avec Justin – et surtout pas lui confier que les deux expériences m'avaient énormément plu !

— Bien sûr que non, ai-je répondu. Il était fou d'inquiétude parce qu'il n'avait aucune nouvelle de moi. Et Lulu aussi… Mais tu sais, Frida, ce n'est pas drôle d'être prise pour Nikki.

Ma sœur a levé les yeux au ciel.

— C'est ça, oui ! Le top model le plus célèbre du monde... Je compatis.

Sa réaction m'a vexée.

— Au fait, ai-je repris de ma voix la plus caustique. Merci de m'avoir prévenue quand je me suis réveillée.

— Prévenue de quoi ?

— Qu'on avait mis mon cerveau dans le corps de Nikki Howard. C'était sympa de ta part.

Je craignais de ne pas réussir à faire passer mon ironie mordante avec la voix fluette de Nikki. Mais non, pas de problème. Frida a eu l'air honteuse.

— Oh... ça. Je voulais te le dire, mais on me l'a interdit. Parce qu'il fallait t'éviter d'avoir un choc trop violent, et te laisser le temps de t'habituer...

— Bravo, ai-je lâché en persistant dans le sarcasme. Je vois que je peux avoir confiance en ma *sœur.*

Là, j'étais allée trop loin. Les yeux de Frida se sont remplis de larmes.

— Em... J'ai eu tellement peur, a-t-elle gémi d'une toute petite voix. Je croyais... je croyais que tu ne me reconnaîtrais pas quand tu te réveillerais. Les médecins affirmaient que tu serais la même. Que tu resterais toi. Mais je te regardais dormir et je ne voyais que... Nikki Howard. Je n'imaginais vraiment pas que je te retrouverais comme tu étais avant, et que tu serais en colère contre moi, par exemple, parce que je me suis inscrite aux cheer-leaders...

— Tu t'es inscrite aux cheer-leaders ? Ça va pas, non ? Maman sera furax quand elle l'apprendra. Tu ne lui as pas encore dit, n'est-ce pas ? Sinon tu serais déjà morte !

Mais Frida, au lieu de se froisser, a éclaté de rire.

— Ah ! Tu me rassures. Je suis contente de t'entendre

dire ça ! Non, en fait, tu m'énerves... Mais je suis contente quand même. Ce qui me fait bizarre, c'est de t'entendre avec la voix de Nikki Howard. Enfin, c'est mieux que ne pas t'entendre du tout...

— De ne pas entendre qui ? a demandé ma mère en revenant dans la chambre.

— Euh, rien, a répondu Frida. On parlait juste de... de mode.

Mon père, qui entrait derrière ma mère, a eu un petit rire.

— Ah ! Alors, si vous êtes en train de papoter, tout va bien. Mais... Em s'intéresse à la mode ?

Frida a un peu paniqué.

— Euh... non, pas exactement.

— On parlait surtout du lycée, ai-je expliqué en venant à son secours. Et de ce qui va se passer maintenant. Puisque je dois travailler, et habiter dans le loft de Nikki Howard et tout ça, je vais être obligée d'arrêter...

— Sûrement pas, a déclaré ma mère, avec dans les yeux une lueur autoritaire que je connaissais bien. Il n'est pas question que tu interrompes tes études !

— Absolument, a confirmé mon père. Je ne vois pas pourquoi un mannequin ne serait pas tenu de parfaire son éducation comme il se doit. D'ailleurs, on n'est pas mannequin toute la vie. Il faudra que tu exerces un autre métier, par la suite.

Ma mère se mordillait la lèvre, signe d'anxiété chez elle.

— Évidemment, avec ton emploi du temps, tu vas manquer énormément de cours. On devrait peut-être t'inscrire dans un établissement un peu plus souple... Ou alors te payer un professeur particulier. Les magasins Stark nous aideront peut-être...

Je n'aimais pas du tout l'idée de dépendre davantage de Stark, mais j'ai lancé un regard triomphant à Frida.

— J'adore trop le lycée de Tribeca ! ai-je plaidé. J'aimerais vraiment y rester, si c'est possible.

La surprise s'est peinte sur le visage de mes parents. Quant à Frida, elle a tiré une tête de six pieds de long. Si elle s'imaginait qu'une fois débarrassée de moi elle pourrait faire tout ce qu'elle voudrait – rejoindre la bande des Morts-Vivants, devenir cheer-leader ou même sortir avec un garçon de dernière année...

Elle se mettait le doigt dans l'œil !

— C'est vrai, chérie ? s'est étonnée ma mère. Eh bien, je vais en parler à M. Phillips... Stark pourra sûrement s'arranger avec le lycée. Je ne vois pas pourquoi on ne t'autoriserait pas à suivre les cours de manière irrégulière, du moment que tu rattrapes. Tu devras peut-être faire une année de plus, mais tant pis...

— Ce serait quand même super ! ai-je lancé avec un enthousiasme feint.

— Nikki Howard n'aurait jamais le niveau pour être acceptée au lycée de Tribeca, a protesté Frida, qui savait toujours tout. D'accord, elle a l'âge d'Em, donc elle devrait être en dernière année. Mais elle a arrêté l'école à quatorze ans, quand elle a signé son premier gros contrat et...

— Je suis sûr que le lycée la prendra, a coupé mon père. Moyennant un petit coup de pouce financier de Stark... C'est vraiment ce que tu veux, Em ? Comme l'a expliqué ta mère, il y aurait d'autres possibilités.

Frida s'est tournée vers moi, les yeux brillants.

— Tu vois ? Tu n'es pas *obligée* de retourner à Tribeca !

— J'ai compris. Mais il se trouve que j'ai *envie* d'y aller. En plus, ils ne pourront pas refuser en prétextant qu'ils ont trop d'effectifs. Tout le monde sait qu'une place s'est libérée dans ma classe il y a un mois.

J'ai pensé que retourner au lycée me permettrait de faire d'une pierre deux coups : surveiller Frida et m'assurer que Christopher allait bien. D'accord, je ne l'empêcherais pas de fréquenter d'autres filles. Si je l'aimais réellement, d'un amour vrai et tout ça, je devrais le laisser libre. Mais d'un autre côté... pourquoi ne pas l'en empêcher, puisque je n'avais pas vraiment disparu ?

Sauf que je ne pourrais pas lui révéler ma véritable identité.

Tant pis. Ça ne signifiait pas qu'on ne pourrait pas devenir amis, comme avant l'accident. Et peut-être, je dis bien peut-être, plus qu'amis. Comme Brandon et Nikki...

J'espérais en tout cas qu'on ne se ferait pas de sales coups par-derrière comme ces deux-là.

Malheureusement, je n'aurais jamais le plaisir de partager ce que je savais avec Christopher : le fait que beaucoup de célébrités – parce que seuls les gens très riches peuvent s'offrir une greffe du cerveau (sauf si une énorme boîte comme Stark leur paie l'opération) – que l'on croit mortes sont en fait bel et bien vivantes, mais dans un autre corps.

Je ne citerai pas de noms (l'Institut ne m'en a pas donné), mais j'ai entendu pas mal d'allusions à propos de gens célèbres – par exemple, des milliardaires condamnés pour fraude fiscale ou des musiciens que leurs fans croient morts depuis très longtemps, ou encore des membres de certaines familles royales en Angleterre et en Europe... Bref, ils sont censés être morts, mais sont en fait vivants et vont très bien, dans des corps différents et sous une autre identité. Leurs parents et amis proches font seulement semblant d'être tristes.

Et nous, on y croit. Comme tout le monde.

En d'autres termes, Christopher et moi avions raison : les Morts-Vivants *existent*.

Bon. Où est le problème, demanderez-vous ?

C'est que je suis l'une d'entre eux.

15

L'annonce est parue dans la presse le lendemain après-midi.

Je ne pouvais pas consulter les infos sur Google, puisque je n'avais toujours pas d'ordinateur (et, vu que celui de Nikki Howard était espionné, il valait mieux que je ne m'en serve pas), mais j'ai vu le message qui défilait en bas de l'écran, sur CNN, quand j'ai regardé le journal télévisé le soir.

À partir de ce moment-là, c'est devenu le sujet principal de tous les magazines à la télé.

Kelly, la publicitaire de Nikki, mettait vraiment le paquet pour promouvoir sa plus grosse cliente.

« Le milieu de la mode a poussé un énorme soupir de soulagement quand des nouvelles de Nikki Howard nous sont enfin parvenues. Le top model compte reprendre son activité cette semaine, après une longue absence autant sur les podiums des créateurs que dans la vie nocturne et les clubs new-yorkais. Les passionnés de la mode du monde entier pourront être rassurés. Surmenée et souffrant d'hypoglycémie, la jeune fille s'était effondrée le mois dernier durant l'inauguration du Stark Megastore. Victime d'une commotion cérébrale, elle se relève aujourd'hui péniblement de ce grave accident et est atteinte d'amnésie », pouvait-on lire.

En voyant la photo qui est apparue ensuite à l'écran,

j'ai failli m'étrangler avec les biscuits apéritif japonais que Frida m'avait apportés en douce. (Oui, je sais, avant je détestais ça. Maintenant, j'adore. Le Dr Holcombe m'a expliqué que c'était normal. Les goûts des patients changent une fois qu'ils ont intégré un nouveau corps.)

Bref, c'était une photo de moi prise à la va-vite avec un téléphone portable (enfin, une photo de Nikki Howard), à l'arrière de la Vespa verte de Gabriel Luna. On regardait tous les deux du côté du photographe avec une expression inquiète – pourtant, je ne me rappelle pas avoir été prise en photo ce jour-là.

En fait, notre angoisse venait de ce que nous venions d'échapper à une horde d'écolières hystériques.

Mais, sur la photo, on avait l'air embêtés d'être surpris ensemble. Bien sûr, les journalistes n'ont pas manqué une aussi belle occasion !

« L'amnésie est peut-être l'excuse que Nikki donnera à Brandon Stark, son fiancé, pour expliquer cette joyeuse promenade à l'arrière d'un deux-roues avec le nouveau chanteur en vogue, Gabriel Luna. Nikki et Gabriel se sont rencontrés le jour du drame au Stark Megastore, au cours duquel une manifestation d'écologistes a aussi provoqué la mort d'une jeune admiratrice. »

Horrifiée, je me suis préparée à voir apparaître une photo de moi – de moi, avant.

Mais non, rien. J'aurais dû m'en douter. Mon accident à moi, c'était de l'histoire ancienne. Qui se soucierait d'une fille banale écrasée par un écran télé, alors qu'on pouvait montrer des photos de Nikki Howard déambulant sur un tapis rouge, dans une robe fendue presque jusqu'à la taille ?

« Les porte-parole de Gabriel Luna et de Nikki Howard se sont refusés à tout commentaire, continuait le journaliste. En tout cas, Nikki dispose d'un argument imparable pour se justifier auprès de Brandon : elle a "oublié" qu'elle avait déjà un petit ami, tout simplement... »

Je n'en croyais pas mes oreilles ! J'étais tellement outrée que j'avais du mal à respirer.

Mais le communiqué ne s'arrêtait pas là :

« Le président-directeur général des magasins Stark, Robert Stark, a exprimé tous ses souhaits de bon rétablissement au jeune mannequin – que d'aucuns surnomment le "visage" Stark. »

La caméra a fait un gros plan sur un homme aux traits marqués – le père de Brandon –, vêtu sans formalité d'une chemise à col ouvert.

— En tant que représentant des magasins Stark, je demande instamment à la presse de respecter la vie privée de Nikki Howard durant sa convalescence. Nikki doit ménager sa santé et n'apparaîtra pas autant sous les feux de la rampe, du moins pendant quelque temps. Elle m'a même confié qu'elle souhaitait reprendre ses études...

Il a adressé un sourire moqueur aux journalistes, lesquels se sont aussitôt esclaffés. Apparemment, le retour de Nikki Howard sur les bancs du lycée était l'idée la plus drôle du monde !

— ... une décision, a-t-il poursuivi, que Stark soutient à cent pour cent.

Quoi ? Je n'avais pas parlé à Robert Stark. Je ne l'avais même jamais rencontré. En tout cas, bravo ! Mon propre patron – enfin, celui de Nikki – la croyait trop bête pour terminer le lycée. Sympa. Et merci pour l'estime de soi. Pensait-il une chose pareille parce qu'il avait lu ses mails ?

Le magazine concluait, en montrant à nouveau la photo de Gabriel et de moi en Vespa :

« Mais attention ! L'élève-mannequin devra peut-être se montrer plus sage auprès de ses professeurs ! »

Je n'en revenais pas. Quelqu'un avait pris une photo de Gabriel et de moi... et l'avait vendue ! C'était à ça que ma vie allait ressembler, maintenant ? Être traquée par les paparazzis et voir la presse étaler le moindre de mes gestes, même le plus innocent ?

J'étais tellement scotchée à la télévision au-dessus de mon lit que je ne me suis pas aperçue qu'on venait d'entrer dans ma chambre.

— Nikki ?

Au-dessus d'un masque de chirurgien, les yeux qui me regardaient étaient immenses – agrandis par l'inquiétude, et aussi par un trait de khôl.

Lulu Collins avait à nouveau déjoué la surveillance. En ajoutant une touche plus réaliste à son déguisement : cette fois, elle tenait dans les mains une feuille de compte rendu médical fixée sur un support en bois.

Oui, je sais. Il y a vraiment des gens...

Il était tard. Le personnel – ainsi que mon père, dont c'était le tour de passer la nuit dans ma chambre – avait émigré dans le foyer pour suivre un événement sportif quelconque à la télé. Mais ne me demandez pas lequel. Je déteste le sport.

Lulu avait donc pu se glisser jusqu'à ma chambre sans être vue (en costume de chirurgien).

— Salut, Lulu, ai-je marmonné sans grand enthousiasme.

— Tu te souviens de moi ?

Elle a abaissé son masque et son visage s'est fendu d'un large sourire.

— Oh, Nikki… Ils ont dit à la télé que tu étais devenue amnésique. Mais moi, je sais que c'est pipeau !

— Non, me suis-je empressée de corriger. Désolée, Lulu. C'est vrai… Je te reconnais seulement parce que je t'ai vue *après* mon coma. Quand tu m'as kidnappée.

— Tu es sûre ? a-t-elle fait, ses frêles épaules s'affaissant sous l'effet de la déception. Oh zut… J'ai pensé que peut-être vous aviez rééchangé vos esprits. Toi et cette fille, Em quelque chose… Parce que, dis donc, te tailler comme ça en scooter. C'est typiquement le genre de folie que Nikki serait capable de faire ! Brandon est furax, je ne te raconte pas !

— Brandon ? En colère contre moi ?

— Il est gonflé, non ? a déclaré Lulu en s'asseyant sur mon lit. Lui, il peut danser avec qui il veut pendant toute une soirée, mais quand c'est toi qui montes avec un garçon sur une Vespa, alors là, ça ne va pas ! Comment on dit, déjà, deux poids machin…

— Deux poids deux mesures.

— Oui, voilà. Bref… Quand j'ai vu la photo, j'étais super contente. Parce que tu redevenais toi-même ! Enfin, je veux dire, Nikki. La vraie Nikki… Et puis aussi, Cosabella a disparu. J'ai pensé que tu étais venue le chercher…

J'ai repoussé mon drap pour montrer la petite boule de poils.

— Oui, il est là. Il pleurait tellement hier matin… Je n'ai pas eu le cœur de le laisser.

— Oh, a dit Lulu d'une voix triste. Tu as bien fait. Tu lui manquais trop. Je veux dire, Nikki lui manquait… Oh, je ne sais plus, je m'embrouille. Alors… C'était toi sur la Vespa ? Pas… la vraie Nikki ?

— Non, c'était moi… Écoute, Lulu. À propos de cette histoire d'échange d'esprits…

— Oui, quoi ?

Elle parlait un peu du nez. Est-ce qu'elle avait pleuré ?

Mais je n'avais pas le temps de me soucier des états d'âme de Lulu. À n'importe quel moment, mon père ou l'une des infirmières – ou pire, le Dr Holcombe – pouvait débouler dans ma chambre et voir que j'avais de la visite.

Et, à mon avis, ça ne leur plairait pas du tout. Toutes ces menaces d'amende, de prison… Stark ne plaisantait pas en insistant pour que le secret ne soit pas divulgué. D'autant plus que je ne voulais pas attirer d'ennuis à Lulu. D'accord, ce n'était pas une lumière, mais je la croyais franchement gentille.

— Lulu… Il n'y a pas eu d'échange d'esprits. En réalité, je… euh… je me suis cogné la tête. Et maintenant, je suis amnésique. C'est pour ça que je ne me souvenais plus de toi ni de Brandon.

Silence. Lulu me dévisageait avec les yeux ronds d'une poupée en porcelaine. Puis elle a lâché, avec une étrange conviction :

— Non.

— Si ! Je t'assure. Ce qu'ils ont raconté à la télé est vrai.

— Je ne te crois pas. Et la télé non plus. Tout ça, c'est

l'histoire que Kelly veut présenter officiellement. Mais ce n'est pas vrai.

— Lulu...

Je sentais le désespoir me gagner. Il fallait absolument que je parvienne à la convaincre. Sinon, mes parents risquaient de devoir payer deux millions de dollars. Ou plutôt de se déclarer en faillite, puisqu'ils ne pourraient jamais se procurer une telle somme.

— Lulu ! C'est *vrai* ! Pourquoi tu ne me crois pas ?

— Parce que, même si elle était amnésique, a-t-elle répondu en désignant mes ongles, Nikki ne ferait jamais *ça*.

Et elle m'a pris la main.

J'ai compris aussitôt ce qu'elle voulait dire. Pendant l'entretien avec le Dr Holcombe et M. Phillips, j'avais mordillé toutes les extrémités de mes ongles soigneusement manucurés. À présent, ils étaient redevenus comme avant. C'est-à-dire atrocement rongés.

— Nikki n'abîmerait jamais son corps ! a continué Lulu, persuadée d'avoir raison. Je ne sais pas qui tu es vraiment... mais tu n'es pas Nikki ! Alors, le coup de l'amnésie, tu peux laisser tomber. Ça marchera peut-être avec tous les autres, mais pas avec moi. J'étais la meilleure amie de Nikki. Elle n'avait pas de secrets pour moi. Et je sais que jamais, *jamais* elle ne se rongerait les ongles.

Je l'ai regardée sans rien dire, avec sa jolie petite bouche crispée. Nikki n'avait pas de secrets pour elle ? Ah bon ? Pour commencer, cette soi-disant « meilleure » amie lui cachait qu'elle sortait en cachette avec son petit copain, Justin.

Mais plutôt mourir – encore ! – que de lui révéler cette terrible réalité.

Quand même, s'il y avait bien quelqu'un à qui on devait dire la vérité – en essayant de ne pas la faire trop souffrir –, c'était Lulu. Que pouvais-je inventer ?

En fait, j'ai décidé de ne rien inventer du tout.

— Lulu, tu as raison. Je ne suis pas vraiment Nikki Howard. Les médecins ont greffé le cerveau d'Emerson Watts dans le corps de Nikki, qui est morte d'un anévrisme le jour de l'inauguration du Megastore. Mais je ne dois le révéler à personne, sinon mes parents devront payer deux millions de dollars à Stark – ce qui est impossible. Ce sont les magasins Stark qui ont payé l'opération, pour pouvoir conserver leur top model.

Lulu a cligné des yeux. Une fois. Deux fois.

Puis elle a éclaté de rire.

— N'importe quoi !

— Oui, je sais. On se croirait dans un téléfilm bidon. Mais je t'assure que c'est vrai. D'après ce que j'ai compris, Nikki Howard devait présenter une nouvelle ligne de prêt-à-porter… Ils ont déjà dépensé beaucoup d'argent, et ils exigent que je me fasse passer pour elle…

— Arrête !

Lulu riait si fort qu'elle a failli tomber du lit.

— Tu veux me faire avaler qu'ils t'ont choisie, toi, alors que tu n'y connais rien du tout ?

Elle s'est redressée et a essuyé les larmes qui perlaient au coin de ses yeux.

— Sans vouloir te vexer… Tu es sûrement très sympa et tout… Mais le boulot de mannequin, c'est vraiment dur ! Qu'est-ce que tu as comme expérience ?

Pour le coup, c'est moi qui ai eu envie de rire. À cause de sa petite phrase : « Le boulot de mannequin, c'est vraiment dur. »

— Aucune, ai-je répondu froidement. Mais je pense que j'y arriverai.

— Ben voyons ! a ironisé Lulu en s'esclaffant encore. D'abord, est-ce que tu sais ce que c'est, des Manolo ?

J'ai revu en mémoire tous les exemplaires de *CosmoGirl* que Frida laissait traîner partout.

— Des chaussures de marque, non ?

Lulu a poussé un petit cri de ravissement.

— Oh là là ! Je n'y crois pas ! Ça va être super ! Nikki sera morte de rire... Mais tu ne feras jamais le poids, ma pauvre !

— C'est pour ça qu'ils ont inventé l'histoire de l'amnésie, ai-je rétorqué, un peu vexée. Si je cafouille, ce sera l'excuse... Pourquoi ? Qu'est-ce que c'est, des Manolo ?

Lulu n'a pas répondu à ma question.

— C'est vraiment trop drôle ! a-t-elle repris. Quand je vais raconter ça à Brandon...

— Non ! me suis-je écriée en attrapant son poignet tout menu. Lulu ! Tu ne peux pas lui dire. C'est top secret ! Je vais venir habiter avec toi – chez Nikki. On va vivre ensemble, comme avant... Mais il ne faut en parler à *personne*. Je ne plaisante pas ! Sinon mes parents vont vraiment avoir des ennuis.

Elle m'a soudain regardée d'un air grave.

— D'accord, a-t-elle dit gentiment. D'accord, Nik... enfin, je ne sais pas qui.

Elle a levé une jambe et posé son pied sur le lit. Son talon stiletto mesurait au moins dix centimètres.

— Tu veux que j'appelle Bliss ? a-t-elle demandé. Et je te prends un rendez-vous en urgence pour tes ongles ?

— Non, ce n'est pas grave... Écoute, Lulu. Quand j'étais chez toi – enfin, chez moi –, j'ai remarqué quelque chose dans l'ordinateur de Nikki.

Aussitôt, Lulu a eu l'air de s'ennuyer profondément et s'est mise à contempler ses propres ongles.

— Ah bon ? Quoi ?

— Ses mails sont enregistrés. En fait, tous les messages qu'elle tape, tous les sites qu'elle consulte... C'est de l'espionnage informatique. Tu as une idée de qui pourrait la surveiller ?

— Non. C'est M. Stark qui lui a offert son ordinateur. À moi aussi, il m'en a donné un. Ils sont roses, tu as vu ?

— Oui, j'ai vu... Ah bon ? Toi aussi, tu as un ordinateur Stark ?

— Oui. C'est le modèle qui vient de sortir. (Lulu a fait une bulle avec son chewing-gum, puis l'a habilement réintégrée dans sa bouche.) Mais qu'est-ce que tu veux dire, « les mails de Nikki sont enregistrés » ?

À ce moment-là, une infirmière est entrée avec mon dossier. Elle a eu une réaction de surprise en voyant Lulu assise sur mon lit.

— Hmm... Vous faites partie de l'équipe soignante ?

Lulu s'est levée aussitôt et a fait mine de consulter le compte rendu médical qu'elle tenait à la main.

— Non, non. Pas exactement ! Je voulais juste vérifier qu'il n'y avait pas de complications...

L'infirmière a dévisagé Lulu d'un œil sceptique.

— Vous avez un laissez-passer pour cet étage ?

— Hou là ! s'est exclamée Lulu. J'ai mon bipeur qui sonne... On m'appelle. Il faut que je file...

Et elle est sortie de la chambre à toute vitesse.

— Arrêtez-vous ! a crié l'infirmière.

J'espérais de tout mon cœur que personne ne rattraperait Lulu.

C'était bizarre. Il y a un mois, si on m'avait demandé ce que je pensais de Lulu Collins, j'aurais répondu que c'était juste une figure célèbre, superficielle, obsédée par la mode et par l'image qu'elle donnait d'elle-même en public.

Mon opinion n'avait pas changé.

Sauf que... je commençais à la trouver sympathique.

Que devais-je en conclure ?

16

Le jour de ma sortie de l'hôpital est enfin arrivé.

Ce qui n'était pas vraiment une surprise vu qu'on m'avait fait passer toutes sortes d'examens qui s'étaient révélés... très bons.

À ma grande surprise, je dois dire.

Car ils concernaient essentiellement ma condition physique. Or, dans ce domaine, je ne suis pas une flèche. La course d'endurance et la gymnastique n'ont jamais été mes points forts. Au volley et au basket, c'est toujours moi qu'on choisissait en dernier dans l'équipe, et souvent, j'inventais une excuse pour manquer l'entraînement de bowling ou de natation. Même le roller, j'y allais avec des pieds de plomb ! Bref, je n'avais jamais aimé me dépenser physiquement. Je préfère lire. Ou jouer à des jeux vidéo.

Alors, évidemment, les résultats des tests ont stupéfié tout le monde, moi la première. Par exemple, quand on m'a obligée à courir sur un tapis de course pendant dix minutes d'affilée, ça ne m'a posé aucun problème. Même après un mois dans le coma ! Avec mon ancien corps, je n'aurais pas tenu plus d'une minute. Et encore, à toute petite vitesse.

Apparemment, Nikki Howard, elle, s'était maintenue dans une forme physique éblouissante. On comprenait pourquoi... Son estomac ne supportait pas les graisses, et tous les aliments conditionnés lui laissaient un goût de craie sur la langue. J'ai donc dû renoncer à mes habitudes alimentaires (chips et sucreries) et manger des produits sains que jamais auparavant je n'aurais choisis, comme le poisson et les légumes. Non seulement mon nouvel estomac les acceptait, mais je trouvais ça délicieux.

Eh oui. De quoi déprimer, non ?

Nikki était capable de courir, de nager, de sauter à la corde pendant une demi-heure sans éprouver la moindre fatigue.

Qui plus est, son corps réclamait ce genre d'activités, comme si elles étaient agréables. Pour la première fois, j'ai compris ce qu'on nous avait expliqué en éducation physique : l'état d'exaltation qui suit un effort intense. Je me sentais bien après avoir couru, je découvrais qu'il y a un vrai plaisir à faire de l'exercice.

Dommage qu'il m'ait fallu pour cela changer de corps.

Une fois les examens terminés, le Dr Holcombe a déclaré que je pouvais quitter l'hôpital… mais qu'il me faudrait revenir régulièrement pour passer d'autres tests et être surveillée de près.

Même s'ils m'avaient surtout connue dans le coma, tous les membres du personnel sont venus me dire au revoir avant mon départ. J'ai serré les mains du Dr Holcombe, du Dr Higgins et de tous les brancardiers, infirmières et aides-soignants qui s'étaient occupés de moi. Le Dr Higgins et quelques infirmières se sont même autorisées à me prendre dans leurs bras pour m'embrasser, et on a ri à cause de Cosabella qui protestait parce qu'on l'écrasait.

Mais, quand il m'a fallu dire au revoir à mes parents, je ne riais plus. Visiblement, c'était très douloureux pour eux de voir leur petite fille partir, même s'ils n'avaient pas le choix. Ils avaient insisté pour qu'on m'offre le tout dernier modèle de téléphone portable de la marque Stark afin que je puisse les appeler trois fois par jour (et sur lequel ils m'appelleraient sans doute toutes les cinq minutes, à en juger par l'expression du visage de ma mère).

Ils n'étaient pas les seuls à s'inquiéter. Je n'avais jamais vécu sans eux – à part l'été dernier, quand j'avais travaillé comme animatrice dans une colonie de vacances. Oh, bien sûr, j'essayais de faire bonne figure, mais en fait, j'étais terrifiée. Et un peu en colère aussi. D'accord, ils ne pouvaient pas faire autrement, mais quand même...

Un top model ? Pour les magasins Stark ?

Frida, elle, ne me manquerait pas, ça c'est sûr. Surtout après le petit échange qu'on venait d'avoir pendant que je rangeais mes affaires (pas grand-chose) dans ma valise.

C'est ma sœur qui avait donné le ton.

— Quand je vois ce que tu portes alors que tu pouvais choisir n'importe quoi dans le placard de Nikki Howard ! Elles sont vraiment nulles, ces Skechers. Tu n'as pas intérêt à les mettre pour aller au lycée, je te préviens.

Là, je dois dire qu'elle m'a vraiment énervée. Ne voyait-elle pas que j'avais en tête des soucis autrement plus importants ?

— Si ça peut te rassurer, personne de toute façon ne saura que je suis ta sœur, ai-je rétorqué. Tais-toi un peu, veux-tu ? Je suis déjà assez stressée comme ça, je n'ai pas envie de t'entendre critiquer ma façon de m'habiller.

Frida a pris un air faussement suppliant.

— S'il te plaît, redis-moi que tu trouves insupportable d'être devenue aussi belle...

— Ce que je trouve insupportable, ai-je répliqué en serrant les dents, c'est que ma propre sœur se soit présentée pour entrer dans l'équipe des cheer-leaders.

— Ah oui ? Sauf que tu ne sais pas tout... Ma candidature a été retenue.

Je l'ai regardée bouche bée. Quoi ? Je passais un mois dans le coma et, quand j'en sortais, ma sœur avait rejoint les Morts-Vivants ? Elle avait sûrement déjà acheté de la crème autobronzante pour sa première apparition avec les pom-pom girls !

— Je ne te crois pas, ai-je marmonné. Tu dis ça pour me faire enrager.

— Non, tu te trompes. Tout le monde n'est pas comme toi, Em. Moi, j'aime bien l'ambiance au lycée. Et, même quand tu seras revenue et qu'on te prendra pour Nikki Howard, tu ne me feras pas changer d'avis. D'ailleurs, c'est trop tard. Je suis déjà inscrite dans l'équipe.

— Frida...

Comment pouvais-je lui expliquer ? Ma mère avait essayé maintes et maintes fois, apparemment sans succès. Et moi aussi, je me trouvais soudain à court d'arguments.

— Être cheer-leader, c'est... c'est nul.

— Non, c'est un SPORT ! Si j'avais voulu entrer dans l'équipe de basket, est-ce que tu me le reprocherais ?

— Non. Parce qu'on ne te demanderait pas de te trémousser en jupette, débardeur et pompons.

— Tu ne comprends vraiment rien, Em, a dit Frida avec un air grave que j'avais rarement vu sur son visage. Maman non plus... J'ai toujours voulu devenir pom-pom girl, depuis que je suis toute petite. Alors, maintenant que j'ai enfin la chance d'être acceptée, vous n'allez pas gâcher ma joie ! Je sais que je ne suis pas aussi fine et aussi jolie que les autres filles de l'équipe... Et qu'on m'a prise seulement parce que je suis forte et que je serai une bonne porteuse dans les pyramides. Je ne suis pas fichue de faire un saut périlleux arrière et, même pour les roues, je ne suis pas très douée. Mais je vais m'entraîner dur, et je participerai au championnat à la fin de l'année. Et alors, maman et toi, vous regretterez d'avoir critiqué quelque chose qui fait vraiment plaisir aux spectateurs. Et surtout qui me fait plaisir à moi.

J'en suis restée muette.

— Et puis tu me fais bien rigoler, a-t-elle repris. Je te signale que dans les pubs de Nikki Howard, puisque maintenant c'est toi qui vas poser, ce n'est même pas en débardeur que tu te montreras ! La *lingerie fine*, tu en as entendu parler ? Et je ne te conseille pas de traiter le directeur artistique de phallocrate. On engagera quelqu'un d'autre à ta place, et terminé ! Alors tu as intérêt à mettre tes principes au rancart...

Là-dessus, elle a tourné les talons et elle est sortie de la chambre en bousculant mes parents qui arrivaient.

— Quelle mouche l'a encore piquée ? a demandé mon père.

Mais je n'ai rien répondu. Je ne pensais déjà plus à Frida – du reste, elle venait de prouver qu'elle était tout à fait capable de se prendre en main. Tandis que moi, j'allais bientôt commencer officiellement ma nouvelle vie, dans laquelle je devrais être Nikki Howard à l'extérieur et Emerson Watts à l'intérieur.

On ne m'avait pas franchement éclairée quant à la manière de procéder. Le Dr Holcombe et son équipe étaient des scientifiques, pas des psychologues ni des travailleurs sociaux. Ils avaient fait leur boulot : j'étais en vie. Restait à incarner Nikki Howard, et là c'était à moi de me débrouiller seule.

D'accord, je reprenais simplement la vie de quelqu'un d'autre. Mais ce que j'allais faire de cette vie n'appartenait qu'à moi seule... et aux magasins Stark.

Pourvu que je ne fasse pas tout rater ! Pour mes parents. Et pour moi.

J'avais les mains moites au moment de me séparer de mon père et de ma mère, et de Frida aussi, qui était revenue. Je les ai essuyées sur Cosabella – un mouchoir de premier choix.

— Bon..., ai-je dit avec embarras. Je passe à la maison dès que j'ai une soirée de libre.

En réalité, je ne voulais pas fixer de date précise devant M. Phillips, qui se tenait un peu plus loin. Ce n'est pas parce que les magasins Stark savaient déjà presque tout de ma vie privée que je n'avais pas droit à une marge de liberté, non ?

Mais ma mère n'a pas compris. J'avais peut-être eu tort de ne pas leur parler de l'ordinateur de Nikki. D'un autre côté, ils ne sont vraiment pas branchés informatique, tous les deux. Déjà qu'ils ne font pas la différence entre un fournisseur d'accès et un navigateur, alors un logiciel espion...

— Tu viens vendredi, sûr ! a déclaré fermement ma mère en se haussant sur la pointe des pieds pour m'embrasser, ce qui était nouveau pour elle. On ira dîner dans ton restaurant chinois préféré. Tu sais, celui de la rue Mott.

J'ai coulé un regard en direction de M. Phillips. Il tapotait sur son BlackBerry. Tiens, tiens… Il n'utilisait pas un organiseur de la marque Stark.

— Peut-être…, ai-je répondu. Je vous appelle.

En tout cas, je ne me servirai pas du portable offert par Stark, ai-je pensé in petto.

— À vendredi…, a soufflé mon père en me serrant si fort dans ses bras que Cosabella a poussé un gémissement aigu.

— Passe-nous un coup de fil dès que tu seras arrivée, a dit ma mère en rajustant ma veste. Ce n'est pas très chaud, ce que tu portes là… J'aurais dû t'apporter un manteau de la maison.

— Maman…

— On est en novembre, tout de même. Tiens, prends au moins mon écharpe.

Là-dessus, elle m'a enroulé son écharpe en laine autour du cou, en faisant plusieurs tours pour bien m'étrangler.

— Arrête, maman. Je vais monter directement dans une limousine et on me dépose devant la porte. Je n'ai pas besoin de…

— N'oublie pas d'appeler, a répété ma mère en me serrant encore une fois dans ses bras.

Puis elle m'a lâchée brusquement, comme si une force extérieure l'y obligeait.

J'étais un peu secouée par tant d'étreintes – et Cosabella aussi.

— Bon, ai-je dit quand est venu le tour de Frida. On se voit demain au lycée…

M. Phillips avait réussi à m'inscrire au lycée de Tribeca, avec la permission spéciale de commencer dès que mon emploi du temps me le permettrait. C'est-à-dire le lendemain… du moins je l'espérais.

— Oui, c'est ça, a répondu Frida sans enthousiasme.

On s'est embrassées (j'ai dû me pencher vers ma sœur, qui était beaucoup plus petite que moi maintenant) et je me suis vite détournée, avant de m'engager dans le couloir. Tout d'un coup, je ne voyais plus rien, à cause des larmes qui me montaient aux yeux. Je faisais sans doute une réaction à l'écharpe…

À cause des journalistes et des photographes qui guettaient ma sortie devant l'entrée principale de l'hôpital, je devais descendre par l'ascenseur de service. La publicitaire de Nikki, Kelly, est montée me chercher. Elle m'emmenait à une séance photos avec Robert Stark en personne. L'idée, c'était de montrer à tout le monde que, malgré son amnésie, Nikki Howard allait bien !

Quand j'ai vu une femme aux cheveux roux, vêtue d'un tailleur vert vif, qui s'avançait en compagnie de deux gardes armés, j'ai compris que c'était elle, Kelly. Ni une ni deux, elle m'a prise par le bras et m'a entraînée dans l'ascenseur tout en parlant dans son micro-casque : « C'est bon, je l'ai. On part. Arrivée prévue dans quinze minutes au siège de Stark. »

L'un des gardes a appuyé sur le bouton SS (pour sous-sol), et les portes se sont refermées sur les visages de mes parents, souriants et larmoyants à la fois. Kelly s'est alors tournée vers moi. Son parfum capiteux envahissait l'étroit espace de la cabine. Elle a éteint le micro de son portable Stark et m'a gratifiée d'un sourire complètement surfait.

— Nikki, ma chérie ! Je suis tellement contente que tu

sois rétablie. Je me suis fait un souci monstre ! Ah oui, c'est vrai. Tu te souviens de moi ? Kelly Foster-Fielding.

Elle m'a serré la main, avec une poigne si ferme que j'ai cru qu'elle allait me broyer les doigts.

— Je suis ta directrice de pub. Comment te sens-tu, mon cœur ?

Je l'ai regardée sans rien dire. Est-ce que vraiment elle ne savait rien ? Ou bien faisait-elle semblant devant les gardes ? Était-il possible que Stark ne l'ait pas mise au courant ?

Sans attendre ma réponse, elle a sorti un BlackBerry de son gros sac en toile et a tapé sur son écran tactile à une vitesse phénoménale tout en me parlant.

— Je vais essayer de te ménager un peu de temps libre cette semaine pour te laisser souffler – et crois-moi, je respecte complètement ta décision de retourner au lycée –, mais il y a des choses que je ne peux absolument plus repousser. *Cosmo* te réclame pour la couverture de janvier et ne me lâche pas ! Tu sais, Nik, cette histoire d'amnésie est une mine d'or. *Cosmo* veut aussi publier un article sur toi et ton accident. Mais je n'ai rien promis, parce que j'ai aussi reçu des demandes de couvertures et d'articles de *Vogue*, de *Elle* et de *People* – eux, on peut les rayer de la liste, leur série « Les idoles de l'Amérique » est nulle... J'ai aussi une offre de Larry King, mais bon, son émission marche depuis longtemps, on peut faire traîner... Et puis il y a trois éditeurs qui m'ont proposé une idée de roman, sur le thème « comment j'ai perdu mon identité »... Pour l'instant je n'y comprends rien, mais ils engageront un nègre pour l'écrire, bien sûr. Ils veulent juste ta photo sur la couverture...

Les portes de l'ascenseur se sont ouvertes. Kelly m'a attrapée par le bras et m'a entraînée à toute vitesse vers la longue limousine noire qui nous attendait. Heureusement que les deux gardes nous accompagnaient ! Parce qu'au bout de quelques mètres à peine, des paparazzis ont surgi en criant « Nikki ! Nikki ! ». Ils m'ont mitraillée avec leurs appareils photo, et certains s'approchaient tellement près avec leurs objectifs que j'ai eu peur qu'ils ne me crèvent les yeux.

Les gardes du corps ont réussi à les repousser et on a pu monter dans la voiture.

Une fois qu'on s'est retrouvées assises en sécurité sur les luxueux sièges en cuir de la limousine, portières fermées, et que la voiture a démarré, Kelly a continué comme s'il ne s'était rien passé.

— Bref, ce ne sont que des bonnes nouvelles. Si on se débrouille pour que le livre sorte en même temps que la nouvelle collection... ce sera un coup de pub fantastique ! Et gratuit ! Ce qui signifie qu'on rafle TOUT le bénéfice ! Attends, ce n'est pas fini... Les magazines de variétés et de mode à la télé se bousculent pour t'inviter. *Ellen*, *Oprah*, *The View*... Je ne pourrai pas les faire attendre indéfiniment...

Pendant qu'elle parlait, je suis restée tétanisée sur le siège, Cosabella blotti contre moi. Je sentais son petit cœur qui battait la chamade. Comme le mien. Je ne savais pas ce qui me bouleversait le plus – l'attaque des paparazzis, le discours effréné de Kelly... ou la vision de Brandon Stark assis en face de moi, les bras croisés. Et furieux apparemment, à en juger par ses lèvres crispées.

J'ai fait une timide tentative.

— Hmm... Salut.

Il a détourné les yeux avec ostentation. Kelly parlait toujours à toute vitesse et je n'arrivais plus à suivre. Elle avait entre trente-cinq et quarante ans, des cheveux roux flamboyants coiffés en un carré court qui encadrait son visage pâle et maquillé avec soin. J'avais rarement rencontré une femme aussi bien mise, dans chaque infime détail. Son collant noir fin et mousseux ne présentait pas la moindre petite imperfection qui pourrait ressembler au début d'un accroc. Comment faisait-elle pour marcher avec ses escarpins vernis aux talons d'au moins dix centimètres ? Sans parler de courir pour échapper aux photographes ?

— L'émission d'Oprah ne s'adresse pas tout à fait à la tranche d'âge que nous visons en priorité, continuait-elle. Mais tant pis. On ne peut pas faire l'impasse, l'occasion est trop belle… Ah oui… Figure-toi que le magazine *Sports Illustrated* a appelé !

Au ton de sa voix, je voyais bien que j'étais censée manifester une réaction. Mais je ne savais pas quoi dire. Je hais *Sports Illustrated*. On n'y parle que… de sport, justement !

— C'est chouette, ai-je marmonné.

Hou là ! Finalement, être mannequin serait peut-être plus difficile que je ne le pensais.

— Nikki ! s'est exclamée Kelly, et j'ai cru qu'elle allait m'envoyer son BlackBerry à la figure. Tu essaies d'obtenir *Sports Illustrated* depuis deux ans, et enfin ils te sollicitent ! Pour leur prochain numéro consacré à la natation ! Tu n'es pas folle de joie ?

Elle m'a donné une petite bourrade sur l'épaule et je me suis renfoncée dans mon siège. J'avais envie de lui répondre : « J'espère que je ne vais pas devenir folle, tout simplement. »

— C'est super, ai-je dit d'une voix neutre. Merci.

Elle m'a dévisagée longuement. Puis elle a repris :

— Tu pourrais montrer un peu plus d'enthousiasme, quand même ! Tu te rends compte, chérie ? *Sports Illustrated* ! Tu as peut-être une chance de faire la couverture. En fait, je suis sûre que tu vas l'avoir ! Je le sens...

À ce moment-là, Brandon s'est penché pour ouvrir le petit réfrigérateur de la limousine.

— Non, Brandon, a dit Kelly. Ne reprends pas un Red Bull ! Tu es déjà assez énervé comme ça.

Brandon a claqué la porte du frigo et s'est tassé sur son siège avec un air hargneux.

— Alors ? m'a demandé Kelly. Tu es contente ?

— Très.

En réalité, tout ce que j'éprouvais, c'était une peur grandissante.

— Euh... Je vais poser en maillot de bain, c'est ça ?

Kelly s'est mise à rire.

— En maillot de bain ! Dis donc, tu as vraiment perdu la mémoire. Chérie, on dit maillot de « natation ». D'accord ? Et... Oh non ! Qu'est-ce que tu as fait à tes ongles ?

Elle m'a pris les deux mains et les a contemplées avec horreur. (Inutile de préciser que j'avais sauvagement détruit les ongles de Nikki.)

— Je les ai un peu rongés, ai-je répondu d'une voix honteuse.

— *Un peu* rongés ?

Sans perdre une minute, Kelly m'a lâchée et a branché le micro de son téléphone.

— Allô, Doreen ? C'est Kelly. Écoute, chérie... Il faut absolument que tu nous rectifies une manucure, tout de suite ! Oui, je sais que tu es débordée, mais c'est vraiment une urgence… Non, en effet, elle ne nous a pas habitués à ça. Mais la situation est un peu compliquée… Tu n'imagines pas ! Parfait. À tout de suite, chérie.

Kelly a raccroché et m'a jeté un regard désapprobateur.

— Tu te fais du mal, Nik. Vraiment, tu te fais du mal…

Et là, de manière complètement inattendue, les larmes me sont montées aux yeux.

Moi ? Je pleurais à cause d'une histoire d'ongles !

— Pardon, ai-je murmuré. Je suis désolée… Mais je ne savais pas… Je croyais qu'on allait faire une séance photos. En quoi mes ongles posent-ils un problème ?

— Les ongles et tout le reste ! Tu vas être prise en photo avec M. Stark pour *Vanity Fair !* Et avec son fils, Brandon. Toi, tu es l'égérie des magasins Stark, tu comprends ? Tu représentes la santé, la vitalité, la force…

En voyant mon désarroi, Brandon s'était encore plus renfrogné.

Je ne trouvais rien d'autre à dire, et je m'étonnais moi-même de pleurer. Ce n'est pas dans mes habitudes, vraiment. Je ne pleure jamais. Enfin, sauf pour des choses très importantes, par exemple quand j'ai pensé à Christopher qui me croyait morte.

En tout cas, depuis, je n'avais pas pleuré une seule fois. Pourtant, j'avais perdu mon corps d'avant. Ma vie d'avant. Mon moi d'avant.

Mais je n'avais pas encore pris pleinement conscience de cette immense perte.

Et là, alors qu'on me réprimandait pour une broutille (mes ongles), j'ai compris brusquement que tout ce que j'avais été jusqu'à maintenant, mon moi d'avant, n'existerait jamais plus.

Évidemment, je ne pleurais pas à cause de mes ongles. Mais à cause de tous les événements, de tous les moments douloureux qui m'avaient conduite à les ronger.

Les adieux à mes parents, d'abord. Puis ce qui s'était passé avec Frida. Je regrettais tellement de m'être disputée avec elle juste avant qu'on se sépare. J'aurais dû la soutenir quand elle m'avait confié qu'elle rêvait depuis toujours de devenir cheer-leader. Après tout, pourquoi en faire une telle histoire ? Ce n'était pas pire que la gymnastique artistique, qui figurait aux jeux Olympiques...

Ensuite, tous ces photographes, à la sortie de l'hôpital, qui me mitraillaient en criant un nom qui n'était pas le mien.

Et maintenant, me retrouver dans une limousine avec un garçon qui me traitait comme une moins que rien et une directrice de pub aux yeux de qui j'avais tout faux...

La séance photos serait une catastrophe. J'en étais sûre.

J'ai essayé de retenir mes larmes.

— Je... je ne peux pas, ai-je dit. Je n'y arriverai pas.

Tout d'un coup, je me suis rappelé la question de Lulu à propos des Manolo. Je ne savais pas ce que c'était, bien sûr. Alors être mannequin, un jeu d'enfant ? De quelle arrogance j'avais fait preuve ! Si au moins j'avais étudié d'un peu plus près les *CosmoGirl* de Frida !

— J'ai oublié comment faire..., ai-je gémi.

— Eh bien, tu as intérêt à vite retrouver la mémoire, a répliqué Kelly d'une voix dure. Parce que ton avenir en dépend. Le mien aussi, au passage... Et celui des maquilleuses, des stylistes, des directeurs artistiques, des photographes, des directeurs photo, des chefs opérateurs et de leurs assistants... Tous ces gens-là t'attendent, et ils ont besoin de travailler pour vivre. Alors, tes petits problèmes personnels, tu vas me faire le plaisir de les régler sans empoisonner la vie de tout le monde.

— On arrive, a dit Brandon en pointant un doigt vers la fenêtre. Et on n'est pas tout seuls...

Kelly a réprimé un juron en regardant au-dehors et a aboyé dans son micro-casque :

— Rico ? Renforce la sécurité devant l'entrée ! Il y a encore des manifestants.

Je n'y comprenais rien. Et, à dire vrai, je m'en moquais un peu. Je réfléchissais aux paroles de Kelly, à tous ces gens dont la subsistance dépendait de Nikki Howard... Je savais déjà combien son image était importante pour les magasins Stark, mais je n'avais pas mesuré toutes les données qui entouraient un personnage aussi médiatique.

Là, j'ai commencé à faire le calcul...

Deux millions de dollars ? Voilà ce qu'ils avaient payé pour greffer mon cerveau afin de maintenir Nikki en vie ? Finalement, ils s'en étaient peut-être tirés à bon compte.

— On y va ! Allez ! a dit Kelly.

Là-dessus, elle m'a bousculée pour me faire descendre de la limousine...

Et j'ai atterri dans les bras d'un garde du corps venu me protéger d'une horde de manifestants rassemblés devant l'entrée du siège de Stark.

— La voilà ! a crié quelqu'un. C'est elle !

Alors que je sentais qu'on me prenait par l'épaule, une femme m'a brandi une pancarte sous les yeux : « STARK TUE LA PLANETE ! »

— C'est NIKKI HOWARD !

La femme – en pantalon camouflage et béret – a soufflé dans un sifflet, et les autres manifestants ont afflué autour de moi. La colère se lisait sur leurs visages.

— Vous représentez une chaîne de magasins qui signe la mort des petits commerces ! a crié un homme en salopette.

— Si l'Amérique va mal, c'est à cause de vous ! a enchaîné une femme qui poussait un landau d'enfant.

J'ai quand même trouvé ça un peu exagéré, et pas seulement parce qu'ils me prenaient pour quelqu'un que je n'étais pas.

Mais je n'ai pas pu argumenter. Le garde du corps me serrait contre lui en m'entraînant vers la porte. Je me suis retrouvée dans le hall d'un immeuble, immense, tout en marbre. Une seconde plus tard, Brandon Stark et Kelly Foster-Fielding nous rejoignaient.

— Quelle plaie, a soupiré Kelly en se rajustant. C'est de pire en pire !

— Content de vous revoir, Miss Howard, a dit le garde du corps, qui pouvait enfin me parler maintenant qu'il m'avait sauvée des manifestants. Ça faisait longtemps !

Je lui ai répondu avec un faible sourire. Sous le choc, je n'avais même plus envie de pleurer.

— M... merci, euh...

— Martin, a-t-il complété. Vous ne vous rappelez pas ? Alors, c'est vrai ce qu'ils ont dit aux informations ?

J'allais lui répondre que oui, tout était vrai, quand Kelly m'a entraînée.

— Assez de bavardages... On nous attend !

Je suis entrée dans un ascenseur. Et là, j'ai réalisé que j'allais rencontrer M. Stark. En personne.

Ça tombait bien. Parce que j'avais une ou deux choses à lui dire.

17

Sauf que je n'ai pas pu parler à M. Stark. En tout cas, pas tout de suite.

Dès que je suis sortie de l'ascenseur, un essaim de coiffeuses, de maquilleuses et d'habilleuses m'est tombé dessus. Kelly m'a arraché Cosabella des bras en m'assurant qu'elle s'en occuperait pendant la séance photos. Et ensuite, c'est moi – pas le chien – qu'on a emmenée pour un toilettage.

Au début, j'étais complètement perdue. Des gens que je n'avais jamais vus me touchaient les cheveux en s'écriant : « Chérie ! On ne t'a même pas fait un seul soin régénérant ? »

Une femme m'a scrutée de près et m'a dit :

— Ah... tu l'as joué « nature » ?

— Kelly avait raison, c'est une calamité ! a déclaré une autre en me prenant la main (tout ça dans un couloir où on m'entraînait à toute vitesse).

Et toute cette armée n'a eu de cesse de me sermonner. À commencer par Norman, le coiffeur en chef.

— Alors, comme ça, a-t-il bougonné, on tombe sur la tête et on perd la mémoire au point de ne plus savoir nourrir ses cheveux ?

Denise, l'esthéticienne, y est allée aussi de son laïus.

— Chérie... Tu sais, la crème exfoliante que je t'ai donnée ? Pour que ça marche, il faut s'en servir !

Et Doreen, bien sûr, ne s'en remettait pas. (J'ai appris que c'était une « styliste d'ongles » !)

— Oh là là... Quelle catastrophe... C'est abominable... Mais qu'est-ce que tu as fait ?

J'ai fini par réagir quand Norman m'a tiré les cheveux un peu trop fort.

— Aïe !

— Oh, a-t-il dit en feignant la compassion. On a mal, maintenant ?

— Oui !

Je lui ai attrapé la main et je lui ai fait toucher la cicatrice à l'arrière de ma tête.

Brusquement, il s'est tu... et il est devenu beaucoup plus gentil. Je ne sais pas s'il en a parlé aux autres, en tout cas ils ont tous arrêté de me harceler. Et ils m'ont traitée avec plus de considération. Denise m'a expliqué que je devais me laver le visage tous les soirs et tous les matins avec une lotion astringente qui nettoie les pores en profondeur. Et ensuite me passer une crème hydratante... ce que je n'avais jamais fait, parce que ma peau d'avant était grasse.

Apparemment, j'avais maintenant une peau à tendance sèche.

Norman m'a recommandé de ne pas me laver les cheveux tous les jours. On pouvait ainsi les coiffer et les mettre en forme plus facilement. Il m'a donné un spray à utiliser le matin avant de les brosser.

Doreen m'a limé les ongles. Elle a appliqué une pâte pour les durcir, puis un vernis noir.

— Vas-y, maintenant... Essaie de les ronger.

J'ai porté un doigt à ma bouche et j'ai failli me casser une dent.

— Avec ça, a-t-elle ajouté, ils vont pouvoir repousser.

On m'a mis aussi des gouttes dans les yeux parce qu'ils étaient un peu rouges (et on m'a conseillé gentiment de ne pas pleurer).

Bref, tout le monde s'efforçait de me rappeler des choses que j'aurais pu oublier. Par exemple, que ma peau trop sensible ne supportait pas l'épilation à la cire. Aussi, il valait mieux que je me rase (y compris le maillot, et Norman a insisté : « Surtout, prends un RASOIR NEUF chaque fois »).

J'étais super gênée. Mais, en même temps, toutes ces précisions m'étaient utiles. C'est vrai, quoi ! Ne serait-ce que pour le jour où je devrais poser en maillot de bain. J'ai appris également que les aliments conditionnés (vendus sous emballage) aggravaient le reflux gastrique. Et, plus intéressant encore, que Brandon et moi étions en train de rompre avant mon accident, parce que j'en avais assez qu'il tourne autour de Mischa. (Apparemment, personne ne savait que Nikki, elle, tournait autour du petit copain de sa meilleure amie. Tant mieux.)

Finalement, le temps a passé très vite et je me suis retrouvée avec des cils courbés, les cheveux lissés par un brushing, les ongles des pieds et des mains peints en noir, et même (oui !) les poils des bras décolorés.

— Maintenant, à l'habillage !

À ce moment-là, on m'a poussée derrière un rideau, et trois filles minuscules que je dépassais d'une tête m'ont déshabillée (sans me demander si ça ne me gênait pas !)

et m'ont fait enfiler des vêtements si compliqués que je ne voyais pas comment les mettre.

Finalement, ce n'était pas plus mal que je ne sois pas toute seule.

Les costumières examinaient chaque tenue, puis l'une d'elles prenait une photo avec un Polaroid. Elle disparaissait ensuite de l'autre côté du rideau et revenait en disant « oui » ou « non ».

Pour finir, le choix s'est porté sur une robe blanche transparente, avec un décolleté tellement profond que les bretelles tenaient à peine sur mes épaules, des chaussures argentées à talons stiletto et pas de boucles d'oreilles.

On m'a alors emmenée dans un long couloir revêtu d'une épaisse moquette, où des gens très élégants m'ont regardée passer – en levant la tête, parce que j'étais vraiment très grande sur mes talons hauts. Quelques-uns ont lancé un « Salut, Nikki » et, quand j'ai répondu, ils ont eu l'air assez estomaqués, je dois dire. J'imagine que Nikki ne se montrait pas particulièrement aimable pendant ses séances photos.

Ce que je pouvais plus ou moins comprendre, vu comment on la tiraillait et on la manipulait dans tous les sens.

J'ai fini par arriver devant une porte qui portait l'inscription ROBERT STARK, PRÉSIDENT-DIRECTEUR GÉNÉRAL en lettres argentées. La porte s'est ouverte, et j'ai enfin pénétré dans le bureau de M. Stark.

Sauf que la pièce était sens dessus dessous à cause de la séance photos. Il y avait des fils électriques enchevêtrés sur la moquette, des projecteurs géants qui jetaient une lumière éblouissante, des hommes sveltes en jean et tee-shirt noirs, des filles à queue-de-cheval et lunettes fantaisie qui servaient des cafés... Des tissus noirs avaient été tendus en travers des immenses fenêtres, derrière lesquelles s'offrait sûrement une vue panoramique de Manhattan.

Au centre de toute cette activité trônait un énorme bureau en acajou derrière lequel Robert Stark était assis, vêtu d'une chemise blanche dont le col largement ouvert laissait apparaître une toison de poils blancs. Debout, à ses côtés, se tenait son fils, en chemise blanche aussi – mais, dans son cas, révélant un torse parfaitement imberbe. Ils étaient bronzés (grâce à la crème autobronzante que Denise m'avait aussi appliquée partout sur le corps... je précise partout *sans exception*, car apparemment un mannequin ne peut pas être pudique), et je dois dire qu'ils avaient belle allure sous les projecteurs. Mais, si Robert Stark montrait de l'enthousiasme, Brandon paraissait tout simplement s'ennuyer.

Je comptais aller me présenter au grand patron et lui demander un entretien en privé... Je suis sûre que, s'il faisait ma connaissance et découvrait ma vraie personnalité, il renoncerait à ce terrible chantage (les deux millions de dollars que mes parents devaient rembourser dans le cas où je n'honorerais pas le contrat de Nikki Howard avec Stark.) Je me promettais aussi de l'interroger à propos de l'ordinateur de Nikki et des logiciels espions.

Mais, au moment où je faisais un pas dans sa direction, quelqu'un s'est jeté sur moi pour m'embrasser.

— Ah, te voilà enfin ! s'est écriée une femme dont la voix était aussi forte que ses deux bras passés autour de mes épaules. Mon Dieu, que le temps m'a paru long ! Je voulais te rendre visite à l'hôpital, mais seule la famille proche était autorisée à te voir. J'ai eu beau protester... « Enfin, tout de même, je suis son agent ! Je suis une mère pour elle ! » Rien à faire. Alors... ? Montre-moi un peu comment tu vas !

Elle m'a tenue à bout de bras pour m'examiner de la tête aux pieds. C'était une femme d'une cinquantaine d'années aux cheveux noirs, extrêmement mince et vêtue d'un tailleur crème.

— Superbe, comme d'habitude ! Tout simplement éblouissante ! Oh, mais... tu ne me reconnais pas, n'est-ce pas ? Dis donc, tu as vraiment pris un sacré coup sur la tête !

Du coin de l'œil, je surveillais Robert Stark... Il se plaignait parce que ses boutons de manchettes ne restaient pas en place.

— Hmm..., ai-je fait. Rebecca, c'est ça ? Mon agent ?

— Oui, oui ! Exactement ! s'est-elle exclamée en m'enlaçant à nouveau. Rebecca Lowell. Dieu merci, tu es saine et sauve ! S'il t'était arrivé quoi que ce soit, je... je ne sais pas ce que j'aurais fait !

— Tu en aurais cherché une autre dans un mobile home pourri pour la transformer en Cendrillon, a ricané un homme en pantalon de cuir dont la lèvre supérieure était soulignée par une fine moustache.

— Tais-toi donc ! a-t-elle répliqué.

Puis, se retournant vers moi, elle a dit :

— Tu as été très secouée, je comprends. Mais ne t'inquiète pas. Tu es tellement douée que tes habitudes et tes réflexes vont te revenir en un rien de temps... Et au fait, pour *Sports Illustrated*... tu n'es pas ravie ? Oh, Nikki !

Quand j'ai appris la nouvelle, j'ai senti mon cœur… Je… j'ai failli fondre en larmes !

— Écarte-toi, Rebecca ! a lancé l'homme à la moustache. Maintenant qu'elle est là, on n'a plus de temps à perdre.

— Pardon, Raoul, a répondu Rebecca sans pour autant me lâcher. Je ne peux pas me contrôler… Quand je pense qu'elle est passée à un cheveu de la mort !

Je me suis demandé comment elle réagirait si je lui apprenais que Nikki était *réellement* morte. Et pas seulement morte d'après la définition légale de l'État de New York.

— Ne te fais pas de souci pour ta petite protégée, a dit Raoul. Je vais en prendre soin !

Là-dessus, il m'a entraînée par le bras.

— On s'est déjà rencontrés, Nikki, mais je vois que tu ne te souviens pas de moi. Mon ego en prend un coup, ça c'est sûr. Je ne sais d'ailleurs pas si je m'en remettrai… Bref. Va vite t'asseoir sur le bureau pour que Pete puisse régler la lumière.

J'ai obéi. Au moment où je m'installais sur l'énorme bureau en acajou, j'ai vérifié que ma robe couvrait bien tout ce qu'elle était censée couvrir… Le tissu était si fin qu'il ne cessait de glisser. Je l'ai remonté discrètement au niveau du décolleté.

Mais, évidemment, Raoul a surpris mon geste.

— Ne t'occupe pas de ça pour l'instant, Nikki. On a l'habitude… Laisse-toi aller en arrière et lève les jambes pour bien montrer tes stiletto. Coudes écartés, menton dans les mains… Norman, cheveux !

Pendant que le coiffeur se précipitait sur moi, Raoul m'a manipulée dans tous les sens pour me faire prendre une position atrocement inconfortable – et douloureuse – sur le bureau.

— Là, c'est mieux... Messieurs, s'il vous plaît !

Je ne voyais pas ce qui se passait dans mon dos, mais j'ai deviné que M. Stark et son fils se tenaient prêts derrière le bureau.

— Parfait, a dit Raoul. C'est parti pour les Polaroid !

« Bon..., ai-je pensé tandis que le photographe, Gwen, me mitraillait avec son objectif. Ce n'est pas si difficile que ça. » Je ne comprenais pas pourquoi Lulu avait éclaté de rire en m'entendant déclarer que le métier de mannequin ne me semblait pas particulièrement compliqué... Enfin, j'avais quand même un peu mal au cou. Et le mascara me piquait les yeux. Et...

— Nikki, Nikki ! a grondé Raoul. Tu as l'air de souffrir ! Je sais que tu as mal, chérie, mais essaie de ne pas le montrer. Pense à de jolies choses, d'accord ? La beauté de l'expression, c'est ce qu'on a en soi...

Je me suis rendu compte qu'en effet je grimaçais de douleur. J'ai aussitôt plaqué un immense sourire sur mon visage.

— J'ai dit de « jolies choses », Nikki. Pas une bonne blague qui te fait rire. Tout sauf le vulgaire... Ta bouche est trop crispée. Détends-toi. Prends un air éthéré... Denise, tu peux travailler le côté éthéré sur les lèvres ? Oui, très bien... Allez, photos !

Tout le monde s'est ensuite rassemblé pour regarder les clichés. J'ai voulu me lever, avec l'idée d'aller enfin parler à M. Stark, mais la voix douce de Rebecca m'a arrêtée.

— Nikki, chérie !

Rebecca se tenait quelque part au-delà du halo éblouissant des projecteurs, de sorte que je ne la voyais pas.

— Que fais-tu ?

— Hmm… Je vais me rhabiller, non ?

— La séance n'est pas finie, a lâché Brandon avec un rire méprisant. On n'a même pas commencé !

— Mais…

J'ai regardé les dizaines de Polaroid qui gisaient maintenant par terre.

— Ce sont des essais photo, a expliqué Brandon. Qu'est-ce qui t'arrive ? Tu as pris trop de vent dans la tête l'autre jour, sur la Vespa de ton fainéant de chanteur ?

Mon sang n'a fait qu'un tour.

— Je te signale que Gabriel Luna écrit les paroles et compose lui-même la musique de ses chansons. Il travaille beaucoup… pas comme certaines personnes que je connais.

Piqué au vif, Brandon a relevé le menton.

— Ah oui ? Et moi, je te signale que j'ai plusieurs projets en cours de production… et que je suis en train d'enregistrer mon propre album.

Je me suis retenue de persifler : « Oui, avec l'argent de papa. » Mais je n'ai pas osé en présence de M. Stark. Bien que paraissant absorbé par la consultation de ses mails sur son BlackBerry – pas un modèle Stark –, il aurait pu nous entendre.

D'ailleurs, vu ce que je savais à propos de l'ordinateur de Nikki, j'étais sûre qu'il tendrait l'oreille.

La voix de Rebecca s'est élevée dans l'ombre.

— Ce n'est pas le moment de vous disputer, les enfants !

Nikki… Raoul te préviendra quand tu pourras aller te rhabiller.

Là, j'ai commencé à comprendre pourquoi Lulu avait ri…

Parce que ce n'est pas facile d' « avoir l'air éthéré » et de « penser à de jolies choses » pendant qu'on reste dans une position atrocement inconfortable, avec des talons de dix centimètres aux pieds et une tonne de maquillage sur le visage, en priant pour que la robe ne glisse pas… Tout ça devant un ex-petit copain qui est quand même un sacré beau garçon.

Non, croyez-moi, le métier de mannequin est franchement éprouvant.

Surtout quand on l'exerce pour la première fois, et dans le corps de quelqu'un d'autre.

18

Deux longues heures plus tard, Raoul s'est déclaré satisfait. Sur l'ensemble des prises, il pourrait tirer quelques bonnes photos… J'avais dû prendre tout un tas d'autres poses, comme faire semblant de mordre dans une pomme. Sauf que c'était une fausse pomme et qu'elle avait un goût affreux.

Il m'avait aussi fallu me suspendre au cou de Brandon. « Avec tendresse », insistait Raoul. Moi, je voyais plutôt un singe accroché à sa mère. Je m'étais insurgée en arguant que cette mise en scène était misogyne. Elle montrait les femmes comme des êtres fragiles qui ont besoin du soutien d'un homme fort.

En réalité, j'essayais de me dérober parce que, une fois serrée contre Brandon, je me suis rappelé combien j'avais aimé qu'il m'embrasse et j'ai eu envie de recommencer… Ce qui ne me paraissait pas une bonne idée, vu qu'il m'en voulait à cause de Gabriel et que je suis amoureuse de quelqu'un d'autre.

Mais Raoul n'a pas tenu compte de mes arguments. Rebecca m'a aussitôt attirée à l'écart.

— Enfin, Nikki ! m'a-t-elle sermonnée. Tu as de la fièvre ou quoi ? Tu sais bien qu'on ne remet pas en question les choix du directeur artistique.

J'ai expliqué que les femmes sont trop souvent infantilisées dans l'image qu'en donnent les médias. Et je lui ai demandé si elle n'était pas gênée, en tant que femme justement, de perpétuer cette tradition sexiste.

Elle m'a dévisagée d'un air perplexe.

— Tu prends des médicaments pour ta blessure à la tête ou quoi ? Si c'est le cas, il faut qu'on t'augmente les doses.

Je me suis rappelé les paroles de Frida. Ma sœur avait raison. Si la pose ne me plaisait pas, on me remplacerait par un autre mannequin, voilà tout.

Mais quand même... M'obliger à me blottir contre Brandon ! Cela dit, ça n'avait pas l'air de trop le déranger.

Et c'était justement ça, le problème. Parce que, si je faisais abstraction de ma gêne à moi, eh bien... je devais admettre que j'avais trouvé ça assez agréable.

D'ailleurs, Brandon ne semblait plus autant en colère. À la fin de la demi-heure de pose, il m'a murmuré à l'oreille :

— Qu'est-ce que tu fais après la séance ?

Sa question m'a prise de court.

— Qui ? Moi ? ai-je répondu bêtement.

— Ben oui, enfin ! À qui crois-tu que je parle ? À Pete, l'assistant lumière ?

— Oh, je ne sais pas... Je crois que je vais rentrer au loft. Pourquoi ?

— Je passerai peut-être te voir.

J'ai senti que je piquais un fard. Je ne m'y connaissais pas beaucoup en garçons, mais j'avais ma petite idée sur ce que signifiait « passer te voir ». Surtout dans le cas présent, vu qu'on était dans les bras l'un de l'autre.

Je devinais aussi ce qui arriverait si donc il « passait me

voir ». Bien sûr, je ne pourrais rien empêcher. Connaissant Nikki… Du moins ayant fait l'expérience de sa réaction quand on l'embrassait. Dans les romans de Frida – bon, O.K., je l'avoue, j'aime bien les lire moi aussi –, on rencontrait souvent le mot défaillir.

Et voilà. Nikki *défaillait* quand un garçon l'embrassait à pleine bouche.

D'accord, *m'embrassait* à pleine bouche.

Mais… Et Christopher, alors ? C'était lui que j'aimais, et pourtant je n'avais jamais réussi à m'approcher suffisamment pour qu'un baiser soit même possible.

Oh là là… Qu'est-ce que c'était compliqué !

J'ai cherché une excuse à toute vitesse, une raison plausible pour décourager Brandon. Et j'ai trouvé.

— En fait, ai-je dit à voix basse, je dois me coucher tôt. Je vais au lycée demain matin.

Brandon est resté figé, un air de stupéfaction sur le visage. Jusqu'à ce que le photographe, Gwen, le rappelle à l'ordre.

— Au lycée ? Tu plaisantes ?

— Non. Demain, c'est mon premier jour. J'ai envie d'être en forme, tu comprends…

— Je croyais que cette histoire de lycée avait été inventée par les chargés de com.

J'ai ôté mes bras de son cou et je me suis reculée.

— Par les chargés de com ? Qu'est-ce que tu racontes ?

— Nikki, a lancé Gwen. Ne bouge pas, s'il te plaît ! Pete est en train de régler l'éclairage…

— C'est ce que j'ai entendu dire, a répondu Brandon.

— Je reprends mes études parce que j'ai envie d'acquérir un savoir, ai-je expliqué avec raideur. Et parce que je veux aller à l'université plus tard. Pas pour faire un coup de pub !

Et pas non plus, bien sûr, pour pouvoir surveiller mon meilleur ami, dont je suis amoureuse, et faire en sorte qu'il ne s'attache pas à une autre fille.

— Kelly ! a crié Gwen.

Kelly est venue en renfort.

— Nikki… Reprends la pose, s'il te plaît !

Je me suis à nouveau suspendue au cou de Brandon en souriant. Mais j'étais scandalisée. Quoi ? Les gens prenaient le retour au lycée de Nikki Howard pour une opération de communication ? Quelle horreur ! Et quel mensonge ! Il était vraiment temps que je parle avec M. Stark. Maintenant plus que jamais. On ne pouvait pas garder cet absurde secret sur ce qui était arrivé à Nikki. C'était tout simplement impossible. Et immoral !

Mais j'ai compris qu'on n'attirait pas si facilement l'attention du grand Robert Stark. Dès qu'il ne posait pas pour les photos, il donnait des ordres dans son téléphone portable (qui n'était pas un modèle Stark) ou bien demandait à l'une des nombreuses personnes présentes dans la pièce de lui trouver le numéro de quelqu'un ou de lui apporter un expresso. Des heures plus tard – c'est l'impression que j'avais, mes pieds me faisaient atrocement mal et les muscles de mes joues aussi à force de sourire –, Raoul a enfin déclaré :

— C'est dans la boîte ! Merci à tous… Vous pouvez rentrer chez vous !

— Ce n'est pas trop tôt, a soupiré M. Stark en ôtant ses boutons de manchettes.

Comme j'étais assise sur le bureau devant lui, j'en ai profité.

— M. Stark ? Je peux vous parler une minute ?

Il a levé les yeux vers moi et a répondu :

— Non.

Sérieux ! Il a dit « non », comme ça !

Mais si je suis une excellente élève – et que j'ai atteint le niveau quarante-cinq de *Journeyquest* –, il y a une raison. C'est parce que je ne renonce pas facilement.

Je n'allais donc pas me laisser intimider par un P.D.G. milliardaire, propriétaire d'un service d'hôpital où se pratiquent en secret des greffes du cerveau.

Du coup, pendant que tout le monde ramassait les fils électriques et enlevait les tissus noirs aux fenêtres, j'ai continué à voix basse :

— Ce n'est pas bien ce que vous faites. Vous ne croyez pas ? À propos de Nikki...

Là, il m'a vraiment regardée. Il avait des yeux marron dans lesquels scintillaient de minuscules éclats couleur rubis. À moins qu'il ne s'agisse du reflet des projecteurs qu'on éteignait un par un. Possible.

— Comprenez-moi bien, ai-je poursuivi. Je remercie sincèrement le Dr Holcombe. Ce qu'il a fait pour moi est formidable. Et je suis complètement prête à respecter ma partie du contrat. Mais vous ne pensez pas que les amis de Nikki – et sa famille – méritent de savoir la vérité ? Pour qu'ils puissent faire leur deuil, en toute dignité ? Il y a même des gens qui croient qu'elle était partie en cure de désintoxication. Vous vous rendez compte ? Ce n'est pas juste pour elle, non ? Je suis sûre que les proches de Nikki seraient capables de comprendre la situation, de votre point de vue… Mais on ne peut pas juste remplacer quelqu'un par quelqu'un d'autre sans rien dire à personne ! Ce n'est pas correct. Nikki était un super top model, d'accord, mais elle avait aussi une personnalité bien à elle, des gens qui l'aimaient vraiment… Au fait, vous ignorez sans doute que son ordinateur – celui que vous lui avez donné – a été trafiqué avec des logiciels espions et…

— JESSICA !

M. Stark a crié si fort que j'ai sursauté. L'une des filles à queue-de-cheval et lunettes fantaisie a accouru immédiatement.

— Oui, monsieur ?

— Apportez-moi mon manteau. Vous vous êtes occupée de ma réservation au Per Se ?

— Oui, monsieur, a répondu Jessica en suivant son patron, qui partait déjà vers la porte. Votre voiture attend en bas…

Et là seulement j'ai réalisé : Robert Stark me plantait ! Au beau milieu d'une phrase ! Il ne m'entendait pas… Pour lui, je n'existais pas.

Je n'étais qu'un top model avec un petit pois dans la tête.

— Mais… M. Stark ! ai-je appelé.

Robert Stark est sorti de son bureau sans un regard en arrière. Je n'en revenais pas. Il était le seul à pouvoir m'aider – à aider Nikki, plutôt – et il m'avait complètement ignorée. Il ne me prêtait pas plus d'attention qu'à une mouche. Ou qu'au serveur qui lui enlevait son assiette au restaurant…

Il me traitait comme une fille, tout simplement.

— Laisse tomber, a dit une voix derrière moi.

En me retournant, je me suis retrouvée face à Brandon.

Il fixait la porte par laquelle son père avait disparu avec un regard… plein de haine, je ne peux pas le décrire autrement.

— Il ne parle pas à ses employés, a expliqué Brandon.

Je n'ai pas compris tout de suite.

— Ses employés ? Tu veux dire…

Mais oui, bien sûr. J'étais son employée.

— À moi non plus, d'ailleurs, il ne parle pas, a ajouté Brandon avec amertume. Enfin, le moins possible. Il est beaucoup trop important pour ça, et beaucoup trop occupé.

— Mais… c'est ton père, quand même. Il trouve bien un peu de temps à te consacrer, non ?

Brandon m'a dévisagée d'un air bizarre.

— Tu es *vraiment* amnésique, hein ?

Là-dessus, il a tourné les talons et je n'ai rien pu ajouter.

En repartant vers la cabine d'essayage pour me rhabiller, je suis tombée sur Rebecca et Kelly.

— Ma chérie ! Tu as été formidable ! s'est exclamée Kelly.

Mon cou me faisait encore cruellement souffrir à cause de la position impossible que Raoul m'avait demandé de prendre.

— Non, ai-je répondu. Je n'ai pas assuré du tout… Et M. Stark me déteste.

Ce qui, en soi, n'était peut-être pas si mal finalement.

— Tu es un peu rouillée, voilà tout, a dit Rebecca en haussant les épaules. Tu es tombée sur la tête, quand même ! Et, pour quelqu'un qui sort d'une commotion cérébrale, tu as une mine superbe… Quant à Robert Stark, il déteste tout le monde ! Hmm, tiens… Ton téléphone sonne.

Elle m'a tendu le portable que ma mère m'avait donné. Le numéro de mes parents s'affichait à l'écran. Zut ! J'avais oublié de les appeler comme prévu en arrivant à la séance photos.

J'ai laissé la messagerie s'enclencher.

— Je rappellerai, ai-je dit.

Parce que je ne voyais pas comment j'aurais pu parler à ma mère et calmer ses inquiétudes en présence de témoins.

— Kelly et moi voulons t'emmener dîner, a déclaré Rebecca. Pour fêter le contrat avec *Sports Illustrated* ! J'ai réservé ta table préférée chez Nobu. On va se faire une soirée entre filles… à moins que Brandon ne veuille se joindre à nous ?

En jetant un regard par-dessus mon épaule, j'ai vu que Brandon avait déjà presque atteint l'ascenseur.

— Non, il a prévu autre chose… Et, en fait, je suis vraiment crevée. Je crois que je préfère rentrer me reposer. Vous ne m'en voulez pas ? Je suis sortie de l'hôpital seulement ce matin, et demain je vais au lycée…

Rebecca n'a pas insisté.

— Pas de problème, on fera ça une autre fois… Demain à déjeuner, peut-être, avant la séance photos pour *Elle*.

— Demain ? Il y a encore une séance demain ?

— Ma chérie, tu es bookée toute la semaine ! a dit Kelly en me fourrant Cosabella dans les bras. Tout le monde te veut, tu es la star du moment ! Alors, cette histoire de lycée… Tu y tiens absolument ? Parce que tu vas avoir un programme très chargé…

— Oui, je veux y aller.

Évidemment. Sinon, comment pourrais-je surveiller Christopher ? Ah oui, et continuer mes études aussi.

Kelly a secoué la tête d'un air accablé.

— Tu me compliques sérieusement la tâche, tu sais…

Une seconde plus tard, elle répondait à un appel en aboyant dans son micro-casque :

— Je vous ai dit qu'elle n'était pas disponible avant trois heures de l'après-midi ! En combien de langues dois-je vous le répéter ?

— Moi, je trouve que c'est une excellente idée, m'a glissé Rebecca. Christy Turlington a bien obtenu son diplôme en histoire des religions et philosophie orientale à NYU. Si elle a réussi, toi aussi tu en es capable… Enfin, je me demande quand même si elle est si intelligente que ça. Quand on voit qu'elle a cru au succès de Fashion Café !

— Hmm, ai-je marmonné en guise de réponse, parce que je ne savais pas du tout de quoi elle parlait. Il faut que j'y aille…

— Oui, bien sûr.

Rebecca m'a prise par le bras et m'a entraînée vers la cabine d'essayage.

— Les filles ! Nikki doit partir !

Comme par magie, on m'a ôté ma robe et mes talons hauts, j'ai réintégré mes vêtements normaux et, quelques minutes plus tard, j'étais assise à l'arrière d'une limousine en route vers le loft – seule cette fois. C'est-à-dire avec Cosabella dans les bras… et à côté de moi, posé sur la banquette, un énorme sac en cuir vert bronze estampillé Prada. Rebecca me l'avait donné en partant.

— Tiens, au fait…, avait-elle dit. J'ai ça à te rendre.

Le sac était tellement lourd que j'ai marché un peu de travers après avoir passé la bandoulière sur mon épaule.

— Qu'est-ce que c'est ? ai-je demandé, intriguée.

Rebecca s'est mise à rire.

— Chérie ! C'est ton sac ! Je l'ai récupéré le jour où tu as eu ton accident et je te l'ai gardé précieusement. Tu as toute ta vie là-dedans. Ton BlackBerry, ton portable, tes cartes de crédit... Ne le perds pas, promis ?

J'ai examiné son contenu dans la limousine.

Je m'en doutais un peu. Mais maintenant, j'en avais la certitude.

J'étais riche !

Nikki Howard possédait une carte Platinum American Express, deux Visa Gold, une MasterCard Gold, une carte Gold de la Chase Bank pour effectuer des retraits express... Son portefeuille était bourré d'espèces (quatre cent vingt-sept dollars), et ses relevés bancaires faisaient apparaître un solde de trois cent mille six cents dollars sur son compte d'épargne, plus vingt-deux mille dollars sur son compte courant.

Et ce n'était qu'une partie de sa fortune. Outre les comptes bancaires, elle avait sûrement de l'argent placé un peu partout, parce que j'ai trouvé la carte de visite d'un conseiller financier de Goldman Sachs, tout écornée et qui semblait avoir été souvent utilisée.

J'étais pleine aux as ! Pas assez riche pour racheter ma liberté à Stark, d'accord... Mais j'avais largement de quoi aider mes parents en cas de difficulté. Formidable !

Après avoir épluché le carnet de chèques de Nikki (où elle notait rigoureusement toutes ses dépenses), je suis passée à son téléphone portable. C'était un modèle Stark, comme celui que m'avait donné ma mère. La batterie était déchargée, depuis le temps, je n'ai donc pas pu l'allumer pour voir s'il était aussi placé sous surveillance. Idem pour le BlackBerry. De toute façon, je n'aurais sans doute pas été capable de l'affirmer par moi-même (seul le Commandant possédait de telles compétences techniques).

O.K., j'étais peut-être un peu parano... Mais, quand on se réveille dans le corps de quelqu'un d'autre, croyez-moi, on devient méfiant.

À part ça, le sac de Nikki ne contenait que du maquillage et des flacons à moitié vides de gel et de pastilles pour soulager les maux d'estomac.

J'étais rassurée de savoir qu'au moins je n'avais pas de soucis financiers. J'ai décidé qu'en arrivant au loft je me ferais livrer une pizza. (Pourquoi pas ? Je ne me sentais pas du tout coupable de dépenser l'argent de Nikki, parce que, après cette séance photos éprouvante, je l'avais bien mérité !) Ensuite, je prendrais un bon bain chaud, je regarderais peut-être un peu la télé et j'irais me coucher.

Le lendemain matin, j'aurais de quoi me payer un croissant ou n'importe quelle autre gâterie sur le chemin du lycée...

Mais, cinq minutes plus tard, mon plan tombait à l'eau (et pas dans le bain à bulles de Nikki !). Au moment où la porte de l'ascenseur s'est ouverte dans le loft et où je suis sortie avec Cosabella, une dizaine de personnes – parmi lesquelles Lulu et Brandon – m'ont accueillie en criant :

— Bienvenue, Nikki !

Des serpentins ont fusé dans la pièce, des bouchons de champagne ont sauté et tout le monde s'est précipité pour m'embrasser.

Pour une surprise, c'en était une. Et devinez qui a témoigné le plus d'ardeur pour se jeter sur moi et me prendre dans ses bras ? Justin Bay.

19

On est tous allés dans une boîte qui s'appelle la *Cave*.

La *Cave*, parce qu'elle est située dans un quartier de New York qui n'est pas encore réhabilité, avec des ruelles sombres et des immeubles délabrés, et qu'elle a été aménagée dans la partie souterraine d'une ancienne station de métro.

Quelqu'un a eu l'idée d'installer des spots contre les murs en brique nue. Ajoutez à ça une sono tenue par un ou deux DJ dynamiques, et c'est devenu en un rien de temps le dernier lieu branché de Manhattan.

Il y avait la queue à l'entrée, sur une cinquantaine de mètres environ. Et pourtant, on était mercredi. J'en ai rapidement conclu que tout le monde ne franchissait pas les portes de la *Cave* aussi facilement. Il fallait montrer patte blanche.

Pas de problème pour Nikki Howard, vous pensez bien. Même si, à dix-sept ans, elle n'a pas l'âge légal pour être admise dans les bars… De toute façon, elle ne boit pas d'alcool. Je m'en suis aperçue quand je suis allée me chercher une boisson. J'avais tellement dansé !

— Salut, Nikki ! a lancé le barman. On ne t'avait pas vue depuis un moment, dis donc ! Je te sers comme d'habitude ?

— Je suis amnésique, ai-je répondu d'une voix lasse à force de l'avoir répété.

Toute la soirée, des gens s'étaient approchés de moi en s'exclamant : « Nikki, c'est moi ! Tu ne te souviens pas de moi ? Joey/Jimmy/Johnny/Jan ! On s'est vus à Paris/Milan/Copenhague/Los Angeles ! »

— Je ne me rappelle pas ce que je bois d'habitude ! ai-je précisé en criant pour me faire entendre malgré la musique.

Le barman a attrapé un verre à cocktail, l'a rempli d'un tiers de jus d'orange et de deux tiers d'eau, y a ajouté un quartier de citron et me l'a tendu. Vu la forme du verre, on aurait pu croire que je buvais une vodka orange.

— On appelle ça un Spécial Nikki, m'a-t-il dit avec un clin d'œil. Et seuls les barmans savent que ce n'est pas alcoolisé. C'est à cause de tes problèmes d'estomac...

Je lui ai souri pour le remercier de son explication.

— Et aussi, bien sûr, a-t-il ajouté en prenant un air sévère, parce que tu n'as pas l'âge légal.

Je commençais à trouver des côtés sympathiques à Nikki Howard – ce qui était déjà un changement par rapport à ce matin – et j'ai bu une gorgée de son « cocktail » tout en observant la piste de danse. Je n'en revenais pas de voir qu'à cette heure si tardive (presque deux heures du matin), et un soir de semaine en plus, la boîte ne désemplissait pas. Au contraire, les gens continuaient d'affluer. Mais peut-être était-ce la norme ? Après tout, je n'étais jamais allée dans ce genre d'endroit. En tout cas, il n'y avait plus aucun tabouret de libre au bar. Et si moi j'étais assise, c'est tout simplement parce qu'un fan galant m'avait cédé sa place. En échange d'un autographe...

Pour le premier autographe qu'on m'avait demandé, j'avais failli écrire Emerson Watts. Heureusement, je m'étais reprise in extremis. Mais, maintenant que j'en avais signé toute la soirée, je commençais à m'habituer.

Sur la piste, les corps tournoyaient au rythme de la musique techno, sauf qu'avec les lumières multicolores et les stroboscopes, on ne pouvait distinguer personne. Je savais que Lulu se trouvait là quelque part, avec Brandon, Justin et tout un tas de « super amis » de Nikki Howard (de plus en plus nombreux à mesure que l'heure tournait). Après la petite réception au loft, on avait enchaîné avec un dîner très animé dans le célèbre restaurant de Bobby Flay. Le grand maître queux en personne, récemment félicité par la revue de gastronomie *Food Network*, était même venu à notre table pour me souhaiter – je veux dire souhaiter à Nikki – de retrouver bientôt la mémoire. Et ensuite, de fil en aiguille, on avait atterri à la *Cave*.

Lulu était tellement contente de sa fête surprise que je n'avais pas eu le cœur de gâcher sa joie. Je n'étais pas exactement d'humeur, mais j'avais essayé de faire bonne figure, même quand elle m'avait entraînée dans le dressing de Nikki et avait insisté pour choisir mes vêtements : haut noir largement décolleté, minijupe lamée or et bottines noires à talons aiguilles. Bien que l'ensemble me paraisse franchement vulgaire, je n'avais pas voulu vexer Lulu.

Lulu qui, justement, venait de surgir à côté de moi.

— On s'amuse trop, non ?

Elle portait une tenue en contraste avec la mienne (bottines et haut lamés or, jupe noire), et avait absolument tenu à ce qu'on se crêpe les cheveux pour qu'ils forment une sorte de couronne autour de nos têtes. Façon années 60, avait-elle expliqué…

— Oui, c'est sympa, ai-je répondu… Mais tu sais, Lulu, je ne vais pas tarder. J'ai cours demain matin.

La bouche de Lulu s'est ouverte en un arrondi parfait.

— Oooh ! J'avais complètement oublié cette histoire de lycée ! Oh là là, tu dois être furieuse contre moi !

— Non, pas du tout, ai-je dit pour la rassurer.

Et vraiment, je n'étais pas fâchée. Parmi toutes les personnes que j'avais rencontrées depuis mon réveil dans le corps de Nikki Howard, Lulu restait ma préférée. Brandon m'en voulait encore à cause de Gabriel Luna, et Justin, bien sûr, se montrait plutôt distant avec moi en présence de Lulu (tant mieux, parce que je n'avais pas particulièrement envie de lui parler). Quant aux autres amis de la soirée, bien que Lulu me les ait présentés – puisque j'étais censée ne pas m'en souvenir –, je n'avais retenu ni leurs noms ni la manière dont ils avaient fait la connaissance de Nikki. En tout cas, aucun ne semblait entretenir de liaison secrète avec elle, pour mon plus grand soulagement…

Ils étaient tous plutôt gentils mais, comme ils n'arrêtaient pas de mentionner des gens que je ne connaissais pas, je ne pouvais pas trop participer… À dire vrai, je me sentais un peu seule, malgré les chasseurs d'autographes (et malgré les appels répétés de ma mère, que je renvoyais sur ma messagerie. Est-ce qu'elle ne pouvait pas me lâcher, de temps en temps ? J'avais dix-sept ans, quand même, j'étais capable de me débrouiller).

Cela dit, après ma dure journée, je n'avais qu'une envie : rentrer au loft et dormir.

Normal, non ?

— D'où te vient cette idée de lycée, au fait ? a demandé Lulu en souriant à un garçon qui lui cédait son tabouret à côté de moi.

(C'est incroyable ce que les garçons sont capables de faire pour une jolie fille. Croyez-moi, quand on est canon, ça change la vie.)

— C'est vrai, quoi, a continué Lulu en faisant signe au barman de lui servir à boire. Pourquoi as-tu tellement envie d'y retourner ?

— Parce que...

J'ai marqué une pause. Impossible de parler de Christopher, évidemment. Ni de Frida.

— Parce que je veux aller à la fac ensuite.

Lulu a fait la grimace.

— À la fac ? Pour quoi faire ?

— Pour pouvoir exercer un métier plus tard. J'aimerais bien être prof, je crois. Mes deux parents enseignent à l'université et je trouve qu'ils ont une vie plutôt intéressante...

Je me suis rendu compte que je venais de faire une gaffe...

Mais Lulu n'a pas cillé. De toute façon, elle ne croyait pas à l'amnésie pour expliquer le comportement bizarre de Nikki Howard et ne démordait pas de son histoire d'échanges d'esprits.

— Prof de quoi ? a-t-elle demandé.

Le barman lui a apporté un cocktail sans qu'elle ait précisé sa commande. Le « spécial Lulu » était un liquide jaune pâle dans lequel flottaient des feuilles vertes. Le bord du verre était cristallisé avec du sucre.

— Je ne sais pas encore. Il y a beaucoup de domaines qui

m'attirent. C'est aussi pour ça que je veux continuer mes études. Pour prendre le temps de choisir.

Brusquement, j'ai eu une idée.

— Hé ! Pourquoi tu ne viendrais pas avec moi ?

Lulu a failli s'étrangler en buvant.

— Qu... quoi ?

— Oui, viens ! Ton père pourrait sûrement convaincre le lycée de Tribeca de t'accepter. Il est super célèbre. Viens avec moi demain !

J'étais tout excitée. Mais Lulu a secoué la tête.

— C'est gentil, mais... non, merci.

— Lulu... Tu n'as que dix-sept ans. Tu devrais être encore au lycée. Et tu es trop jeune pour habiter seule. D'ailleurs, pourquoi est-ce que tu es seule ?

Lulu m'a regardée, son petit visage chiffonné par ma question.

— Je ne suis pas seule. J'habite avec toi.

— D'accord... Mais pourquoi tu ne vis pas chez tes parents ?

Elle s'est mise à rire.

— Tu veux savoir pourquoi ? Parce que ma mère est partie avec mon moniteur de snow-board et qu'elle n'a plus envie de s'occuper de moi. Et parce que mon père vit avec une femme qui a seulement cinq ans de plus que moi. Tu aurais envie de supporter *ça*, toi ?

Là-dessus, elle a vidé son verre, a sauté du tabouret et est repartie vers la piste de danse. Je suis restée seule au bar.

Mais pas longtemps. Une seconde plus tard, Justin Bay se glissait sur le tabouret que Lulu venait de quitter.

— Tu veux vraiment me faire croire que tu ne te souviens de rien ? a-t-il demandé tout à trac. Tu as oublié ce qui s'est passé entre nous… à Paris ?

J'ai lancé un regard au barman et il m'a apporté un autre Spécial Nikki.

— Je ne comprends pas ce que tu cherches, ai-je répliqué. Tu es le petit copain de Lulu. Et pour répondre à ta question… Non, je ne me souviens de rien. Ça s'appelle une amnésie. Regarde dans le dictionnaire, si tu ne connais pas ce mot.

— Laisse-moi rire, a dit Justin.

Il m'a prise par la taille et a approché sa bouche de mon cou.

— Alors, comme ça, tu tombes sur la tête et tout d'un coup tu deviens hyper coincée ? Je connais un moyen de te rafraîchir la mémoire…

Incroyable ! Mon corps a réagi instantanément au contact de ses lèvres chaudes sur mon cou. J'ai senti une décharge électrique me parcourir la colonne vertébrale. Sauf que c'était agréable.

Et Lulu qui dansait sur la piste à moins de dix mètres de là !

La suite est arrivée aussi subitement que la réaction de ma peau à ses lèvres.

J'ai renversé le contenu de mon verre sur la tête de Justin.

Des exclamations de surprise ont jailli tout autour de nous. Justin a toussé et s'est levé d'un bond. Dire qu'il était stupéfait serait un euphémisme. Il était franchement horrifié – et encore plus quand il a goûté le liquide sur ses lèvres.

— Tu bois du *jus d'orange* ?!

— Ça s'appelle un Spécial Nikki, ai-je déclaré en me levant dignement. Sache que je ne touche ni à l'alcool… ni aux petits copains des autres !

Sur ces paroles, je me suis éloignée pendant que les témoins de la scène applaudissaient.

J'ai rejoint Lulu, qui dansait avec trois autres filles vêtues aussi dans le style années 60. Elle avait envoyé un message secret ou quoi ? Comment avaient-elles fait pour coordonner leurs tenues ? Moi, j'avais beau être devenue un célèbre top model, je ne savais toujours pas comment m'habiller !

— Lulu ! ai-je dû crier tellement la musique était forte. Je rentre. Tu peux rester si tu veux…

Lulu s'est arrêtée de danser immédiatement et m'a regardée d'un air abasourdi.

— Non ! On ne part jamais l'une sans l'autre. Si tu pars, je pars aussi. Je vais prévenir Justin…

— Attends ! Il est un peu en colère, là…

Lulu m'a entraînée à l'écart de la piste de danse pour qu'on puisse se parler sans avoir besoin de hurler.

— Il t'a encore draguée ? a-t-elle demandé gentiment.

J'en suis restée bouche bée.

— Quoi ? Tu es au courant ?

Lulu a levé les yeux au ciel.

— Naturellement, qu'est-ce que tu crois ? Je la connais bien, ma Nikki. Elle ne sait pas dire non aux garçons qui l'embrassent… Et il se trouve que les garçons ont du mal à résister à l'envie de l'embrasser. Mais j'espérais qu'avec l'échange d'esprits ça ne se produirait plus.

— Ce n'est malheureusement pas le cas, ai-je répondu, gênée. En attendant, Justin est furax…

Je me sentais complètement ridicule d'avoir cette conversation, là, au bord de la piste de danse... Et encore plus quand un garçon en pantalon baggy (caleçon apparent), avec plein de chaînes en or autour du cou, s'est approché de moi d'un pas chaloupé.

— Tu ne serais pas Nikki Howard ? a-t-il demandé.

— Non.

Et je lui ai tourné le dos ostensiblement pour m'adresser à Lulu :

— Tu veux dire... Tu le savais depuis le début ?

— Je m'en doutais, a répondu Lulu en haussant les épaules. Mais bon... Entre Justin et moi, ce n'est pas franchement une histoire d'amour. Il m'offre des super cadeaux chaque fois qu'il branche quelqu'un d'autre. D'ailleurs, je suis particulièrement gâtée depuis ton retour de Paris.

— Je suis désolée.

Sans mentir, j'avais affreusement honte. Pourtant, je n'y pouvais rien. C'était la faute de Nikki.

Et je n'étais pas Nikki. En tout cas, je n'étais pas la Nikki *d'avant*, celle qui avait fait souffrir Lulu.

— Mais si, tu es Nikki Howard ! a dit le garçon en baggy en revenant à la charge. Je te reconnais ! Tu es encore plus belle vue de près !

Je me suis retournée, j'ai posé ma main à plat sur sa poitrine et j'ai poussé un grand coup. Il est parti en arrière et a failli s'étaler sur la piste de danse.

— Viens, a chuchoté Lulu. On s'en va...

Elle m'a entraînée dans la direction opposée.

— Ne t'inquiète pas, c'est pas grave, a-t-elle repris. Je sais bien que tu ne peux pas t'en empêcher. Dès qu'un garçon t'embrasse, tu craques… Allez, il faut prévenir Brandon. Il était là-bas tout à l'heure… Oh non !

Elle a montré du doigt la cabine de la sono. À l'intérieur, Brandon avait l'air de se disputer avec le DJ.

— On dirait qu'il y a un problème, a soupiré Lulu.

— J'y vais !

Au moment où j'arrivais devant la porte de la cabine, Brandon demandait sur un ton agressif :

— Pourquoi tu ne passes jamais *mes* chansons ! Hein, dis-moi ?

Très calmement, et sans prendre de gants, le DJ a répondu :

— Parce qu'elles sont nulles.

Brandon a alors reculé le poing comme s'il allait frapper le DJ. Je me suis aussitôt jetée sur lui, je l'ai attrapé par le bras et je l'ai tiré vers moi de toutes mes forces. Il a vacillé.

Quand il m'a parlé, il avait la voix pâteuse de quelqu'un qui a trop bu.

— Tu as entendu ce qu'il vient de me dire, ce crétin ? Je vais lui régler son compte !

— Sûrement pas. On s'en va.

— Non ! D'abord, je veux lui donner une bonne leçon !

Brandon a essayé de se dégager, mais je le tenais fermement. (J'ai même planté mes talons stiletto entre les joints des dalles pour m'arrimer au sol.)

— Arrête, Brandon ! Viens… La limousine nous attend !

Brandon était beaucoup plus fort que moi, et j'ai senti qu'il commençait à m'échapper.

— Je vous rejoins dans une minute, a-t-il insisté. Dès que j'en aurai fini avec lui !

O.K. Je n'avais plus qu'une seule solution : j'ai ravalé mes principes et, avec l'énergie du désespoir, je me suis lancée en avant... J'ai attrapé Brandon par le cou et j'ai plaqué ma bouche sur la sienne.

Comme je l'avais espéré, il est tombé dans le piège (d'autant plus que sa capacité de réflexion était passablement amoindrie par l'alcool). Il a aussitôt oublié ses griefs contre le DJ, m'a prise dans ses bras et s'est mis à m'embrasser. L'effet a été foudroyant. Si foudroyant même que j'en ai presque oublié que j'embrassais Brandon seulement pour détourner son attention...

...jusqu'au moment où j'ai entendu que quelqu'un s'éclaircissait la gorge derrière moi. M'arrachant difficilement aux lèvres de Brandon, j'ai vu Gabriel Luna qui tenait un CD à la main et nous observait avec un sourire en coin.

Le rouge m'est immédiatement monté aux joues à la pensée d'être surprise accrochée au cou de Brandon Stark... Bon, d'accord, j'avais connu pire, le soir où il m'avait balancée par-dessus son épaule pour me fourrer dans la limousine et me kidnapper avec Lulu. Mais quand même.

— Oh..., ai-je fait. Salut.

— Bonsoir. Ça va ?

J'ai pris ma voix la plus désinvolte et j'ai dit :

— Oui, très bien ! On allait partir... Brandon, lâche-moi, s'il te plaît.

— Non, a répondu Brandon en jetant un regard noir à Gabriel.

Il le reconnaissait sans doute d'après la photo qui avait circulé partout, nous montrant tous les deux juste avant qu'on monte sur la Vespa.

J'ai ri nerveusement et j'ai essayé sur Gabriel mon sourire le plus « éthéré ».

— Il plaisante, ai-je dit. Allez... lâche-moi, Brandon.

— Non, a répété Brandon.

« Faites que Gabriel et Brandon n'en viennent pas aux mains, s'il vous plaît », ai-je prié en fermant les yeux.

Mais je m'inquiétais inutilement. Il était clair que Gabriel n'éprouvait pas ce genre de sentiments pour moi. Dans son esprit, Nikki Howard était juste une junkie qui avait fait une cure de désintoxication ! Quand j'ai rouvert les yeux, il me regardait toujours avec le même sourire en coin.

Et Lulu s'approchait par-derrière, visiblement agacée.

— Mais enfin, qu'est-ce que vous avez à traîner ? s'est-elle exclamée avec une autorité que je ne lui connaissais pas.

On aurait dit un général d'armée, malgré son mètre cinquante-huit.

— La voiture attend ! Allez, dépêchez-vous ! On y va.

Brandon a obéi et s'est dirigé vers la sortie sans se rendre compte qu'il me tenait toujours dans ses bras. Vu la situation, je n'avais pas vraiment le choix. C'est vrai, quoi ! Brandon m'emmenait de force ! Du coup, je me suis retournée vers Gabriel et je lui ai dit au revoir de la main. Gabriel a levé la main à son tour mais, en entendant des gens tout autour s'exclamer « Regardez, c'est Nikki Howard ! », il s'est vite ravisé. Quand deux ou trois personnes se sont précipitées vers moi pour me demander un autographe, Brandon a continué d'avancer en bougonnant et les a repoussées de quelques coups d'épaule.

Vous croyez que je me suis sentie gênée, en sortant de l'une des boîtes les plus en vue de Manhattan, traînée par le petit ami de Nikki Howard, avec qui elle n'arrêtait pas de rompre et de se remettre ? Devant les milliers de paparazzis, en plus, qui faisaient le guet sur le trottoir autour de notre limousine ? La réponse est oui. J'avais *vraiment* honte.

— Bravo, ai-je fulminé en m'adressant à Brandon une fois dans la voiture, après avoir rajusté ma jupe qui me remontait jusqu'aux hanches. Tu sais ce que tout le monde va penser, là ?

— Quoi ? a demandé Lulu en se remettant du gloss sur les lèvres.

— Les gens vont penser que Brandon m'a aidée parce que j'avais trop bu et que je ne pouvais plus marcher.

— Et alors ? a répondu Lulu, qui se regardait dans un petit miroir de poche serti de brillants. Tu dois faire attention à ne pas trop boire, mais tu as oublié. Normal, tu es amnésique. Ça excuse tout !

Elle a posé son miroir et s'est tournée vers moi.

— Non, en fait... Tu ne pouvais même pas le savoir, puisque tu es amnésique !

C'est le moment qu'a choisi Brandon pour s'écrouler sur moi.

— On va chez toi ou chez moi ? a-t-il demandé, la tête dans mes genoux.

— Relève-toi ! me suis-je écriée en le repoussant. Je ne veux pas aller chez toi, et je n'ai pas envie que tu viennes chez moi. Je déteste quand tu te comportes comme ça. Et sache que, si je t'ai embrassé, c'est uniquement pour t'éviter de te faire massacrer par le DJ. Tu tenais à peine sur tes jambes !

— C'est sympa, a-t-il murmuré, la tête toujours enfouie dans mes genoux. Tu es beaucoup plus gentille qu'avant. Je veux dire avant que tu te sois cogné la tête. Hein, Lulu, tu ne trouves pas ? Avant, Nikki pouvait être franchement méchante, parfois.

Lulu avait ouvert son sac pour ranger son miroir et son gloss. Elle m'a examinée d'un air attentif en inclinant légèrement la tête vers son épaule.

— Oui, c'est vrai, a-t-elle déclaré. Elle est nettement moins garce maintenant. C'est sûrement à cause de l'échange d'esprits.

— Peu importe la raison, a conclu Brandon en se blottissant contre moi avec un soupir heureux. Je m'en fiche. Je suis juste content qu'elle soit là, et surtout qu'elle soit plus gentille.

Quelques secondes plus tard, il ronflait doucement.

J'ai lancé à Lulu un regard désespéré qui signifiait : « Qu'est-ce que je fais maintenant ? »

— Tu n'auras qu'à le pousser quand on descendra, a-t-elle répondu tranquillement en haussant ses épaules menues. Il ne se réveillera même pas. Tom le ramènera chez lui et demain il ne se souviendra plus de rien. Comme d'habitude.

— Ça lui arrive souvent ? ai-je demandé en contemplant le beau visage de Brandon endormi.

Pour toute réponse, Lulu a marmonné :

— Il aime bien faire la fête.

Elle ne comprenait pas mon inquiétude, visiblement. Je voyais qu'elle commençait à dodeliner de la tête et à s'assoupir. Et moi aussi j'avais sommeil. Je ne pensais plus qu'à une chose maintenant : me coucher.

Dès qu'on est rentrées au loft, j'ai réglé mon réveil sur sept heures – ce qui me laissait quatre misérables heures de sommeil avant de me lever pour aller au lycée.

Mais bon. Qui avait dit que ce serait facile de cumuler une carrière de top model avec une scolarité d'élève lambda ? J'allais devoir jongler, et je n'étais pas sûre d'y arriver.

Il le fallait pourtant, si je voulais que ma nouvelle vie devienne un tant soit peu normale.

Normale. Ben voyons ! Avec le visage de Nikki Howard et le cerveau d'Emerson Watts. Jusque-là, ça marchait comme sur des roulettes, non ?

20

Le lendemain matin, quand le taxi m'a déposée devant le lycée, j'ai vu que les Morts-Vivants étaient en grande forme. Ils attendaient l'ouverture des portes, appuyés contre la palissade qui délimitait un chantier de construction de l'autre côté de la rue. (Pile en face d'un lycée, c'est l'endroit idéal pour démolir une usine et construire un immeuble de dix étages, non ? Comme ça, les élèves entendent toute la journée les pelleteuses et les camions.) Bref, ils étaient tous là à s'envoyer des textos.

Sauf Whitney Robertson et Jason Klein. Eux, il étaient en train de s'embrasser. J'ai eu la nausée rien qu'à les voir.

Mais c'était peut-être à cause du croissant aux amandes que je m'étais acheté pour le petit-déjeuner dans une boulangerie près du loft. Parce que l'estomac de Nikki Howard ne digère pas le croissant aux amandes. Mais alors, pas du tout.

Je n'avais pas eu le temps de me préparer un vrai petit-déjeuner. Quand mon réveil a sonné, j'avais l'impression que je venais à peine de fermer les yeux. L'horreur. Plus jamais je ne sortirais en semaine. Ça, non !

Je suis restée un moment sans bouger dans le lit de Nikki Howard, à regarder sa chambre aux murs blancs. Quelqu'un avait dû faire le ménage parce que les roses de

Gabriel avaient disparu – j'imagine qu'elles étaient déjà fanées. Puis Cosabella est venu me lécher le visage en réclamant avec impatience sa pâtée et sa promenade du matin. Et là, tout d'un coup, je me suis dit que je n'étais pas obligée de me lever. C'est vrai, quoi ! Personne ne me forçait. Nikki Howard était émancipée, elle n'était pas tenue d'aller au lycée si elle ne le voulait pas. Je n'avais qu'à me rendormir, tout simplement – hmm, ce serait délicieux ! Et, puisque la limousine ne venait pas me chercher avant trois heures de l'après-midi, je pouvais même paresser toute la journée au lit.

C'était tentant. Vraiment tentant. Surtout qu'en fait je ne m'étais pas endormie tout de suite la veille. J'étais trop agitée. J'avais écouté les messages de ma mère – sept en tout, chacun plus inquiet que le précédent. Je m'étais ensuite relevée pour aller dans la chambre de Lulu, où j'avais allumé son ordinateur portable pendant qu'elle dormait. Lui aussi était équipé d'un logiciel espion qui surveillait le clavier.

J'avais alors déconnecté les modems des deux ordinateurs, le sien et celui de Nikki, puis je les avais rebranchés. Les claviers fonctionnaient parfaitement !

Mais au fait, maintenant que mon PC Stark n'était plus espionné, pourquoi irais-je au lycée, ai-je brusquement pensé ? Il me suffisait de créer une nouvelle adresse en ligne pour Nikki, vu que mes parents avaient supprimé la mienne. N'oubliez pas que j'étais censée être morte. Et puis, comme ils l'avaient dit, c'était moins risqué. Oh, que ce serait bon de retourner sur Internet ! Je pourrais jouer à *Journeyquest* et parler avec Christopher par messagerie...

Mais non ! C'était impossible. Comment Nikki Howard

connaîtrait-elle Christopher Maloney ? Pour le rencontrer, elle devait aller au lycée aujourd'hui...

C'est ce qui m'a fait me lever d'un bond. J'ai attrapé mes vêtements et je me suis habillée à toute vitesse. Lulu me les avait préparés la veille. Elle s'était bien amusée en me choisissant une tenue de « petite écolière » : une robe taille haute, à porter avec des leggings noirs, des bottes en cuir et plein de colliers.

À ma grande surprise, moi qui d'habitude n'étais bien qu'en jean et tee-shirt, je me suis sentie très à l'aise.

Mieux que ça, même ! Après m'être lavé les dents et coiffée, je dois dire que je me suis trouvée plutôt jolie en me regardant dans la glace.

Qu'on puisse à la fois se sentir bien et être jolie, voilà qui était nouveau pour moi. Par exemple, moi, je me sens bien en jogging. Mais ça ne va à personne (en tout cas d'après Frida).

Ce qui ne m'empêchait pas d'en porter au lycée, sauf quand ma sœur s'en apercevait le matin et m'obligeait à me changer.

Les jours où elle n'intervenait pas, j'avais droit aux regards désapprobateurs des Morts-Vivants, bien sûr. Eux ne se seraient jamais montrés autrement que dans leurs petits vêtements proprets et bien ajustés. Un pantalon lâche à la taille, surtout pas !

Alors, évidemment, quand je me suis dirigée vers l'entrée principale après être descendue du taxi, ils sont tous restés pétrifiés à me suivre des yeux.

J'ai entendu qu'ils chuchotaient « Nikki Howard », et je me suis rappelé tout d'un coup que ce n'était pas moi, Emerson Watts, qu'ils regardaient. Ce qui leur coupait le souffle, ce n'était pas que j'arrive avec une tenue acceptable selon les critères des Morts-Vivants, mais avec le corps d'une célébrité.

Tiens donc, quelle surprise...

Une seconde plus tard, l'une des filles s'est détachée de son petit groupe pour s'approcher de moi. Je n'ai pas reconnu tout de suite ma sœur Frida, tellement elle ressemblait aux autres. Totalement sortie du même moule !

— Euh, Nikki ? a-t-elle dit en faisant semblant de ne pas savoir que c'était moi.

Je me suis arrêtée net, en la regardant avec de grands yeux. Parce qu'elle portait l'uniforme rouge et or des cheerleaders.

Et que ça lui allait à ravir.

Les mots sont sortis tout seuls de ma bouche, mais heureusement personne ne pouvait nous entendre.

— Tu t'es changée en arrivant ici ? ai-je demandé. Maman ne t'aurait jamais laissée sortir comme ça. Est-ce qu'elle sait au moins que tu t'es inscrite dans l'équipe ?

— Oui, je me suis changée, a répondu Frida avec agacement. Non, maman n'est pas au courant. Et je te rappelle que tu dois faire comme si tu ne me connaissais pas.

— Je ne te *reconnais* pas, ça c'est sûr, ai-je répliqué en contemplant sa petite jupe plissée. Mais j'avoue que je te trouve assez...

Frida a plissé les yeux pour m'adresser un regard menaçant.

— Fais attention à ce que tu vas dire, Em.

— ... mignonne.

Ma sœur en est restée interdite.

— Quoi ? Qu'est-ce que tu as dit ?

J'ai secoué la tête, un peu accablée.

— Je crois que Nikki commence à déteindre sur moi. Je me mets à aimer tout un tas de choses que je détestais, avant.

— Comme Brandon Stark, par exemple ? a interrogé Frida. Il y avait une photo de toi ce matin sur TMZ.com où il te porte dans ses bras pour sortir de la *Cave*. Et aussi une autre, quand il te fait monter dans la limousine avec ta jupe relevée jusqu'aux…

J'ai senti mon sang se glacer.

— Maman l'a vue ?

— Tu crois qu'elle va sur Internet dès qu'elle se lève ? Non. Tu sais ce qu'elle fait ? Elle se précipite sur son portable pour t'appeler. Tu pourrais quand même répondre, de temps en temps. En tout cas, pour la photo… c'est une chance que tu aies porté une petite culotte !

Frida s'est brusquement mise à chuchoter.

— Attention ! Ne te retourne pas. Ils sont *tous* en train de te regarder ! Surtout, NE TE RETOURNE PAS… Hé, dis donc ! Où as-tu déniché ces colliers ?

— Je ne sais pas. Ils sont à Nikki. Je crois qu'ils font partie de la collection Stark. Je pourrais sûrement t'en trouver, si tu veux…

— Ce serait super ! Non mais regarde-les, a-t-elle ajouté en désignant Whitney et tous les autres avec leurs yeux exorbités. Ils se demandent ce que je peux bien être en train de te raconter. NE TE RETOURNE PAS ! Oh là là, Whitney nous regarde. Whitney Robertson me regarde, MOI ! Je rêve ! Elle qui m'ignorait complètement jusqu'à maintenant. Enfin ! C'est le plus beau jour de ma vie !

— Merci, Nikki Howard, ai-je murmuré avant de partir

vers l'entrée du lycée. Au moins, la célébrité te fait plaisir, à toi !

Au moment où je franchissais la porte, j'ai jeté un coup d'œil par-dessus mon épaule. Tout le monde se ruait sur Frida pour savoir de quoi on avait parlé toutes les deux. Ma sœur l'a alors joué très cool, en haussant les épaules et en jouant négligemment avec ses cheveux.

Mais je voyais bien qu'elle était au paradis.

Dommage que, pour ça, il fallait que moi je vive un enfer.

On m'a attribué mon ancien casier pour ranger mes affaires.

Il fallait s'y attendre. À part Emerson Watts, aucun autre élève n'avait interrompu ses études en plein milieu du trimestre.

Ce qui expliquait pourquoi, en plus de récupérer son casier, je me suis retrouvée aussi dans sa classe, c'est-à-dire mon ancienne classe.

Pour les cours qu'Emerson Watts avait choisis en option facultative, le principal craignait que Nikki Howard ne soit pas assez bonne élève... d'autant plus qu'elle était amnésique. J'avais réussi à le convaincre de m'accepter en littérature niveau deux, biologie et trigonométrie, en lui promettant d'abandonner si je n'arrivais pas à suivre.

En même temps, vu que j'avais manqué pendant plus d'un mois, je n'étais pas sûre d'avoir le niveau. Mais je voulais essayer. Christopher avait pris les mêmes options. Si je n'assistais pas à ces cours-là, quel moyen aurais-je de devenir amie avec lui ?

Bien sûr, devant l'élève de première année qui m'emmenait à mon casier, j'ai fait semblant de ne pas connaître la combinaison pour ouvrir le cadenas. Elle s'appelait Molly Hung et je ne l'avais jamais vue avant. J'ai remarqué que ses mains tremblaient en composant le code. La pauvre, elle était intimidée. Elle m'a fait répéter l'opération plusieurs fois pour être sûre que je saurais me débrouiller et, quand j'ai ouvert mon casier, j'ai découvert avec tristesse que toutes mes affaires avaient disparu. J'aurais dû m'en douter.

Au bout d'un moment, Molly a enfin trouvé le courage de me poser la question qui lui brûlait les lèvres :

— C'est vrai que tu sors avec Brandon Stark ? J'ai vu une photo où vous étiez tous les deux ensemble...

— Euh... oui, mais ce n'est pas vraiment sérieux. Tu sais, j'ai eu un accident, et...

— Oh !

Molly a plaqué une main sur sa bouche avec un air horrifié.

— Oh pardon ! J'avais oublié que tu ne te souvenais pas. Excuse-moi... Qu'est-ce que je suis bête !

— Non, ce n'est pas grave.

J'ai eu beau la rassurer, elle est restée furieuse contre elle-même pendant qu'elle me conduisait en classe pour mon premier cours de la journée : expression orale. (Super !) À la porte, elle m'a de nouveau adressé la parole :

— Hmm... Ce n'est pas facile de débarquer dans un nouveau lycée au milieu de l'année. Tu ne connais personne... Alors, si tu veux, on pourrait se retrouver pour déjeuner à la cantine. Moi, ça me ferait plaisir.

Je n'avais pas vraiment réfléchi à la question. Une question cruciale, pourtant. C'est vrai. À côté de qui allais-je m'asseoir ? Tout naturellement, j'avais imaginé que je déjeunerais avec Frida mais, à présent, je me rendais compte que c'était absurde. Pourquoi Nikki Howard irait-elle rejoindre une fille avec qui elle avait seulement échangé quelques mots devant la grille ? En toute logique, Nikki Howard devait déjeuner dehors.

Sauf que Nikki Howard n'aurait jamais fréquenté un lycée normal. Déjà, ça ne tenait pas debout. J'ai pensé avec angoisse que les difficultés ne faisaient que commencer.

— Merci, ai-je répondu. Si je déjeune à la cantine, oui, je viendrai te retrouver.

Molly a rougi de plaisir et m'a tendu un petit morceau de papier.

— Tiens, je te donne mon numéro de portable. Si tu as besoin de moi, n'hésite pas. Pour QUOI QUE CE SOIT. D'accord ?

— D'accord, ai-je acquiescé en souriant.

Molly est devenue encore plus rouge. Et elle est partie en riant toute seule, le visage radieux.

Bizarre, non ? Juste un sourire, et la personne avec laquelle vous vous trouviez nageait en plein bonheur. Autrefois, dans mon ancien corps, je n'avais jamais obtenu ce genre de réaction. Mais, dans le corps de Nikki, quand je souriais, tout le monde semblait frôler la crise cardiaque.

Sauf le père de Brandon.

Je me doutais bien que ce serait encore plus bizarre quand j'entrerais dans la classe – j'étais en retard parce que j'avais dû remplir un tas de formulaires dans le bureau du principal. Et je peux vous dire que ce n'était pas évident. J'ignorais tout de la vie de Nikki Howard, ou presque. Je ne connaissais même pas son numéro de Sécurité sociale, et il avait fallu que je le cherche dans son BlackBerry (heureusement, j'avais pensé à le recharger). Mais bon. Ce n'était pas trop gênant, puisque de toute façon j'étais censée avoir perdu la mémoire.

J'ai ouvert la porte de la classe. McKayla Donofrio était en train d'expliquer combien il est important de lire des livres à ses enfants. Elle s'est arrêtée net en me voyant et m'a regardée d'un air médusé. Les autres élèves ont alors réagi de la même manière. M. Greer a mis un moment à s'apercevoir que plus personne ne parlait et a ouvert les yeux.

— Oh, a-t-il fait en se forçant aussitôt à paraître alerte, l'esprit en éveil. Oui... On m'a prévenu de votre arrivée. Nikki Howard, c'est ça ?

— Oui, ai-je répondu en lui présentant le mot d'excuse du principal pour mon retard. Bonjour.

— Très bien, très bien, a marmonné M. Greer en prenant distraitement le mot et en se tournant vers les élèves. Je vous présente Nikki Howard, qui va terminer l'année dans notre établissement. Allez vous asseoir, Nikki. Il y a une place de libre là-bas...

Et il a désigné la place que j'occupais avant. Évidemment.

Je suis allée m'asseoir, tête baissée, en faisant mine de ne pas entendre les chuchotements tout autour. Au passage, j'ai glissé un regard discret vers Christopher et j'ai remarqué qu'il ne dormait pas, pour une fois.

Mais ce n'était pas le plus frappant. Il y avait autre chose...

Il s'était coupé les cheveux.

Dans ma stupeur, j'ai failli me figer devant lui, alors

que je n'étais même pas censée le connaître. Jamais je n'avais vu Christopher avec la nuque dégagée. Les longs cheveux blonds qui le caractérisaient et lui descendaient au-dessous des épaules avaient disparu. Il était maintenant coiffé comme le petit ami de Whitney, Jason Klein. En fait, il lui ressemblait tellement que, si j'avais juste jeté un rapide coup d'œil dans sa direction, je l'aurais pris pour Jason Klein. Plus rien ne le distinguait du reste des Morts-Vivants. Il portait même une chemise polo vert pâle avec son jean !

Que s'était-il passé ? Je me suis dit qu'il avait dû être vraiment bouleversé. Quand même. Me voir mourir (enfin presque) sous ses yeux, aller à mon enterrement et tout ça.

Mais bouleversé au point de changer de look et de devenir « bon chic bon genre » tout d'un coup ?

La voix de M. Greer m'a tirée de mon ébahissement.

— Nikki… Pour le cours d'expression orale, chacun doit préparer un argumentaire de deux minutes sur un sujet de son choix, avec l'idée de convaincre un public. Je ne vous demanderai pas de présenter quoi que ce soit cette semaine mais, si vous le souhaitez, vous pourrez vous essayer à l'exercice la semaine prochaine.

— Très bien, ai-je répondu en me détournant de Christopher et en prenant place à ma table.

J'ai ouvert mon cahier tout neuf – juste pour me donner une contenance – et j'ai regardé droit devant moi. McKayla a repris son discours. Mais je ne la voyais pas vraiment. J'avais une sorte de brouillard devant les yeux et je n'arrivais pas à me concentrer sur ce qu'elle racontait. Je ne pensais qu'à Christopher et à ses cheveux, même s'il n'était plus dans mon champ de vision maintenant que je lui tournais le dos.

Que lui était-il arrivé ? Il avait rejoint le clan des Morts-Vivants, comme ma sœur ? Comment était-ce possible en si peu de temps ? D'accord, j'avais été absente plus d'un mois, mais quand même ! Et se couper les cheveux aussi court ? Alors qu'il résistait au Commandant depuis tant d'années...

Il avait suffi que je meure, et hop... Tout d'un coup, il renonçait ? Non ! Non, je ne pouvais pas accepter cette idée !

Soit dit en passant, sa coupe ne lui allait pas si mal. Au contraire. Même Frida devait maintenant reconnaître que Christopher était mignon. Super mignon. Je trouvais ça plutôt inquiétant, d'ailleurs. Pourquoi ne m'avait-elle pas prévenue ? C'est vrai quoi. Et si, avec son nouveau look, les filles commençaient à s'intéresser à lui ? D'autres filles que moi, je veux dire.

Non. Ce n'était pas possible. Christopher n'avait jamais attiré personne du sexe féminin à part moi, et en plus il ne s'en rendait même pas compte (que j'étais attirée par lui).

Bien sûr, moi, je l'avais toujours trouvé mignon. Mais maintenant, *tout le monde* devait le remarquer. Et s'il sortait avec quelqu'un ? Pourquoi n'avais-je donc pas interrogé Frida ? Il peut se passer beaucoup de choses en un mois – c'est clair, quand on voit ce qui m'est arrivé. Vous parlez d'un changement. Un autre corps, un autre visage. Sans parler de ma nouvelle carte d'identité...

Bref, tandis que je me débattais avec mes soupçons, et avec la crainte que mon meilleur ami ne me préfère une autre fille, j'avais l'impression que tout le monde dans la classe me regardait. Mais bon, je me faisais peut-être des idées.

En fait, pas du tout. Quand j'ai levé les yeux de mon cahier, où j'étais en train de gribouiller des petits dessins, j'ai bien vu que ce n'était pas une illusion. Ils me regardaient *tous*, et ils ont *tous* détourné la tête dès que je me suis redressée.

Enfin, tous sauf Christopher. Je m'en suis aperçue quand j'ai fait exprès de laisser tomber mon stylo et que j'ai jeté un coup d'œil dans sa direction en me penchant pour le ramasser.

Parce que, lui, c'était sur McKayla que ses yeux étaient rivés.

Il ne m'avait même pas remarquée ! Incroyable, non ? Et d'ailleurs, pourquoi ne dormait-il pas ? Il piquait toujours du nez pendant la première heure de cours. Est-ce qu'il sortait avec McKayla ? Impossible. McKayla avait monté un « club d'économistes » au lycée. Pour s'initier au monde de la finance ! Ça ne pouvait pas intéresser Christopher. McKayla voulait poursuivre ses études à Harvard et faire carrière dans la Bourse à Wall Street. Christopher ne pouvait pas être séduit par une fille pareille ! Je ne l'imaginais tout simplement pas...

« Arrête-toi ! me suis-je dit. Tu tournes en rond. »

Et je me suis remise à gribouiller furieusement dans mon cahier. J'ai dessiné un minuscule caniche qui ressemblait à Cosabella. Lulu m'avait promis de s'en occuper pendant que je serais au lycée, mais il avait jappé et gémi à fendre l'âme en me voyant partir. Et, même si je ne m'y connaissais pas trop en chiens, j'avais bien vu à son comportement qu'il se sentait abandonné et que ce n'était pas normal. Est-ce que Nikki l'emmenait vraiment partout avec elle ?

Je craignais de trouver le loft sens dessus dessous à mon retour. Parce que, à mon avis, Lulu n'avait pas exactement le profil « amie des bêtes ». J'allais sûrement devoir nettoyer la moquette en plusieurs endroits.

Oh, et puis tant pis. De toute façon, Nikki avait besoin de travailler un peu de ses mains. Je n'arrivais à rien... même pas à dessiner un caniche tout simple. Que faisait-elle donc de ses dix doigts ? C'est vrai, quoi. Une fois qu'on a passé cinq couches de vernis à ongles, il y a bien un moment où c'est fini.

— Psst.

Je me suis retournée en espérant que l'appel venait de Christopher. Mais non. C'était Whitney Robertson, et elle me souriait.

Oui. Whitney. Qui souriait. À *moi*.

Elle a lancé un morceau de papier dans ma direction. Je l'ai attrapé au vol et, en le dépliant, j'ai vu que c'était un petit mot.

Un message de Whitney.

J'étais déroutée. Jamais auparavant Whitney ne m'avait envoyé de message. J'ai remarqué que sa groupie parmi les Morts-Vivants, Lindsey, agitait discrètement les doigts pour m'adresser un petit « coucou ». Elle aussi souriait.

Instinctivement, je leur ai rendu leur sourire. Je n'ai pas pu m'en empêcher. Mais que m'arrivait-il ? Moi, sourire à des Morts-Vivants ?

J'ai baissé la tête pour dissimuler mon visage derrière les longs cheveux de Nikki et j'ai lu le message. C'était une écriture maniérée et pleine de fioritures, avec des ronds sur les « i » au lieu de points.

« Salut ! Et bienvenue au lycée de Tribeca ! On est super contentes que tu soies là. Je m'appelle Whitney Robertson. Je sais que ça doit t'arriver tout le temps, mais je voulais te dire que je t'admire énormément. Beaucoup de gens te tiennent sûrement le même discours, mais moi, je suis complètement sincère. J'adore tout ce que tu as fait depuis tes premières pages de pub.

« Bref. J'imagine que c'est difficile pour toi de débarquer dans un nouveau lycée et tout. Aussi, je voulais te proposer de déjeuner avec nous à midi. On se met toujours à côté du buffet des entrées ! Whitney. »

Elle avait aussi écrit son numéro de portable.

Je suis restée longtemps penchée sur le message. Je l'ai lu et relu. Et, chaque fois, il me venait une réponse différente.

D'abord, j'ai voulu le froisser en boule et le lui renvoyer à la figure.

Après, j'ai songé à lui répondre que j'avais beaucoup entendu parler d'elle, de sa méchanceté et de sa mesquinerie, et que je n'avais aucune envie de déjeuner avec elle et ses amies.

Pour finir, je n'ai fait ni l'un ni l'autre. Parce que je pensais – je sais, ça va paraître bizarre – que Nikki Howard n'aurait pas réagi ainsi.

Ce n'est pas que j'essayais d'être Nikki Howard. En tout cas, pas au lycée. Mais, puisque j'étais elle, je me suis dit – d'après ce que je connaissais de sa personnalité – qu'elle se ficherait complètement de recevoir un mot d'une fille aussi insignifiante que Whitney.

Je crois qu'en fait c'est parce que, au fond de moi, je n'avais plus envie de me laisser atteindre par Whitney et ses petites histoires ridicules. J'avais d'autres problèmes à régler.

Par exemple, le fait que mon meilleur ami n'avait toujours pas croisé mon regard.

Malgré tout, je savais aussi que Whitney serait vexée si je ne lui répondais pas. Ce n'était pas la peine de me faire une nouvelle ennemie dès le premier jour. Même si on ne pouvait pas exactement parler d'une *nouvelle* ennemie.

J'ai donc rejeté mes cheveux en arrière, je me suis retournée et je lui ai souri.

Et là, il s'est passé quelque chose d'extraordinaire.

Whitney Robertson a rougi.

Sérieux. Je n'aurais jamais imaginé voir ça un jour. Ses joues sont devenues toutes roses de plaisir, elle m'a souri et m'a fait un petit signe. Lindsey aussi.

Ensuite, Whitney a articulé silencieusement : « Appelle-moi ! » en tenant sa main comme si elle parlait dans un téléphone.

J'ai souri encore et je me suis détournée. À ce moment-là, il m'a semblé qu'être Nikki n'était pas aussi difficile que je le croyais – dans certaines situations.

Dès que la cloche a sonné, Whitney s'est précipitée vers moi et ne m'a plus lâchée. Ça ne m'arrangeait pas du tout, parce que j'avais prévu de glisser une petite phrase à Christopher, du genre : « C'est toujours aussi mortel, ce cours ? » Mais je n'ai pas pu lui parler, vu que la reine des Morts-Vivants en personne me tombait dessus comme la misère sur le monde.

— Comment tu te sens ? a-t-elle demandé. À la télé, ils

ont parlé de toi et de ton... enfin, tu vois ce que je veux dire. Ça doit être affreux de ne plus se souvenir de rien, non ?

— Je n'ai pas tout oublié, ai-je répondu en rassemblant mes affaires.

Par exemple, je me rappelais toutes les fois où Whitney et ses amies s'étaient moquées de moi dans les vestiaires du gymnase, parce que je portais des petites culottes boxer en coton et pas des strings de chez Victoria's Secret.

— Heureusement pour toi ! a dit Whitney. Alors... Donc, je m'appelle Whitney. Et elle, c'est Lindsey...

— Salut ! s'est écriée Lindsey. J'adore tes pubs, tu ne peux pas savoir ! La photo dans *Vogue,* cet été, avec les bracelets en or et le tigre...

— ... C'est vraiment super que tu viennes à Tribeca, a continué Whitney en parlant en même temps que Lindsey, comme si ce qu'elle avait à dire, elle, était beaucoup plus important. On est trop fiers ! C'est vrai, quoi. Il y a plein d'autres lycées à New York, et tu nous a choisis, nous...

— Ça vous dérangerait de ne pas bloquer la porte ? a demandé Christopher, qui attendait derrière nous. Parce qu'on a un autre cours après, je vous signale.

Whitney s'est retournée pour le toiser. Puis elle s'est écartée en levant les yeux au ciel.

Mon cœur a fait un bond. Ça voulait dire que Christopher ne faisait pas partie des Morts-Vivants. Il n'avait pas rejoint le clan ! On aurait pu le croire à cause de son nouveau look, mais non. Il était hors de danger ! Toujours lui-même !

— Merci, a dit Christopher en passant.

— Salut..., ai-je tenté timidement.

Il m'a jeté un regard distrait par-dessus son épaule – comme s'il avait entendu une voix mais n'en était pas sûr – et il s'est éloigné avec les autres dans le couloir.

Whitney s'est encore rapprochée de moi et a soupiré.

— Désolée. Ne fais pas attention à lui, il est bizarre. Bon… S'il y a des choses que tu ne comprends pas, si tu veux qu'on te fasse visiter, n'hésite pas à me demander. Ça me ferait plaisir. En tout cas, pour le déjeuner… Je te préviens, ce qu'on nous sert à la cafétéria est répugnant, mais…

— C'est le nouveau sac de chez Marc Jacobs ? a interrompu Lindsey en désignant ma besace en toile. Il n'y en a plus nulle part ! Je suis sur une liste d'attente…

— Je ne sais pas, ai-je répondu. Je l'ai trouvé dans mon placard ce matin. (Une liste d'attente pour ça. Laissez-moi rire !) Bon, il faut que j'y aille. J'ai cours d'espagnol…

— Moi aussi, s'est écriée Lindsey. On est sûrement ensemble ! Salle 611, c'est ça ? Super ! Viens, je t'emmène !

— Arrête de t'exciter, Lindsey, a grommelé Whitney avec mauvaise humeur. Nikki est grande, elle peut y aller toute seule.

Je me suis tournée vers Whitney.

— Non, non, ai-je répondu en la regardant bien dans les yeux. C'est très sympa qu'elle me montre. Bon… À plus tard.

En partant avec Lindsey, je sentais dans mon dos tous les regards envieux posés sur nous. Celui de Whitney, surtout.

Mais ça ne me dérangeait pas.

Parce que, pour une fois, j'étais franchement contente de la faire enrager.

21

J'ai rejoint Frida là où on la trouvait toujours avant le déjeuner : dans les toilettes du rez-de-chaussée, en train de se remettre du gloss sur les lèvres avec d'autres filles de première année.

En me voyant, elles se sont toutes enfuies comme si l'alarme incendie venait de se déclencher. Vu la réputation de Nikki Howard, elles ont sûrement pensé que je venais me cacher là pour sniffer de la drogue. Des filles malintentionnées en auraient profité pour m'espionner, me prendre en photo avec leur portable pendant que je m'essuyais le nez, par exemple, et se faire de l'argent ensuite en vendant la photo à l'*Enquirer.*

Mais les élèves de première année au lycée de Tribeca ne sont pas comme ça. Et d'ailleurs, elles n'auraient rien surpris d'intéressant aux yeux de la presse people. Tout ce que je voulais, c'était soutirer des infos à Frida.

— Pourquoi ne m'as-tu pas dit que Christopher s'était coupé les cheveux ? ai-je demandé en m'appuyant contre le lavabo à côté de ma sœur.

- Quoi ?

Frida était penchée en avant. Elle a fait une moue à son reflet dans la glace et a remis une couche de gloss.

— Ah oui, c'est vrai. Christopher s'est coupé les cheveux. On aurait dû en parler au journal télévisé ! Non, sérieux. Il a fait ça pour aller à ton enterrement. Son père l'a obligé.

Je suis restée sous le choc.

— C'est affreux !

Frida a souri en minaudant devant le miroir.

— Ah bon ? Moi, j'ai trouvé que c'était une marque de respect. Pour honorer ta mémoire, quoi. De toute façon, ils étaient moches, ses cheveux. Et puis, à ce qu'on raconte, il ne s'est pas franchement battu pour les garder longs. Il est complètement à l'ouest depuis que tu es morte. On dirait qu'il se fiche de tout.

J'ai ressenti un petit pincement de plaisir.

— C'est vrai ? Il a pleuré ? À l'enterrement, je veux dire ?

Frida m'a regardée d'un air agacé.

— Je rêve ! Tu es d'une prétention, toi, maintenant !

— Pas du tout ! Je n'ai jamais été prétentieuse et je n'ai pas changé. Comment peux-tu dire ça ? Je te demande juste si Christopher était triste quand je suis morte. Ce n'est pas de la prétention. Je suis curieuse, c'est tout. Toi, si tu étais morte, tu voudrais que tout s'arrête et qu'on proclame une journée de deuil national...

— Certainement pas ! a protesté Frida. Bon, oui, il avait l'air triste. Mais qu'est-ce que ça peut te faire ? Je croyais que vous étiez seulement amis. Surtout que tu peux viser bien mieux que Christopher, maintenant. D'ailleurs, tu as déjà Brandon Stark – et Gabriel Luna, sans doute, sauf si le petit tour en Vespa était un coup monté. Il te faut combien d'amoureux ?

Je n'ai pas relevé.

— Avec qui il mange à la cantine, maintenant ? Depuis que je suis morte, je veux dire.

« Pas McKayla Donofrio. Pitié. Ne me dis pas McKayla Donofrio... »

— Je ne sais pas, a répondu Frida avec mauvaise grâce. Je ne le vois plus jamais à l'heure du déjeuner. Il paraît qu'il mange dans la salle des ordinateurs. Le prof l'a pris comme assistant.

— Merci.

Sur ces paroles, je me suis précipitée vers la salle informatique pour aller retrouver Christopher.

— Em... euh, Nikki ! Qu'est-ce que tu fais ? a crié Frida. J'ai dit à tout le monde que tu déjeunais avec moi, alors tu n'as pas intérêt à me poser un lapin !

Comme si je me souciais de la réputation de ma sœur auprès de ses copines cheer-leaders ! Il ne me restait plus que quarante minutes avant mon premier cours de l'après-midi... Heureusement qu'en chemin je n'ai pas croisé Molly Hung ! Elle n'aurait pas compris que je me repère déjà si facilement dans les couloirs après sa petite visite guidée.

Frida ne s'était pas trompée. Christopher était assis devant un ordinateur, tout seul dans la salle, en train de manger un sandwich et de jouer à... Quoi ? *Madden NFL ?*

Un jeu de foot ! Christopher ne jouait jamais à des jeux sportifs. Il détestait le sport. Qu'est-ce que c'était que cette histoire ?

Il y avait quelque chose de pas normal, en tout cas par rapport à ce que j'avais connu, mais ça ne m'a pas empêchée de le trouver super mignon avec sa tignasse blonde tout ébouriffée. Je n'exagère pas ! Il ne s'était visiblement pas coiffé en sortant de la douche, et ses cheveux avaient séché sur le chemin du lycée en partant dans tous les sens. J'ai remarqué aussi qu'il avait fait tomber des miettes de pain sur le devant de sa chemise et que le col de son polo à manches courtes était un peu de travers. Vu que Christopher n'était pas du genre à pratiquer la musculation, il avait des bras fins, et pas ridiculement énormes comme ceux de Jason Klein. Mais attention, ils étaient musclés quand même.

En attendant, il était tellement absorbé par son jeu qu'il ne s'était pas rendu compte que je me tenais debout dans l'encadrement de la porte. Au moment où il a pris une gorgée de son Coca, je me suis éclairci la gorge, histoire d'attirer son attention.

— Hmm. Excuse-moi...

Il a jeté un regard dans ma direction et... a avalé de travers. Il s'est mis à tousser et n'a donc pas pu me répondre tout de suite.

— Pardon, ai-je dit.

Bon. J'aurais peut-être dû mieux préparer mon coup. C'est vrai, quoi ! Qu'est-ce que Nikki irait faire dans la salle d'informatique ? Quel prétexte allais-je inventer pour expliquer ma venue ?

— Je cherche... euh...

— Les services administratifs sont au bout du couloir, a lâché Christopher après avoir enfin retrouvé la parole.

Là-dessus, il est retourné à son jeu de foot. Ça alors !

Christopher Maloney m'avait jetée. Pour un jeu vidéo.

Et même pas pour un bon jeu. Cela dit, ce n'était pas moi qu'il jetait, mais Nikki Howard. Le top model le plus adulé du monde !

Je n'y comprenais rien. Pourtant, je savais que Nikki

Howard ne le laissait pas indifférent. J'avais bien vu qu'il la dévorait des yeux, le jour de l'inauguration du Stark Megastore. Alors, quoi ?

Quel idiote j'étais, aussi ! Je venais le voir sans avoir réfléchi à ce que j'allais dire. Pourquoi fallait-il que parler aux gens soit si difficile ? Ç'aurait été bien plus simple d'entrer en contact avec lui par messagerie.

Mais oui, bien sûr... Un mail...

— Justement, ai-je répondu. Aux services administratifs, ils m'ont envoyée ici pour me créer une adresse mail.

Ce qui était la pure vérité. En plus de tenir parfaitement la route, cette histoire de mail arrangeait bien mes petites affaires.

— Oh, a fait Christopher en détournant les yeux de son écran à contrecœur. Oui... Je peux t'aider, si tu veux.

— C'est vrai ?

En moins de temps qu'il n'en faut pour le dire, je suis allée m'asseoir à côté de lui.

— Ce serait super ! Merci.

Je lui ai souri.

Et... il m'a complètement ignorée.

D'accord, je n'étais Nikki Howard que depuis deux jours, mais j'avais bien remarqué l'effet que son sourire produisait sur les gens. Surtout sur les garçons. Ils se liquéfiaient littéralement et se mettaient en quatre pour la satisfaire. Jusqu'à présent, la seule personne qui semblait insensible au sourire de Nikki, c'était le père de Brandon Stark.

Et voilà maintenant que j'en découvrais une autre, et c'était pile le garçon que j'avais envie de séduire ! Christopher Maloney. Il ne me regardait même pas. Ses yeux restaient fixés sur l'écran de l'ordinateur, où il s'était connecté avec le fournisseur d'accès.

Comment réussir à lui montrer que, derrière la façade de Nikki Howard, il y avait une fille qui pouvait l'intéresser ? S'il ne croisait même pas mon regard, comment verrait-il cette fille-là dans mes yeux ?

Je me sentais désespérément à court d'idées.

— Tu aimes les jeux vidéo ? ai-je demandé pour essayer d'engager la conversation.

Au secours ! J'étais vraiment nulle. Si je m'étais trouvée à ce moment-là dans la pièce (en tant qu'Emerson Watts, je veux dire) et que j'avais entendu cet échange minable entre Nikki Howard et Christopher, je me serais roulée par terre de rire.

— Ça dépend lesquels, a répondu Christopher en pianotant sur le clavier.

— Moi aussi. Tu as déjà joué à *Journeyquest* ?

Là, j'ai vu que sa curiosité était piquée. Enfin ! Il m'a dévisagée d'un air stupéfait.

— Toi, tu joues à *Journeyquest* ?

— Bien sûr.

Tout d'un coup, l'espoir a fait battre mon cœur plus vite. Pourtant, j'aurais pu aussi me vexer. C'est vrai. Pourquoi Nikki Howard ne jouerait-elle pas à *Journeyquest* ? Parce qu'elle est trop bête pour s'intéresser à un jeu de stratégie ?

Oh, et puis quelle importance ? Il m'avait regardée ! Nos yeux s'étaient croisés ! Bientôt, on redeviendrait amis ! Il m'inviterait chez lui et on mangerait des chips devant un documentaire à la télé, ce qui ferait enrager le Commandant, comme au bon vieux temps. Tout serait de nouveau comme avant. J'étais tellement contente ! Pour la première fois depuis que je m'étais vue dans le rétroviseur de la limousine avec les traits de Nikki Howard, je retrouvais confiance en la vie.

— Mais j'en suis seulement au niveau quarante-cinq, ai-je ajouté.

Niveau quarante-cinq, Christopher ! C'est moi, Christopher ! Em ! Regarde-moi, Christopher ! Plonge tes yeux dans les miens ! Tu me vois ? Salut, c'est moi, Em. Je suis là !

Christopher a gardé le visage tourné vers moi pendant quelques secondes, et j'aurais juré qu'il me voyait. Vraiment, j'y ai cru.

Du coup, j'ai failli m'effondrer quand il a reporté son attention sur l'ordinateur.

— Moi, je n'y joue plus, a-t-il déclaré en tapotant sur le clavier.

Quoi ? Comment ça, il ne jouait plus à *Journeyquest ?* Personne n'arrête de jouer à *Journeyquest*. Parce que ce n'est pas un jeu, c'est un art de vivre.

Et moi, alors ? Moi, Em ? Est-ce qu'il m'avait vue, oui ou non ? Sans doute pas. Sûrement pas, même.

Sinon, il n'aurait pas détourné les yeux.

— Ça y est, a-t-il annoncé. Tu as une adresse. Nikki.Howard@TAHS.EDU. Voilà, elle est activée.

Je n'en revenais pas. Pourquoi ne s'intéressait-il pas à moi ? Tous les garçons s'intéressent à Nikki Howard. À Emerson Watts, non, mais à Nikki, oui.

Même les gays lui demandent ce qu'elle utilise comme crème de jour.

Bref, je ne savais plus quoi dire.

— Bon, eh bien... merci, ai-je fini par répondre.

O.K. Christopher ne voulait pas me parler. Enfin, il ne voulait pas parler à Nikki Howard. Je pouvais peut-être alors essayer de lui faire comprendre qui j'étais par une allusion ?

Non. Impossible.

— Tu sais comment te créer une adresse mail chez toi ? a-t-il demandé.

Évidemment que je savais ! Je crée mes adresses toute seule depuis le CM2.

À ce moment-là, une idée m'a traversé l'esprit. En tant que prof à l'université, ma mère, qui est spécialisée en histoire des femmes, nous a toujours recommandé, à Frida et à moi, de ne pas jouer aux blondes évaporées pour séduire un garçon. Mais là, je me suis dit qu'elle comprendrait.

Parce que je venais de trouver un prétexte pour reparler à Christopher le lendemain. Et il m'en fallait un, absolument. Vu que tout portait à croire qu'il ne m'inviterait pas de sitôt à manger des chips devant la télé.

— Non, je suis complètement nulle en informatique, ai-je donc répondu.

J'ai battu des cils, j'ai joué la fille fragile et démunie. Je peux vous dire que, si ma mère m'avait vue, elle aurait eu une attaque.

— Ah bon ? a dit Christopher, qui ne semblait pas tellement surpris.

— Et toi ? Tu sais ?

— Oui. C'est pas dur... Tu as une poussière dans l'œil ?

J'ai arrêté de battre des cils.

— Non.

Et j'ai laissé tomber le petit jeu de la fille sans défense.

Zut. Je n'étais vraiment pas douée côté flirt ! Mais lui, pourquoi est-ce qu'il ne me prenait pas tout simplement dans ses bras pour m'embrasser comme Brandon et Justin ? Je me débrouillais bien quand on m'embrassait ! Enfin, c'était plutôt Nikki l'experte en la matière.

— Si j'apporte mon portable demain, tu pourras m'en créer une ?

— Pas de problème, a-t-il répondu.

Je n'en revenais pas qu'il ne soit pas tombé dans le piège des cils qui papillonnent. Avec Justin Bay, ça aurait sûrement marché. Lui, c'est même dans le coma qu'il serait tombé.

— Super ! me suis-je exclamée.

Je lui ai souri. Et j'y ai mis le paquet. (Comme la veille, quand Raoul, le directeur artistique, avait lancé en plaisantant : « Nikki, vas-y mollo avec le sourire. Sinon, on va tous s'évanouir avant la fin de la séance. »)

Mais là, j'ai misé à fond sur le charme. J'aurais fait n'importe quoi pour obtenir une réaction de Christopher Maloney.

Échec total. Même en sortant mon arme suprême, ça n'a rien donné. Aucune émotion n'est apparue sur son visage.

— Au fait, je m'appelle Nikki, ai-je dit en souriant toujours. Tu le sais sûrement. Mais bon...

J'ai tendu la main droite. Christopher n'a pas souri, lui.

— Christopher, a-t-il marmonné en me serrant la main. Christopher Maloney.

Il avait une poigne ferme, mais complètement raide. C'était bizarre. Je ne sais pas comment décrire cette sensation. On aurait dit que...

Je serrais la main d'un mort. De quelqu'un qui serait

réellement mort, et en même temps aurait l'apparence d'être en vie.

Ce qui était parfaitement absurde, parce que ça, c'était moi.

Il avait la main chaude, autant que la mienne. Mais c'était comme si quelque chose en lui avait... renoncé. Pour ses cheveux aussi, il avait cessé de résister à son père. Comme si ça n'avait plus d'importance pour lui.

Que s'était-il passé ? Qu'est-ce qui lui arrivait ?

Et comment pourrais-je devenir suffisamment proche de lui pour comprendre, alors que malgré tous mes efforts il ne me regardait même pas, il ne voyait pas que j'étais là, à l'intérieur de Nikki Howard ?

Je n'avais pas envie de lâcher sa main... et ça n'avait rien à voir avec les penchants naturels de Nikki. Je veux dire, une main, ce n'est pas pareil que des lèvres ou une langue. C'est juste que j'aimais bien sentir son contact et être avec lui, même s'il ne savait pas que c'était moi.

Mais je ne pouvais pas rester comme ça, assise dans une salle d'informatique à tenir la main d'un garçon que j'étais censée avoir rencontré quelques instants plus tôt. Même si c'était mon meilleur ami dans ma vie antérieure, avant que je ne devienne un top model idolâtré par les ados.

Du coup, j'ai lâché sa main. De toute façon, j'avais bien senti qu'il essayait de se libérer. Il avait vraiment l'air de me prendre pour une dingue. J'ai même cru un moment qu'il allait s'essuyer la paume sur son jean, mais il s'est retenu.

Je me suis penchée pour attraper mon sac, et aussi pour ne pas montrer que j'étais mortifiée.

— Bon…, ai-je dit. Je vais à la cafétéria. Tu veux déjeuner avec moi ?

Je savais d'avance ce qu'il allait répondre. Il m'a lancé un regard bizarre.

— Non, merci. Mais bon appétit… Surtout, ne prends pas la salade composée. Il y a trop de sauce, ça fait grossir.

Je l'ai bien reconnu à cette pointe d'humour. C'est alors que j'ai réalisé à quel point son ironie, son esprit caustique m'avaient manqué. J'avais tellement envie de le retrouver !

— Merci, ai-je répondu en souriant encore.

Mon sourire n'a produit aucun effet, pas plus que les autres fois. Il est retourné à son jeu sur l'écran, sans un mot.

Je suis alors sortie de la salle d'informatique, gênée, blessée, et plus que jamais perdue.

— Enfin, te voilà ! s'est écriée Frida en se précipitant vers moi dans le couloir. Je t'ai cherchée partout ! Où étais-tu passée ?

— Je suis allée voir Christopher.

— C'est pas vrai…, a-t-elle marmonné. Mais pourquoi tu t'accroches à ce crétin alors que tu pourrait être avec Gabriel Luna ?

— Gabriel Luna me prend pour une junkie.

Et, vu ma sortie plutôt remarquée de la *Cave* hier soir, il n'était pas près de changer d'avis. Vraiment, j'avais le don de me mettre dans des situations pas claires avec les garçons mignons !

Frida m'a attrapée par le bras.

— Allez viens… J'ai dit à toute la bande que tu mangeais avec nous.

— Ah oui ? ai-je fait pendant qu'elle m'entraînait dans le couloir. Et comment vas-tu expliquer qu'on soit aussi bonnes copines, toi et moi ? Au point de déjeuner ensemble alors qu'on vient à peine de se rencontrer ?

— On a fait connaissance ce matin, devant la porte. Tu te souviens ? Tout le monde nous a vues.

J'ai levé les yeux au ciel. Tu parles !

— Frida… Qu'est-ce qui lui arrive, à Christopher ?

— Il est barge, c'est tout. Il l'a toujours été. Mais tu le remarques seulement maintenant parce que toi, tu es devenue normale !

— Non. Il s'est passé quelque chose… Je veux dire, il a changé. Il ne joue même plus à *Journeyquest*, il joue à *Madden NFL !* Alors qu'il déteste le sport. Et puis… je ne sais pas, on dirait que… Je suis allée lui demander de créer une adresse mail pour Nikki, et il m'a à peine regardée.

Frida s'est moquée de moi.

— Et alors ? Tu t'attendais à ce qu'il se jette à tes pieds ? Juste parce que tu es Nikki Howard maintenant ?

J'ai hésité. Je ne voulais pas avoir l'air pimbêche, mais quand même.

— Ben oui… C'est un garçon, quoi… Et Nikki fait craquer tous les garçons. Sauf s'ils sont gays. Alors, pourquoi ça ne marche pas avec lui ?

— Qu'est-ce que tu veux que je te dise, Em ? Pardon, Nikki. Il est bizarre depuis que tu es morte. Enfin, il était déjà bizarre, mais il l'est encore plus maintenant. Je ne sais pas, moi. Peut-être qu'il était amoureux de toi, mais qu'il l'a compris seulement quand tu n'as plus été là. Et qu'il a le cœur brisé. C'est ça que tu as envie d'entendre ?

En se tournant vers moi, elle a surpris l'expression sur mon visage et a éclaté de rire.

— C'est ça, hein ? Je rêve ! Mais réfléchis un peu ! Tu peux avoir tous les garçons que tu veux maintenant. Pourquoi choisis-tu justement celui qui te préférait quand tu étais une fille banale ?

On était arrivées à la porte du réfectoire. Frida s'est plantée devant moi, les mains sur les hanches, pour attendre une réponse. J'avais les yeux pleins de larmes.

— Oh, Frida..., ai-je dit avec un sanglot dans la voix. Tu... tu crois que c'est vraiment la raison ?

Frida m'a dévisagée.

— Tu l'aimes vraiment, hein ? Bon, écoute... Je n'en sais rien, moi. Je dis juste que c'est possible. Mais je peux me tromper. En tout cas, crois-moi, ce n'est pas le moment de te prendre la tête avec Christopher. Là, tu vas faire ton entrée dans la cafétéria du lycée de Tribeca, mais ça n'a plus rien à voir avec ce que c'était il y a un mois. Tout le monde t'envie, maintenant. Il faut que tu arrêtes de penser à Christopher et que tu joues le jeu. Tu es Nikki Howard, super top model. Pas Emerson Watts, la fille sans intérêt. Tu piges ?

J'ai hoché la tête, mais je n'écoutais pas vraiment. Je repassais les paroles de Frida dans mon esprit. Est-ce que c'était possible ? Christopher s'était-il rendu compte qu'il était amoureux de moi après ma mort ? Est-ce qu'il ne jouait plus à *Journeyquest* parce que ça lui faisait trop penser à moi ? Et s'il avait finalement consenti à se couper les cheveux, était-ce parce que plus rien ne lui importait depuis ma disparition ?

J'en avais le souffle coupé. C'était tellement romantique !

Mais très compliqué, aussi. Comment pouvais-je l'amener à s'intéresser à Nikki Howard alors qu'il portait le deuil d'une autre ? Moi, en l'occurrence.

Sans vouloir lui faire de reproches, je me suis dit quand même que, s'il était à ce point amoureux, il aurait pu se montrer un peu plus entreprenant quand j'étais encore en vie.

Il n'avait même pas essayé de m'embrasser. Pas une seule fois.

Et si c'était justement pour cette raison qu'il souffrait ? ai-je pensé brusquement. Parce qu'il ne se le pardonnait pas ?

Oh là là ! C'était encore plus romantique !

J'en étais là de mes états d'âme quand Frida m'a tirée par le bras. On est entrées dans la cafétéria...

... où le niveau sonore, déjà assourdissant, a augmenté de plusieurs décibels quand j'ai franchi la porte.

— La voilà ! La voilà !

À toutes les tables, on n'entendait que ça. Et pas seulement parmi les Morts-Vivants. Les premiers de la classe aussi, les gothiques, les skaters... C'était comme une vague qui déferlait dans le réfectoire : « La voilà ! La voilà ! »

Une rougeur m'est montée aux joues.

— Je ne le sens pas trop, Frida..., ai-je chuchoté tandis qu'elle m'entraînait vers le self et me fourrait un plateau dans les mains.

— Ça va aller. Les top models aussi, il faut bien qu'ils mangent.

Bon, d'accord. Mais j'aurais préféré prendre un sandwich

et un paquet de chips à un distributeur, dans le hall. Tant pis pour le reflux gastrique. Tous ces regards qui convergeaient vers moi me gênaient, même si c'était uniquement pour voir ce que je choisirais parmi les plats proposés ce jour-là.

— Elle aime bien la terrine de tofu, ai-je entendu murmurer.

Et quelques secondes plus tard :

— Une pomme ! Elle a pris une pomme !

J'ai eu envie de jeter mon plateau et de m'enfuir en courant. Vite ! Sortir de cette salle, m'échapper de ce lycée et retourner à l'hôpital, où j'aurais fait irruption dans le bureau du Dr Holcombe en criant : « Donnez-moi un autre corps ! Je ne supporte pas celui-ci ! Je ne peux pas être Nikki Howard ! Je veux juste être quelqu'un de normal ! »

Mais je n'ai rien fait de tel. J'ai payé à la caisse et j'ai suivi Frida à sa table...

... où se trouvait toute l'équipe des cheer-leaders. Les conversations se sont arrêtées aussitôt. Je m'attendais à des réflexions du genre : « Hé ! C'est pas ta table ici ! Toi, tu vas te mettre avec les ringards, LÀ-BAS ! »

Mais non, bien sûr. Je n'étais plus Emerson Watts, la fille qui n'intéressait personne.

Nikki Howard, elle, était bien accueillie partout (sauf dans la salle d'informatique).

Une petite brunette a écarté son plateau.

— Viens ! Installe-toi ici ! Mets-toi à côté de moi !

Frida l'a tancée d'un regard sévère et s'est assise près d'elle.

— Arrête, Mackenzie ! Rappelle-toi ce que je t'ai dit.

Mackenzie est devenue rouge comme une tomate.

— Oui, oui... Ne pas la harceler. Pardon !

Les autres filles se sont serrées pour me faire de la place. Elles me souriaient, mais je me sentais quand même un peu mal à l'aise. Je n'arrivais pas à croire qu'on me laisse manger à une table de Morts-Vivants.

Pourtant, j'ai vite compris que notre table était maintenant *la* table que tout le monde convoitait. Frida avait à peine fini de faire les présentations (je n'ai retenu aucun nom) qu'une voix familière s'est exclamée :

— Ah ! Tu es là !

En me retournant, j'ai vu Whitney Robertson qui se dirigeait vers nous, son plateau (salade + Coca light) dans les mains. Derrière elle venaient Lindsey et quelques membres particulièrement influents des Morts-Vivants, parmi lesquels Jason Klein.

— Ouf ! Je t'ai cherchée partout ! a dit Whitney.

Et aussitôt, sans demander l'avis de personne, elle a joué des coudes pour se faire une place à notre table. Lindsey et Jason Klein se sont assis, comme elle, en bousculant les autres.

— Merci ! a lancé Whitney aux amies de Frida qu'elle venait de pousser de force. Alors, Nikki ? Tu es contente de ton premier jour avec nous ?

— Oui, Whitney. Elle est ravie, a répondu Frida.

Visiblement, ma petite sœur s'était désignée porte-parole officielle et en tirait un immense plaisir. C'est vrai qu'une élève de première année n'a pas tous les jours la chance de déjeuner à la même table que la fille la plus populaire du lycée.

— N'est-ce pas, Nikki ?

J'ai bu un peu de lait. (Eh oui, Nikki aime le lait. Écrémé. Elle souffre de reflux gastrique, pas d'une intolérance au lactose.)

— Oui, ai-je répondu après avoir avalé ma gorgée.

— Quand on est sorties du cours d'expression orale…, a commencé Whitney.

Puis elle s'est adressée à toute la tablée :

— Parce que, Nikki et moi, on est ensemble en expression orale…

— Moi aussi ! s'est écriée Lindsey. Et je suis aussi avec Nikki en espagnol ! En plus, j'ai commandé un sac Marc Jacobs. Je suis sur une liste d'attente…

— Bref, a continué Whitney en n'accordant aucune attention à Lindsey, je lui ai dit qu'on était très fiers qu'elle nous ait choisis, nous, parmi tous les lycées de New York. Hein, Nikki ?

— Oui, ai-je fait en piquant ma fourchette dans la salade qui accompagnait la terrine de tofu (c'était délicieux, pas du tout le goût de carton auquel je m'attendais).

Whitney poursuivait son petit discours :

— Dommage qu'on ne nous ait pas prévenues plus tôt de son arrivée. Quand même ! On aurait pu mieux l'accueillir.

Toutes les filles ont acquiescé. Jason, lui, gardait les yeux fixés sur ma poitrine. Je ne plaisante pas.

— Merci, ai-je répondu. C'est gentil. Mais je me sens déjà très bien accueillie.

— En tout cas, a repris Whitney, je vais te procurer la liste de toutes les activités extrascolaires. Si jamais tu as envie de t'inscrire à l'un de nos clubs… Il y en a qui sont vraiment sympas. Par exemple, moi, je suis présidente du Club du bon esprit.

— Le Club du bon esprit ?

Je savais ce que c'était, évidemment. Je voulais juste voir comment elle décrirait ce que Christopher et moi avions surnommé le Club des sans-cervelle.

— On organise des actions et des événements pour renforcer l'esprit d'équipe dans notre lycée. Pour souder les élèves, quoi. Par exemple, des spectacles avant les rencontres sportives, des conférences sur la santé, des collectes de charité, des lotos, des kermesses...

— Des lotos, a lancé Lindsey.

Whitney l'a foudroyée du regard.

— Je l'ai déjà dit. Bref, l'idée c'est...

Elle a baissé la voix, comme si elle ne voulait pas être entendue par des oreilles indiscrètes.

— ... tu vois, il y a des gens ici qui méprisent le potentiel de ce lycée, en termes de carrière et de réussite sociale. Alors que notre Club, justement, c'est pour développer l'esprit d'initiative et la créativité... Ça fera bien dans notre dossier d'inscription, et on a plus de chances d'être accepté par les meilleures universités.

— Pourquoi tu chuchotes ? ai-je demandé.

Elle a jeté un regard tout autour et s'est rendu compte que les deux personnes visées – Emerson Watts et Christopher Maloney – ne pouvaient pas l'entendre.

— Oh, pour rien... C'est juste que certains élèves trouvent ridicule cette idée du bon esprit. Personnellement, je ne vois pas ce qu'il y a de risible à vouloir tirer le meilleur parti de notre expérience au lycée, parce que, pour moi, ce sont vraiment les plus belles années de ma vie !

Sans blague ? Moi, si c'était ça, mes meilleures années – en tout cas jusqu'à aujourd'hui –, j'allais vraiment avoir une vie pourrie.

— C'est super intéressant, ai-je commenté sans trop d'enthousiasme.

Jason Klein s'est penché en avant en s'appuyant sur ses biceps énormes – et répugnants, si vous voulez mon avis –, qui débordaient de sa chemise rose à manches courtes.

— Bon, on a assez parlé du lycée, a-t-il marmonné. Dans quelles boîtes branchées tu peux nous faire entrer ?

— Jason !

Whitney lui a donné une tape sur l'épaule en gloussant.

— Ne l'écoute pas, a-t-elle ajouté à mon intention. Il est vraiment lourd !

Jason ne s'est pas laissé démonter.

— Il paraît que tu étais à la *Cave*, hier. Tu peux nous introduire ?

— Je ne sais pas... Peut-être.

— Comment ça, peut-être ? Si on vient avec toi, on nous laissera entrer, oui ou non ?

— Ça dépend, ai-je répondu. Si c'est une soirée privée « goujats uniquement » ... oui, sans doute.

Whitney a lâché un petit cri étouffé. Lindsey est partie d'un immense éclat de rire.

Mais ce qui m'a le plus étonnée, c'est que presque toutes les cheer-leaders se sont tournées les unes vers les autres pour se taper dans la main. Apparemment, elles étaient ravies de voir Jason se prendre une veste. Et, brusquement, je me suis dit que j'avais peut-être mal jugé les amies de Frida – voire toutes les cheer-leaders du monde. En fait, elles étaient plutôt cool.

Frida m'a jeté un regard noir. J'ai haussé les épaules en articulant silencieusement : « Quoi ? » Franchement, je ne voyais pas ce que j'aurais pu répondre d'autre.

En tout cas, Jason ne s'est pas froissé.

— Bon, d'accord, a-t-il grommelé. J'ai compris. Je me tais.

Ce qui prouvait encore une fois qu'on ne vit pas de la même manière quand on a les traits d'un top model au lieu d'un visage normal. Si j'avais sorti une phrase pareille à Jason du temps où j'étais dans le corps d'Emerson Watts, mes journées au lycée seraient devenues un calvaire. Whitney, surtout, s'en serait chargée personnellement.

Mais on pardonnait tout à Nikki. D'ailleurs, Whitney s'est approchée de moi au moment où on rapportait nos plateaux, juste avant que la cloche sonne, et m'a glissé à voix basse pour me montrer qu'elle ne m'en voulait pas :

— Tu veux venir chez moi cet après-midi, après les cours ? Je pourrais t'aider à travailler... Tu dois être paniquée de voir tout ce que tu as à rattraper. En plus, ça fait un moment que tu as laissé tomber tes études...

— Merci, ai-je répondu. C'est vraiment gentil. Mais j'ai une séance photos.

Même si je n'avais pas eu de séance, je n'aurais jamais gaspillé mon précieux temps libre avec Whitney ! Pour qu'elle m'apprenne à mal calculer l'aire d'un triangle, sûrement pas. Ni pour essayer sa palette d'ombres à paupières ou me livrer à je ne sais quelle activité que les Morts-Vivants affectionnent.

Mais, quand j'ai vu la déception se peindre sur son visage, j'ai eu un peu honte et j'ai ajouté en souriant :

— Une autre fois, d'accord ?

Whitney a souri à son tour.

— Super ! Bon, alors… Arrivederci !

Hein ? « Arrivederci ! » Non mais vous le croyez ?

Si j'avais eu Cosy avec moi, je l'aurais pris à part pour lui dire : « Tu vois, mon chien ? L'école, c'est vraiment un endroit cosmopolite. »

Moi, je n'avais jamais voyagé, tandis que Nikki Howard avait dû croiser toutes sortes de gens.

Sauf ceux que, moi, je voulais retrouver.

22

Ma séance photos commandée par *Elle* m'a paru beaucoup plus facile que l'épreuve de la veille pour *Vanity Fair*. D'abord, parce que j'avais déjà une petite idée de ce qu'on attendait de moi. Et puis parce qu'on ne m'a pas obligée à me coller la poitrine contre quelqu'un ni à lui passer les bras autour du cou. Non, cette fois, j'étais seule.

N'allez pas croire que je n'ai pas souffert pour autant. J'ai dû travailler mon sourire, et surtout laisser l'habilleuse rajuster sans cesse le « drapé » de mes robes. Je vous jure que, toutes les deux minutes, une voix criait : « Stop ! Ne bouge plus ! » Et aussitôt elle se précipitait pour marquer un pli ou en défroisser un autre. C'était vraiment crispant.

Même si je ne m'intéresse pas particulièrement à la mode, je crois que je commence à comprendre. Pourquoi c'est aussi important pour certaines personnes, je veux dire, et pourquoi elles y trouvent autant d'attrait.

En fait, la mode, c'est assez marrant.

Incroyable, non ? Je reconnais qu'avant j'étais totalement « out ». S'habiller n'avait pour moi qu'une fonction utilitaire : ne pas rester nue et se protéger du froid.

Mais, au cours de cette séance photos, j'ai enfilé des robes tellement époustouflantes que même moi j'en suis restée béate d'admiration. Je me demandais d'ailleurs où on pouvait porter des tenues pareilles – avec des traînes, des décolletés plongeants, des dos-nus ouverts jusqu'aux reins et bordés de plumes d'autruche... À la cérémonie de remise des Oscars, peut-être.

Franchement, c'étaient de telles merveilles que j'ai voulu savoir le nom de leurs créateurs – ce qui a étonné tout le monde puisque j'étais censée reconnaître la griffe en un coup d'œil. Encore une fois, n'oubliez pas : pour tous les gens qui m'entouraient, j'étais et j'avais toujours été Nikki Howard.

Du coup, Kelly a dû rappeler à l'assistance que je m'étais blessée à la tête. Seule Vivian, la coiffeuse, s'en souvenait, car elle avait déjà remarqué ma cicatrice. Ils ont alors voulu me poser tout un tas de questions à propos de mon accident (je n'avais pas encore rencontré la journaliste qui devait m'interviewer et dont l'article accompagnerait la photo).

À leur tour, ils se sont ensuite fait un plaisir de me rafraîchir la mémoire. J'ai appris plein de choses sur les grands couturiers qui présentaient leurs modèles pour la séance photos. On m'a parlé surtout de ceux que Nikki préférait, et je dois avouer que c'était assez intéressant. Même ma mère aurait aimé entendre l'histoire de Miuccia Prada, féministe et diplômée de sciences politiques, qui, après avoir repris l'entreprise de maroquinerie familiale en 1978, a lancé la ligne Miu-Miu (son diminutif) de prêt-à-porter et est devenue l'une des femmes les plus puissantes d'Europe (d'après le *Wall Street Journal*), avec un chiffre d'affaires annuel estimé à 1,4 milliard de dollars.

Ou le parcours de Coco Chanel, créatrice de la célèbre

« petite robe noire », qui a fondé l'un des empires les plus influents du XXe siècle et laissé un héritage considérable à la mode.

Quoi qu'il en soit, toutes ces histoires me captivaient tellement qu'au bout d'un moment je n'ai plus pensé à Christopher. Il faut dire aussi que j'ai eu droit à un sermon du maquilleur, qui ne s'est pas gêné pour m'incendier parce que j'avais des cernes et que je devais absolument me coucher tôt. Le fait que ma mère n'arrête pas d'appeler a sans doute joué également. Le problème, c'est que je ne pouvais pas vraiment décrocher. C'est vrai, quoi. Ça ne se fait pas d'interrompre une séance photos pour répondre à sa mère, sans compter que mon employeur le saurait immédiatement (bon, d'accord, probablement, s'il se servait du portable qu'il m'avait donné pour m'espionner). Et enfin, pour couronner le tout, j'ai failli m'évanouir plusieurs fois à cause des corsets. Ils me serraient tellement que je pouvais à peine bouger ou respirer.

À vrai dire, je ne sais pas comment Nikki réussissait à supporter tout ça. J'étais censée avoir le regard perdu dans le lointain, comme si je contemplais une étoile dans le ciel (dans le cas présent, le plafond où la peinture s'écaillait), alors qu'en réalité j'essayais de ne pas penser que j'étouffais, que mes pieds me faisaient mal, que j'étais atrocement fatiguée...

... que... ah oui, que j'avais donné de moi l'image d'une alcoolique parce que mon prétendu petit ami m'avait portée pour sortir de la *Cave*, et que le garçon qui me plaisait vraiment me croyait morte.

Non seulement je ne pouvais pas lui dire la vérité, mais en plus il n'était même pas impressionné par mon nouveau corps. En fait, c'était sans doute le seul garçon sur la planète à qui je ne faisais aucun effet.

Comment voulez-vous garder un visage détendu et serein avec autant de pensées qui vous tournent dans la tête ? Franchement, ce n'est pas facile d'être mannequin. Je dirais même que c'est très éprouvant. Il faut jouer un rôle, être actrice, et faire semblant de nager en plein bonheur alors qu'on souffre de partout... y compris d'un chagrin d'amour.

Enfin, dans mon cas.

J'étais véritablement épuisée et sur le point de m'écrouler quand Veronica, la directrice artistique, a déclaré :

— C'est bon pour nous, Nikki. Tu peux y aller.

J'ai failli déchirer la robe du grand couturier pour en sortir plus vite, tellement j'avais hâte de m'échapper de cet endroit.

— Tu as ta séance photos pour *Vogue* demain après-midi à trois heures, m'a rappelé Kelly à la porte pendant que je courais déjà vers la limousine.

— Oui, oui ! ai-je lancé par-dessus mon épaule.

— Et ne sors pas ce soir, m'a-t-elle encore crié au moment où je m'effondrais sur la banquette arrière de la voiture. Il faut que tu dormes davantage ! Tu n'avais pas bonne mine aujourd'hui.

— Promis !

Et j'ai claqué la portière. Enfin ! Il ne me restait plus beaucoup de temps.

— J'ai une course à faire avant de rentrer au loft, ai-je annoncé au chauffeur. Emmenez-moi au magasin d'informatique de Prince Street.

Il m'a jeté un regard décontenancé dans le rétroviseur.

— Il est presque huit heures, Miss Howard.

— Je sais. Ça reste ouvert tard le jeudi.

Je me suis laissée aller en arrière et j'ai regardé les rues de New York qui défilaient par la vitre. Pendant la séance photos, alors que je contemplais « une étoile dans le ciel », je m'étais rendu compte que je ne pouvais pas apporter le portable rose de Nikki Howard au lycée le lendemain pour que Christopher m'installe mon adresse mail. D'abord parce que j'aurais trop la honte. C'est vrai, quoi. Un ordinateur rose ! Et ensuite, comment être sûre qu'il ne restait pas un logiciel espion à l'intérieur, programmé par les magasins Stark pour surveiller toute mon activité en ligne ? Non. Il m'en fallait un autre, tout neuf et pas de la marque Stark. Ainsi qu'un nouveau téléphone pour appeler mes parents.

J'allais m'en occuper tout de suite, grâce à la carte Platinum American Express de Nikki Howard.

Je n'ai pas tardé à m'apercevoir qu'il y avait quand même des avantages à être riche et célèbre.

Surtout quand une énorme affiche montre votre visage sur la façade du Stark Megastore à une cinquantaine de mètres du magasin d'informatique, et que tout le monde vous reconnaît dès que vous franchissez la porte.

Malgré l'heure tardive, il y avait la queue. Mais, quand on est Nikki Howard, on a droit à un traitement spécial.

À peine avais-je fait trois pas dans la boutique – et remarqué le brouhaha qui s'élève chaque fois que j'arrive quelque part – qu'un vendeur est venu me proposer son aide.

Et aussitôt il est allé chercher ce que je lui demandais.

Le plus souvent, incarner Nikki me paraissait très pénible, mais je dois dire que dans certaines occasions, c'était carrément top. Dix minutes plus tard (le temps de signer quatorze autographes), je ressortais avec mon ordinateur tout neuf et mon téléphone.

Et là, pendant que j'attendais la limousine (le chauffeur faisait le tour du pâté d'immeubles parce qu'on ne pouvait pas stationner à cet endroit), j'ai entendu une voix derrière moi.

— Nikki ?

Je me suis retournée, m'attendant à être assaillie par un autre chasseur d'autographes…

… et je me suis retrouvée nez à nez avec Gabriel Luna.

Il avait l'air aussi étonné que moi.

— Tu me suis à la trace ou quoi ? a-t-il demandé avec son accent adorable, mais, à son sourire, j'ai vu qu'il plaisantait.

— C'est plutôt moi qui devrais penser ça, ai-je répliqué. Qu'est-ce que tu fais ici ?

— J'habite un peu plus loin dans la rue. Moi aussi, je pourrais te poser la question, mais je connais déjà la réponse…

Très galant comme à son habitude, il m'a délestée de l'énorme carton que je tenais dans les bras.

— Laisse-moi t'aider… Tu cherches un taxi ? Je te préviens, tu n'en trouveras jamais un de libre à cette heure-ci.

— Non, je suis en voiture. Le chauffeur est en train de faire le tour.

— Ah bon.

Gabriel a marqué une pause, puis a dit :

— Alors ? Tu t'es remise d'hier soir ?

En un flash, j'ai revu la scène dont il avait été témoin, et j'ai pris mon air le plus digne pour déclarer :

— Écoute, Gabriel... Sache que je ne bois pas. C'est la vérité. Tu peux interroger les barmans, ou bien... fais-toi servir un Spécial Nikki la prochaine fois que tu vas à la *Cave*.

— Un quoi ?

— Un Spécial Nikki. C'est de l'eau avec du jus d'orange. Mais, pour en revenir à ce qui s'est passé hier, c'est moi qui essayais de faire sortir Brandon. D'ailleurs, lui et moi... on est seulement amis.

Gabriel a eu l'air tout désorienté.

— Ah bon. D'accord...

— Je ne suis pas celle que tu crois, Gabriel.

J'ai vu les phares de la limousine approcher. Le chauffeur était bloqué par la circulation, mais dans quelques minutes il s'arrêterait devant moi. Et je tenais absolument à dire quelque chose qui me soulagerait d'un immense poids.

— Moi, le soir, j'aime bien jouer à des jeux vidéo. Je n'avais aucune envie de sortir, hier. J'ai accepté uniquement parce que Lulu avait organisé une petite fête au loft et qu'elle a été vraiment gentille avec moi. Je ne voulais pas lui faire de peine. Mais là, tu vois, je vais rentrer et faire mes devoirs. Ça ne m'intéresse pas de mener une vie de patachon. Sincèrement.

— Excuse-moi, a dit Gabriel, très calme. Je ne suis pas toujours très délicat. C'est juste que... Par exemple, les filles qui t'ont assaillie l'autre jour, devant ton immeuble... Elles sont tellement jeunes ! Et toi, tu es leur idole. Je ne sais pas si tu en as conscience.

— Si, j'en suis très consciente.

La limousine n'avait pas avancé d'un pouce. Bientôt, je serais bien embarrassée pour trouver un sujet de conversation...

Une pensée m'a soudain traversé l'esprit.

— Mais au fait, ai-je demandé en lui jetant un regard soupçonneux. Qu'est-ce que tu faisais à la *Cave*, toi, à deux heures du matin ?

Pour le coup, c'est lui qui a eu l'air gêné.

— Oh... J'apportais au DJ un enregistrement d'une chanson que je viens d'écrire. Je voulais savoir ce qu'il en pensait, pour danser.

— Et alors ? Elle lui a plu ?

À cause de la lueur projetée sur son visage par la vitrine du magasin informatique, j'ai pu me tromper. Mais j'ai eu l'impression qu'il rougissait.

— Oui, beaucoup. Il l'a passée immédiatement et tout le monde a adoré.

À ce moment-là, la limousine s'est arrêtée le long du trottoir. Enfin ! Le chauffeur est descendu aussitôt.

— Je suis désolé, Miss Howard. Il y a une circulation épouvantable...

— Ce n'est pas grave. Vous pouvez m'aider ?

J'ai repris le gros carton à Gabriel et je l'ai fourré dans les bras du chauffeur, qui l'a chargé dans le coffre.

— Bon..., ai-je fait en me tournant vers Gabriel. Ma voiture est là.

— Oui, je vois.

Il a haussé les sourcils, étonné sans doute par la luxueuse limousine noire. Laquelle avait attiré l'attention des passants. Certains s'étaient même arrêtés et, donnant libre cours à leur curiosité, me dévisageaient sans la moindre retenue.

— Je te dois un ascenseur, ai-je dit à Gabriel en faisant allusion au jour où j'étais montée à l'arrière de sa Vespa. Je peux te déposer quelque part...

— Non merci, a-t-il répondu avec un drôle de petit sourire. Pas ce soir... Mais une autre fois, avec plaisir.

Me prenant totalement de court, il s'est alors penché vers moi et m'a embrassée – sur les lèvres, un baiser fugace et très léger. Puis il a murmuré à mon oreille :

— Tu ne me demandes pas quel est le titre de ma nouvelle chanson ?

— C'est quoi le titre de ta nouvelle chanson ? ai-je dit bêtement.

J'étais paralysée, alors qu'il ne me touchait même pas !

— « Nikki ».

Et il s'est détourné. Une seconde plus tard, il avait disparu parmi la foule qui s'était amassée sur le trottoir pour me regarder, debout à côté de la grosse limousine noire.

23

Quand la limousine m'a déposée devant l'immeuble, Karl est aussitôt venu m'accueillir. Il a porté mon carton jusqu'à l'ascenseur, puis le liftier a appuyé sur le bouton du dernier étage. Je m'attendais à trouver le loft vide, vu qu'il était plus de neuf heures. Lulu devait être partie s'amuser quelque part, à sa manière…

Vous imaginez donc ma surprise quand, en sortant de l'ascenseur, je l'ai entendue crier :

— Nikki !

La voix provenait d'une forme blanche indistincte, étendue sur une table de massage en plein milieu du salon. Couverte – en partie – par un drap, Lulu se faisait masser les épaules par une femme au visage sévère.

— C'est moi…, ai-je seulement trouvé à dire.

— Salut ! a répondu Lulu en levant la tête. Ah oui, au fait… Nikki, je te présente notre aide-ménagère, Katerina. Elle sait faire des massages, aussi… Katerina, la fille que vous voyez là n'est pas Nikki. On dirait que c'est elle, mais en fait non. Elle a échangé son esprit et elle est devenue quelqu'un d'autre. Mais vous pouvez quand même l'appeler Nikki.

Katerina a arrêté son massage pour me dévisager.

— Comment ? Ce n'est pas Miss Nikki ? a-t-elle demandé avec un fort accent étranger.

— Non, a expliqué Lulu. Enfin, si. Quoique, en même temps... non.

Tout s'embrouillait vraiment dans sa tête !

— Mais si, Lulu ! me suis-je exclamée. Évidemment que c'est moi ! Je ne me souviens de personne, c'est tout. Parce que je suis amnésique, tu te rappelles ? Bonjour, Katerina.

Katerina me regardait toujours fixement. Puis elle a haussé les épaules et a repris son massage.

— De toute façon, moi, ça fait longtemps que je ne comprends plus rien à vos histoires...

— Je sais que c'est ton tour d'être massée aujourd'hui, a dit Lulu en reposant sa tête sur la table. Mais j'ai eu un rendez-vous avec ma future maison de disques, et je n'en pouvais plus ! Ils veulent que j'intègre à l'album deux chansons de Lindsay Lohan. N'importe quoi ! En plus, je tiens une de ces casquettes à cause d'hier soir ! J'ai dû boire au moins quinze mojitos ! Alors je me suis dit qu'il n'y avait que Katerina pour me remettre d'équerre... Ah oui, avant que j'oublie... Brandon n'a pas arrêté d'appeler ici toute la journée, vu que tu avais éteint ton téléphone et qu'il tombait à chaque fois sur ta messagerie. Qu'est-ce que tu fabriques ? Allume ton portable, quand même ! Bref, il est désolé pour hier et il veut nous emmener dans les îles Grenadines ce week-end avec le jet de son père ! Pour proposer ça, tu peux être sûre qu'il se sent vraiment coupable... Sinon, j'ai dû enfermer Cosy dans ma chambre. Il n'arrêtait pas de me coller et de sauter partout ! J'ai failli devenir dingue...

J'ai posé mon carton et je me suis dirigée vers la chambre de Lulu. Quand j'ai ouvert la porte, Cosabella s'est aussitôt rué sur moi. Il bondissait de joie en jappant et en sortant sa petite langue rose. Je l'ai pris dans mes bras et je suis allée m'asseoir sur le canapé en le tenant contre moi pendant qu'il me léchait le visage.

Lulu a redressé la tête pour me parler encore.

— Il a déjà fait sa promenade. C'est Karl qui l'a emmené. Moi, je lui ai donné à manger. Oh là là ! Mais qu'est-ce que je vois sur ton visage ?

— Quoi ? Où ça ? ai-je demandé tout en caressant Cosabella.

Lulu a sauté d'un bond de la table de massage, à moitié enveloppée dans le drap, puis elle a foncé vers moi et m'a griffé la joue avec son ongle.

— Aïe ! ai-je fait en me reculant. (Elle était complètement folle ou quoi ?)

Lulu a examiné son ongle.

— J'en étais sûre ! Tu as la peau qui se desquame parce qu'elle est trop sèche… Qu'est-ce que tu te mets comme crème en ce moment ?

— Ce n'est pas une raison pour me *griffer* ! Tu m'as fait mal !

— Qu'est-ce-que-tu-te-mets-comme-crème ? a répété Lulu en détachant chaque syllabe et en pointant sur moi un doigt accusateur.

— Mais rien ! Je me lave avec du savon, c'est tout.

Lulu a eu l'air horrifié.

— Avec du savon ? Tu te nettoies le visage avec DU SAVON ?

— Ben oui. Comme tout le monde !

Lulu a secoué la tête, accablée.

— Katerina ? a-t-elle lancé. Vous pouvez me passer mon

peignoir, s'il vous plaît ? Je dois m'occuper d'une affaire urgente.

Katerina a hoché la tête avec gravité et a apporté le peignoir. Elle l'a tenu pendant que Lulu l'enfilait en laissant tomber le drap à ses pieds.

— Lulu... Je ne sais pas ce que tu as en tête, mais je n'ai aucune envie que tu joues à l'esthéticienne. Je suis fatiguée ce soir, et je veux juste...

— Tu sais quoi ? a interrompu Lulu. Nikki Howard t'a donné son corps ! Tu dois le recevoir comme un CADEAU et le traiter avec tous les égards qu'il mérite.

— Mais je le traite bien ! ai-je protesté. Je bois du thé vert, je mange du tofu... De toute façon, j'ai mal au ventre dès que j'avale quoi que ce soit d'autre !

— Avec quoi tu te laves les cheveux ? a interrogé Lulu. Combien de temps tu laisses agir le soin revitalisant ? Et qu'est-ce que tu utilises comme crème exfoliante ? Non, ne réponds pas. Je sais : tu ne fais rien ! D'accord, Nikki Howard est très belle. Elle est née comme ça. Mais elle CULTIVE sa beauté, figure-toi. Au moyen d'un régime de soins très strict et quotidien. QUE TU NE RESPECTES PAS.

J'ai cherché Katerina des yeux pour implorer son aide, mais elle était passée de l'autre côté du salon et s'affairait avec la télécommande, laquelle contrôlait non seulement l'écran plat au-dessus de la cheminée mais aussi la cheminée (des fausses flammes se sont mises à danser dans l'âtre), les fenêtres (en verre teinté qu'on pouvait assombrir), la stéréo et jusqu'à la caméra de surveillance dans l'ascenseur... Katerina, donc, essayait de détendre l'atmosphère en réglant l'éclairage avec la télécommande.

— Écoute, Lulu… Avoir la peau sèche est le cadet de mes soucis en ce moment. D'accord ? Tu n'es peut-être pas au courant, mais quelqu'un nous espionne. Pas seulement moi. Toi aussi ! Ton ordinateur était truffé de logiciels espions. Sans vouloir t'inquiéter, je suis quasiment sûre que les magasins Stark sont derrière tout ça. Je n'ai aucune preuve, bien sûr… mais qui d'autre pourrait-on soupçonner ? Je nous ai débarrassées du problème temporairement, mais tu devrais quand même te racheter un ordinateur, et pas un modèle Stark. C'est ce que je viens de faire… En plus, comme si je n'avais pas déjà ma dose, Gabriel Luna… Tu te souviens ? Le garçon de la Vespa, celui qui chantait à l'inauguration du Stark Megastore quand… euh, quand a eu lieu l'échange des esprits ? Il a écrit une chanson sur moi. Alors que je ne suis même pas amoureuse de lui ! De toute façon, il me prend pour une droguée et une alcoolique. Mais le garçon qui m'intéresse, lui…

Brusquement, les larmes me sont montées au yeux.

— … celui-là, il ne m'a même pas regardée aujourd'hui au lycée. Tu te rends compte ? Alors la peau sèche, la peau grasse, pas de peau du tout… À quoi ça me sert, d'être belle ? Si le garçon qui m'attire ne me regarde même pas ?

Lulu a soupiré. Puis elle a lancé à Katerina :

— On a besoin de renfort.

Katerina a hoché la tête. Elle a posé la télécommande et sorti son téléphone portable. Et là, j'ai paniqué. J'ai attrapé un des coussins du canapé pour me l'écraser sur le visage.

— Non ! ai-je gémi. Je ne veux plus qu'on me touche ! *Non, non, non* !

Et à chaque « non », je frappais le coussin… Geste que le Dr Holcombe m'aurait sûrement déconseillé.

Lulu est venue m'enlever le coussin et s'est assise à côté de moi.

— Calme-toi... Katerina nous fait livrer des banana split de chez le glacier. C'est ça que j'appelle « le renfort ». On commande toujours des banana split quand on a un problème de garçons. Ce n'est pas très bon pour ton reflux, mais tu n'as qu'à prendre une de tes gélules avant de manger. Bon... Raconte-moi tout, maintenant. Les magasins Stark, Gabriel Luna... Quoi d'autre encore ? Un garçon qui ne te regarde pas ?

Et moi qui redoutais un soin de beauté quelconque, dans le genre gommage de la tête aux pieds ! J'ai tout repris à zéro pour Lulu : les ordinateurs trafiqués, Gabriel Luna, Christopher qui m'avait à peine parlé dans la salle d'informatique... Lulu m'a écoutée attentivement et, à la fin, elle a haussé les épaules.

— De toute façon, je ne me sers jamais de cet ordinateur, a-t-elle déclaré. Je l'ai acheté juste parce que je le trouvais joli. Donc, voilà déjà une chose de réglée ! Maintenant, en ce qui concerne Gabriel... C'est simple aussi. Il est amoureux de toi.

J'ai failli m'étrangler.

— Lulu ! Mais qu'est-ce que tu vas...

— Quant à l'autre... Comment il s'appelle ? Christopher. Ça me paraît très clair, à moi.

— Ah bon ?!

— Oui... Il a peur parce qu'il est énormément attiré par toi. Du coup, il se dissimule sous une carapace pour ne rien dévoiler.

— Il ne connaît même pas Nikki Howard. Comment pourrait-il être attiré par quelqu'un qu'il ne connaît pas ?

Lulu a posé ses petits pieds de poupée sur la table basse, et elle s'est renversée en arrière dans le canapé en levant les yeux aux plafond.

— Je rêve ! Il faut que je te réexplique tout depuis le début ! On a déjà eu cette conversation le mois dernier. Oui, il y a pile un mois. Et c'est parti en fumée, à cause de l'échange d'esprits ! Bon... Cette fois, tu écoutes bien, d'accord ? Avec les garçons, il n'y a que trois possibilités.

Elle a levé trois doigts d'une main, pour les abaisser l'un après l'autre à mesure qu'elle avançait dans son énumération.

— *Soit* ils nous aiment, et ils nous le montrent en écrivant une chanson, comme Gabriel, ou en nous proposant de sortir quelque part. Dans ce cas-là, c'est parfait, on s'amuse bien, etc. *Soit* ils nous aiment mais ils ont peur de l'amour qu'ils éprouvent, comme ton Christopher, parce que c'est un sentiment trop fort, trop intense. Alors ils se le cachent à eux-mêmes, ils nous ignorent ou ils se comportent comme des imbéciles. Du genre, ils se moquent de nous parce qu'ils ne savent pas comment entrer en contact autrement, vu que ce sont de gros bébés et qu'ils sont trop timides pour écrire une chanson, par exemple. *Soit* ils changent en cours de route. Au début, ils sont gentils et super tendres, et après ils nous trompent avec d'autres filles, comme Justin Bay. Mais, puisqu'on ne comprendra jamais leurs raisons, et eux non plus, ce n'est pas la peine de se prendre la tête. D'accord ? Tu as compris ? C'est tout ce qu'il y a à savoir.

Lulu a abaissé sa main.

— Tu as des questions ?

Elle semblait tout à fait sérieuse. En même temps, avec

quelqu'un comme Lulu, on ne pouvait jamais savoir. J'ai donc voulu m'en assurer.

— Euh, oui… Est-ce que tu plaisantes, là ?

Lulu a soupiré.

— Bon. Je vois que le message n'est pas passé. Enfin, Nikki… Ta mère ne t'a pas appris ça ?

J'ai fait non de la tête.

— Euh… non. Elle ne m'a jamais parlé de…

— Oh là là ! s'est exclamée Lulu en levant encore les yeux au ciel. C'est quand même dingue ! Comment a-t-elle pu te laisser dans une telle ignorance ? C'est vraiment irresponsable de sa part ! Je ne comprends pas qu'une mère puisse lâcher sa fille comme ça, en sachant que tous les garçons vont lui tourner autour, sans l'avoir mise au courant de certaines réalités ! Tu n'as pas vu *Spider-Man* ? « De grands pouvoirs impliquent de grandes responsabilités. » Et nous, les femmes, parce qu'on est tellement belles… C'est à nous d'empêcher les garçons de tomber tous amoureux de nous. Pas vrai, Katerina ?

— Oui, a acquiescé Katerina avec un hochement de tête convaincu, tout en ramassant le drap de Lulu pour l'emporter dans la buanderie.

— Je suis sûre que la mère de Katerina lui a parlé aussi, a continué Lulu. Moi, la mienne m'a prise à part quand j'avais onze ans, et elle m'a dit : « Écoute-moi bien, Lulu. Tous les garçons hétéros que tu vas rencontrer tomberont fous amoureux de toi. Même certains gays, méfie-toi, parce que ça, c'est aller droit dans le mur… Bref. Ils ne l'admettront peut-être pas, mais moi je le sais. Donc c'est à toi d'agir comme une personne responsable. Tu ne dois pas les encourager – sauf celui que tu veux séduire. C'est cruel de jouer avec les sentiments des garçons. Parce qu'on a beau dire… Le sexe faible, en vérité, c'est l'homme. » Ta mère ne t'a jamais tenu ce discours ?

J'étais complètement ahurie. Dans le genre conseils de mère à fille, chez moi, c'était plutôt : « Ne sors jamais sans avoir assez d'argent sur toi pour rentrer en taxi » et « Si tu dois absolument coucher avec un garçon, exige qu'il mette un préservatif. »

— Ma mère a fait beaucoup d'erreurs dans sa vie, a continué Lulu. Par exemple, elle m'a inscrite à un cours de snow-board quand j'avais douze ans… Résultat, elle est partie avec mon moniteur ! Mais, à propos des garçons, elle avait raison. Tous les hétéros que j'ai rencontrés – et quelques gays aussi – sont tombés amoureux de moi. Au moins un petit peu. D'accord, ils ne m'ont pas tous demandé de les épouser… Mon moniteur de snow-board, par exemple, c'est avec ma mère qu'il s'est marié. Mais ils y ont tous pensé à un moment ou à un autre. Tu me diras, aucun n'est resté amoureux de moi. C'est parce qu'ils ont peur de l'amour qu'ils éprouvent pour moi. Je leur parais tellement incroyable qu'ils se sentent inférieurs et finissent par aller voir ailleurs… comme Justin.

Voyant que je la dévisageais en silence, elle a précisé :

— Je ne plaisante pas ! Tu vas voir… Quand le livreur apportera les banana split, je te parie qu'il me demandera de sortir avec lui un soir.

Je ne savais vraiment pas quoi répondre à Lulu. Mais je ne voulais pas la vexer non plus.

— Merci pour le conseil, ai-je dit. Sauf que… Je ne doute pas que tous les garçons tombent amoureux de toi, mais je ne pourrais pas en dire autant pour moi. En tout cas, pas dans ma vie d'avant. Et, tu sais, la plupart des filles n'ont pas tous les garçons à leurs pieds. Maintenant que je suis Nikki, je vais devoir faire attention, mais...

Lulu a eu l'air scandalisée.

— Bien sûr que si, toutes les filles font tourner la tête des garçons ! Mais certaines font semblant de ne pas le savoir. Et ça s'appelle jouer avec le feu. Pas vrai, Katerina ?

Katerina était en train de replier la table de massage.

— Oh si, a-t-elle répondu d'une voix lasse. Il n'y a qu'à regarder mes ex-maris.

— Ah, tu vois ? m'a lancé Lulu, triomphante. Peu importe l'âge ou le physique – je ne dis pas ça pour vous, Katerina... Mais devant une fille, qu'on soit jolie ou pas, mince ou ronde, les garçons succombent forcément ! C'est comme ça. Même si, parfois, ils se comportent en crétins finis au lieu d'admettre qu'ils sont attirés...

Je ne sais pas pourquoi, à ce moment-là, j'ai pensé à Jason Klein.

— ... mais ce que disait ma mère est vrai, pour toutes les filles. C'est une grosse responsabilité, d'ailleurs. On doit toujours faire attention à ne pas leur briser le cœur. Parce que les hommes ont le cœur très fragile. Beaucoup plus que nous... N'est-ce pas, Katerina ?

— Beaucoup plus fragile, a confirmé Katerina en soulevant la table de massage dans ses bras puissants.

— Donc, pour en revenir à ton Christopher... À mon avis, il ne veut pas s'avouer qu'il t'aime parce qu'il a peur de ses propres sentiments. Ça arrive souvent. Maintenant, pourquoi aurait-il peur ? Tu as une idée, toi ?

J'ai baissé les yeux sur Cosabella, endormi sur mes

genoux. Comment m'étais-je laissé entraîner dans cette conversation sans queue ni tête ?

Pourtant, Lulu avait quelque chose de touchant – avec sa naïveté, sa gentillesse. J'aurais bien aimé adhérer à sa théorie. Je trouvais l'idée plutôt gratifiante, de quoi renforcer l'estime de soi chez n'importe quelle fille. Et qui sait ? C'était peut-être vrai. En tout cas, Lulu y croyait.

Tous les garçons tombaient sûrement amoureux d'elle. Au moins un peu.

Idem pour Nikki Howard... sauf le père de Brandon Stark.

Mais, en ce qui concernait Christopher... Qu'est-ce que Lulu comprendrait si je lui racontais notre entrevue au lycée ? C'était tellement bizarre !

— Je ne sais pas ce que Christopher éprouve..., ai-je commencé en hésitant. D'après ma sœur, il était peut-être amoureux de... euh, d'Emerson Watts. Tu sais, la fille sur qui est tombé l'écran pendant l'inauguration du Stark Megastore. Sauf qu'il en a pris conscience trop tard, une fois qu'elle était morte. Frida se trompe peut-être... En tout cas, ils étaient meilleurs amis tous les deux. Et, tu sais, il était là quand l'accident a eu lieu. Il l'a vue mourir sous ses yeux ! Ma sœur pense qu'il a le cœur brisé.

Il y a eu un silence. Puis Lulu a posé une main sur sa poitrine et m'a regardée avec ses yeux de biche emplis de larmes.

— Oh là là..., a-t-elle soufflé. Qu'est-ce que c'est romantique !

Elle s'est tournée vers Katerina.

— Hein, Katerina ? Vous ne trouvez pas que c'est incroyablement romantique ?

Katerina avait rangé la table de massage et nettoyait maintenant le réfrigérateur.

— Très romantique ! a-t-elle lancé par-dessus son épaule.

Lulu m'a pris la main.

— Écoute-moi... Tout n'est pas perdu. Le plus important, c'est que tu arrives à établir un contact. Montre-lui que tu comprends son chagrin. Que tu le partages avec lui.

— Mais Lulu... Comment puis-je faire ça ? Je suis une étrangère pour lui. Pire ! Je suis un top model, et pas n'importe lequel. L'égérie des magasins Stark, qui sont responsables de la mort de son amie et de tous les maux de la Terre ! Je représente tout ce que Christopher déteste. Lui et moi, on se moquait des Nikki Howard. S'il ne supporte pas ce que je suis, comment veux-tu que j'établisse un contact avec lui ? Non, je t'assure. C'est sans espoir.

— Il y a toujours de l'espoir, quand on aime, a déclaré Lulu en me serrant gentiment la main. Tu ne m'as pas écoutée ou quoi ? Laisse-lui un peu de temps... Il a un chagrin fou. Son cœur est déchiré... Il va falloir beaucoup d'amour et de patience pour le ramener parmi les vivants. Moi aussi, j'ai dû patienter avec toi, avant de pouvoir te retrouver... même si tu es devenue un peu bizarre.

Elle s'est reprise aussitôt :

— Bizarre, mais beaucoup plus sympa qu'avant.

J'ai soupiré.

— Oh, Lulu... Je voudrais bien te croire, mais... D'ailleurs, si ta mère avait raison et que de grands pouvoirs impliquent de grandes responsabilités, peut-être que la meilleure chose à faire pour Christopher serait de le laisser tranquille.

Lulu a plongé son regard dans le mien.

— Qu'est-ce que te dit ton cœur, Nikki ?

Les larmes me sont montées aux yeux. Parce que je me rappelais les paroles de M. Phillips, dans le bureau du Dr Holcombe : « Comment définit-on l'identité ? Réside-t-elle dans l'âme ? Ou dans le cerveau ? Ou dans le cœur et le corps physique ? Le cerveau de Nikki Howard, il est vrai, ne fonctionne plus. Mais son cœur continue de battre. »

Ce jour-là, j'avais posé ma main sur le cœur de Nikki Howard et j'en avais perçu les battements. Quelle étrange impression. Je m'étais demandé si ce cœur me semblerait un jour être le mien.

Oui, ai-je pensé maintenant. Ce cœur qui me faisait tellement mal ne pouvait être que le mien. Parce que je le sentais…

… se briser.

— Mon cœur me dit que j'aime Christopher, ai-je gémi. Mais ça ne marchera pas, Lulu. On ne sera plus jamais amis comme avant… sans parler de devenir autre chose.

La sonnerie de l'interphone nous a fait sursauter toutes les deux.

— J'y vais, a dit Katerina en se dirigeant vers la porte.

Lulu m'a encore serré la main.

— Et moi, je te promets que tout n'est pas perdu ! Écoute… Si le livreur me propose de sortir avec lui un soir, est-ce que tu me croiras ?

J'ai dégagé ma main pour essuyer mes larmes.

— Lulu… Tu es en peignoir et en chaussons. Le livreur ne…

— Il va me proposer de sortir avec lui ! Je te répète que les femmes ont un immense pouvoir. À nous d'être conscientes de nos responsabilités… Ce que je vais faire là n'est pas bien, parce que je n'ai même pas envie de sortir avec quelqu'un, vu que je viens de casser avec Justin. En plus, il faut que je demande à mon astrologue de quel signe devra être mon prochain amoureux. Mais je veux juste te prouver que j'ai raison. Et après, tu me croiras ?

J'ai ri, un peu nerveusement.

— D'accord.

Les portes de l'ascenseur se sont ouvertes, et le livreur – qui ne se doutait de rien – est sorti avec un sac en plastique à la main.

— Ça vous fera onze dollars cinquante, a-t-il annoncé à Katerina en lui tendant le sac.

— Pas pour moi, a répondu Katerina avec un geste en direction de Lulu. C'est elle qui paie.

Lulu s'est levée. Elle a resserré la ceinture de son peignoir et s'est avancée vers le livreur. J'avoue que je n'ai remarqué aucun changement chez elle... sauf un sourire sur son visage, à tomber par terre !

Et les yeux du livreur ont brillé d'un éclat plus vif.

— Bonsoir ! a lancé Lulu. Onze dollars cinquante, c'est ça ? Une seconde, j'attrape mon porte-monnaie... Oh là là, mais vous êtes trempé ! Il pleut dehors ? Vous voulez une serviette ? Attendez, je vais vous en chercher une... On dirait qu'il fait plus froid aujourd'hui, non ? Je ne voudrais pas que vous attrapiez mal. Parce que vous ne pourriez plus m'apporter mes banana split ! Et j'adore ça, moi, les banana split ! Tenez, voilà vingt dollars. Gardez la monnaie... Et une serviette toute chaude ! Comment vous vous appelez ?

— Roy, a répondu le livreur, un peu ahuri, tout en s'essuyant le visage avec la serviette.

— Roy ? Quel beau prénom ! C'est hongrois, non ?

Le livreur n'en revenait pas.

— Je ne sais pas... Et vous ? Vous vous appelez comment ?

— Moi, c'est Lulu. L-U-L-U.

— Ça aussi, c'est un joli prénom, a répondu le livreur, manifestement à court d'imagination. Dites, Lulu... Ça vous dirait de sortir avec moi, un de ces soirs ?

J'en suis restée bouche bée.

— Eh bien... Avec plaisir ! s'est exclamée Lulu. Mais seulement si je peux venir avec mon mari.

— Avec votre mari ?

Voyant le pauvre garçon tout déboussolé, le liftier qui attendait dans l'ascenseur a marmonné :

— On y va...

— Au revoir, Roy ! a lancé Lulu en lui adressant un petit signe de la main. N'attrapez pas froid !

Les portes de l'ascenseur se sont refermées sur le visage décomposé du livreur. Aussitôt, Lulu s'est tournée vers moi et a esquissé quelques pas de danse.

— Alors ? Qu'est-ce que je t'avais dit ?

J'étais complètement abasourdie. Vraiment, je n'en croyais pas mes yeux.

— C'est dingue ! Mais comment tu as fait ? Et en peignoir, en plus ! Sans décolleté ni rien !

— J'ai juste été gentille avec lui. Ce qui compte, c'est le charme et l'assurance. Voilà ce que j'essayais de t'expliquer. Peu importe comment on est habillé, tout le monde peut y arriver !

Elle s'est dirigée vers l'îlot central de la cuisine – où

Katerina avait sorti les banana split du sac – et a pris place sur un tabouret.

— Pas moi, ai-je dit en me levant pour la rejoindre. Je n'ai pas autant d'assurance, justement.

Lulu a plongé une cuillère en plastique dans sa coupe glacée.

— Mais si, Nikki ! Tu faisais ça tout le temps, avant l'échange d'esprits ! Même par pure méchanceté, parfois. D'ailleurs, c'est pour cette raison que je t'ai sorti mon discours sur les grands pouvoirs et les grandes responsabilités... Alors, tu peux y arriver aussi avec ton Christopher. Je te jure, c'est facile ! Il faut juste que tu aies confiance en toi. Et que tu réussisses à établir un contact, comme je te l'ai expliqué tout à l'heure.

— D'accord, ai-je soupiré. Je vais essayer.

Lulu s'est mise à rire et m'a lancé un peu de glace en se servant de sa cuillère comme d'une catapulte. Mais elle a manqué sa cible, pour le plus grand bonheur de Cosabella, qui s'est jeté sur cette gâterie inespérée au pied de mon tabouret.

— Hé ! Ça va pas, non ? ai-je protesté.

Lulu a ri de plus belle.

— Quand je pense que tu es amoureuse d'un garçon de ta classe !

À mon tour, je l'ai visée avec ma cuillère remplie de glace.

— Quand je pense que tu crois aux échanges d'esprits !

Ma glace a atterri de l'autre côté de la cuisine et Cosabella s'est précipité en aboyant.

Lulu a attrapé entre deux doigts la cerise confite qui décorait sa coupe, l'a placée dans sa cuillère...

— J'y crois parce que j'en ai un sous les yeux ! a-t-elle répliqué avant de tirer.

La cerise s'est écrasée contre l'immense fenêtre, derrière moi, et a glissé lentement sur la vitre. Cosabella l'attendait en bas avec force aboiements.

— Doucement, les filles ! a grondé Katerina. Je viens de faire le ménage, moi. Si vous n'arrêtez pas tout de suite, plus de massages !

On s'est excusées auprès de Katerina comme des gamines qui ont fait un mauvais coup. Et, après avoir mangé nos glaces, on a tout nettoyé pour laisser la cuisine dans un état irréprochable.

24

Le lendemain, je suis allée à la salle d'informatique avant le premier cours de la matinée. Christopher était là. Seul.

Bien sûr, j'aurais pu attendre l'heure du déjeuner pour lui apporter mon nouvel ordinateur. Mais je savais que je ne tiendrais jamais jusque-là. Quand on doit établir un contact avec quelqu'un, il faut le faire le plus vite possible, sinon on risque de perdre courage.

Et je n'avais qu'un seul moyen d'agir.

J'ai toussoté à la porte, discrètement, pour ne pas le faire sursauter (il jouait à *Madden NFL*, je m'en suis aperçue après).

— Hmm... Salut.

Il a pivoté sur son fauteuil et m'a dévisagée fixement. Lulu m'avait aidée à choisir mes vêtements – même si je commençais à faire des progrès et que je pouvais presque me débrouiller toute seule. Bref, j'avais opté pour un jean slim, des ballerines en velours, une veste en daim marron et tellement de colliers autour du cou que je m'entendais cliqueter quand je marchais. Lulu voulait compléter le tout par un béret, mais j'avais refusé. Il ne fallait pas exagérer quand même ! En tout cas, je me sentais assez fière de la liberté que je m'octroyais avec mon image (celle de Nikki, je veux dire).

— Salut, a répondu Christopher, l'air assez indifférent.

Il portait une chemise polo à manches courtes, comme la veille, mais de couleur grise cette fois. Ses cheveux étaient encore humides après la douche du matin.

Mon Dieu, qu'il était beau !

— J'ai apporté mon ordinateur, ai-je dit en sortant mon portable blanc de mon sac Marc Jacobs. Tu as le temps de me créer une adresse mail ?

Christopher a regardé la pendule au mur. Le cours d'expression orale commençait dans un quart d'heure.

— Passe-le-moi, a-t-il répondu sèchement.

Bien... S'il était « amoureux mais refusait de se l'avouer », comme le prétendait Lulu, je dois dire que son refus me semblait franchement catégorique. Si seulement je pouvais parler de tout et de n'importe quoi, comme Lulu, pour le mettre à l'aise. Elle maniait l'art de la conversation avec une telle aisance, alors que moi j'étais affreusement maladroite... Normal, me direz-vous, pour une ado garçon manqué, mal dans sa peau, dont on a greffé le cerveau dans le corps d'un top model.

Je lui ai tendu mon portable et je me suis assise à côté de lui. Il n'a fait aucun commentaire en l'ouvrant – même s'il a sûrement remarqué que c'était un ordinateur tout neuf – et a laissé ses doigts courir sur le clavier.

J'ai essayé de me rappeler les recommandations de Lulu. Avoir confiance en soi et... quoi, déjà ? Ah oui. Établir un contact.

D'accord, mais comment ? Qu'est-ce que Christopher et Nikki Howard pouvaient bien avoir en commun ? Rien. Sauf qu'ils étaient tous les deux élèves du lycée de Tribeca.

À part ça... *Journeyquest*. Mais oui, bien sûr !

— Au fait, dans *Journeyquest*... À quel niveau tu es arrivé, toi ? ai-je demandé.

La réponse est tombée comme un couperet.

— Quarante-huit.

— Menteur ! me suis-je exclamée sans réfléchir.

Christopher m'a jeté un regard étonné.

— Quoi ?

— Ce n'est pas possible que tu aies dépassé le niveau quarante-six ! ai-je continué en oubliant complètement que je n'étais pas censée connaître cette information. Comment as-tu fait pour franchir le gouffre des Dragons ?

Chaque fois qu'on s'en approchait, de quelque direction que ce soit, les dragons du niveau quarante-six réduisaient nos personnages en cendres. On avait passé des heures sur Internet à chercher des astuces et des tuyaux... Rien à faire.

Quand Christopher m'a répondu, pour la première fois j'ai eu l'impression qu'il me *voyait* enfin.

— J'ai utilisé les runes d'Al-Cragen, a-t-il expliqué.

Cette fois, c'est moi qui ai ouvert de grands yeux.

— Les runes ? Non ! Oh là là ! Mais pourquoi je n'y ai jamais pensé ? Tu as lancé les runes...

— ... et les dragons se sont terrés au fond du gouffre.

À présent, Christopher me dévisageait ouvertement. Pas moi, Emerson. Bien sûr que non. Il aurait fallu être fou pour penser qu'Emerson Watts habitait le corps de Nikki Howard ! Mais, visiblement, il trouvait Nikki bizarre.

— Comment s'appelait ton personnage ? a-t-il demandé. Je t'ai peut-être croisée en ligne.

Zut ! Impossible de lui répondre sans me trahir !

Mais je ne pouvais pas non plus donner un faux nom, parce qu'il lui serait facile de vérifier.

— Oh, je n'ai pas joué en ligne depuis super longtemps. Mais ça m'étonnerait que tu m'aies rencontrée, parce que je me connecte surtout la nuit… Et, de toute façon, je ne m'en souviens pas.

Je me suis tapoté le front.

— Tu sais… à cause de l'amnésie.

Il m'a regardée d'un air sceptique, puis a reporté son attention sur l'écran de mon ordinateur.

— Ah oui…

Mais, brusquement, il s'est tourné vers moi. Le regard qu'il m'a lancé m'a alors fait l'effet d'un verre d'eau glacée en pleine figure.

— *Pourtant, tu te souviens que tu jouais* ? a-t-il dit.

Oh non ! Quelle idiote !

— Euh oui…, ai-je bredouillé. Je… je me rappelle certaines choses… mais pas d'autres… Par exemple…

Et là, c'est sorti tout seul. Je ne sais pas pourquoi. Je m'aventurais en terrain dangereux…

C'était exactement le genre de situation que les magasins Stark redoutaient ! Voilà pourquoi ils avaient infiltré les ordinateurs de Nikki et de Lulu avec des logiciels espions. Et fourni un téléphone portable à tous les membres de ma famille. Pour s'assurer que le secret concernant mon opération ne sortirait pas de notre minuscule boîte de Pandore.

Mais les mots que je m'apprêtais à prononcer, je n'allais pas les taper sur les touches d'un clavier, ni les confier à un portable de la marque Stark.

— Je me souviens de toi, ai-je murmuré.

Mon cœur s'est mis à cogner dans ma poitrine. Trop tard.

Je ne pouvais pas me taire. On aurait dit que ma bouche parlait toute seule.

Lulu m'avait conseillé d'établir un contact. Un contact d'un autre genre peut-être, mais tant pis. Je devais saisir celui qui se présentait.

— Le jour de l'inauguration du Stark Megastore, ai-je continué.

Il ne s'est rien passé. Pas d'hommes en noir qui enfonçaient la porte… Pas de fusils tirant en rafales à travers le plafond.

Il n'y avait aucune menace.

Christopher me regardait sans rien dire, de ses yeux bleus – si différents de ceux de Gabriel – aux iris cerclés de vert et frangés d'épais cils noirs. Des yeux immenses qui semblaient ne pas comprendre.

Cela dit, moi-même, je ne savais pas du tout où j'allais aboutir.

« Tais-toi, Em », ordonnait mon cerveau à ma bouche. Ou plutôt à la bouche de Nikki. « Tais-toi, qui que tu sois. » Deux millions de dollars. Deux millions de dollars !

En vain. La brèche était ouverte.

— Tu te souviens de ce qui s'est passé ce jour-là ? a demandé Christopher après un long silence.

J'ai baissé les yeux. Mes mains, mes ongles – faux et peints en noir – étaient soignés. Comme toute mon apparence. Et c'était bien là le hic. Vue de l'extérieur, j'étais parfaite.

Mais, à l'intérieur, c'était la pagaille complète.

— Je me souviens de toi, oui. Et de ton amie… qui est morte.

Quand j'ai dit « morte », Christopher a aussitôt détourné

les yeux. Ses doigts suspendus au-dessus du clavier de l'ordinateur ne bougeaient plus.

Mais il était trop tard pour faire marche arrière. Je ne pouvais que poursuivre.

— Ça a dû être terrible, ai-je continué, le cœur serré. J'imagine que tu n'as pas trop envie d'y repenser. Alors, excuse-moi de t'en parler, mais c'est juste que... Je voulais trouver un moment où on serait seuls, pour te dire... que je suis vraiment triste pour toi.

Frida se trompait peut-être. Christopher n'avait jamais été amoureux de moi, mais il était traumatisé parce qu'il avait vu quelqu'un mourir sous ses yeux. Ce qui traumatiserait n'importe qui, non ?

Comment savoir alors s'il avait vraiment éprouvé plus que de l'amitié pour moi ? Et ce n'est pas en étudiant l'expression sur son visage que je le saurais, vu qu'il ne lâchait pas l'écran de l'ordinateur du regard.

— Je suis vraiment désolée..., ai-je repris. Tu n'imagines pas à quel point. Ce qui est arrivé à ton amie... c'est affreux. Elle doit te manquer.

Il y a eu un long silence. Allait-il me répondre ? Je commençais à perdre espoir quand il a dit enfin :

— Oui.

Et ses doigts, de nouveau, ont tapoté sur le clavier.

Au bout d'une minute, il a déclaré :

— Voilà. Tu as ton adresse.

Il a refermé l'ordinateur et me l'a tendu.

C'est tout.

Mes yeux se sont emplis de larmes. Je ne pouvais pas me retenir. Lulu s'était trompée. Et moi qui avais failli la croire ! Quelle imbécile j'étais ! Parce qu'il fallait vraiment être stupide pour s'imaginer que tous les garçons du monde sont un peu amoureux de vous. D'accord, c'était peut-être vrai dans le cas de Lulu. Mais pourquoi Christopher aurait-il été amoureux de moi ? Je vous le demande !

Je lui ai tourné le dos en rangeant l'ordinateur dans mon sac, et je me suis essuyé les yeux avec ma manche pour qu'il ne voie pas que je pleurais.

— Merci, ai-je dit. À plus tard.

J'avais déjà atteint la porte quand il m'a appelée, doucement. Je me suis arrêtée net.

— Nikki ?

Je n'osais pas me retourner, parce qu'alors il aurait vu que mes joues étaient trempées.

— Oui ? ai-je répondu en regardant droit devant moi.

La voix étouffée de Christopher était presque un chuchotement.

— C'était ma meilleure amie, a-t-il dit.

Et là, un flot de larmes s'est échappé de mes yeux. Je suis restée le dos tourné, et je me suis fait violence pour ne pas craquer. J'avais tellement envie de lui dire la vérité ! De courir vers lui, de jeter mon sac et de me précipiter dans ses bras en disant : « Christopher, c'est moi ! Em ! Je ne suis pas morte ! Je suis là ! Je sais que ça paraît fou, mais c'est vrai ! »

Évidemment, je n'ai rien fait de tel. Deux millions de dollars.

Mais je me suis retournée. Tant pis s'il me voyait pleurer, je m'en fichais maintenant. Et j'ai fait ce qui m'était venu à l'esprit en me réveillant. Pourtant, je n'avais pas cessé de me répéter que c'était une folie, que je ne devais pas – tout en sachant que je ne pourrais pas m'en empêcher. C'est la petite phrase de Christopher qui a fait tomber toutes mes barrières.

J'ai plongé la main dans mon sac et j'en ai sorti quelque chose que je suis allée poser sur la table devant lui.

Puis je suis partie en courant, avant qu'il n'ait le temps de me demander pourquoi je lui donnais une feuille d'autocollants dinosaure phosphorescents.

25

— Attends..., a dit Lulu en se penchant pour dénouer la laisse que Cosabella avait enroulée autour de ses jambes. C'est qui, ces gens ? Et pourquoi est-ce qu'on vient avec des pizzas ?

— Parce que...

Je gardais les yeux fixés sur les numéros des étages qui s'affichaient sur le cadran de l'ascenseur.

— J'ai envie que tu fasses leur connaissance.

— Mais ils sont pauvres ou quoi ?

— Non, ai-je répondu en riant.

L'ascenseur s'est arrêté et les portes se sont ouvertes.

— Je leur ai juste proposé d'apporter le dîner.

— Ah...

Lulu m'a suivie dans le couloir. Je tenais le carton de pizzas d'une main et la laisse de Cosabella de l'autre.

— Alors, tu ne fais pas ça par charité ? a demandé Lulu.

— Non.

Je ne voulais pas dire la vérité – à savoir que j'étais triste pour Lulu parce qu'elle ne semblait pas avoir de parents... en tout cas des parents qui s'occupaient d'elle. Bon, elle avait Katerina. Mais Katerina n'était pas sa mère.

Par ailleurs, je me sentais coupable d'avoir un peu négligé mes parents depuis trois jours. Venir avec des pizzas ne suffirait peut-être pas pour me faire pardonner. Mais c'était déjà ça. Je voulais aussi leur donner les nouveaux téléphones portables que j'avais achetés (pas de la marque Stark).

Et qui sait ? Ma mère trouverait peut-être intéressantes certaines des théories de Lulu ? D'un point de vue sociologique, du moins ?

— Et puis, ça change du restaurant, ai-je expliqué.

Lulu a sorti son poudrier de son sac pour s'examiner dans le miroir.

— Oui, je comprends... Au fait, comment ça s'est passé avec le garçon du lycée ?

J'ai souri en pensant à ce que Christopher pourrait bien me dire, pour les autocollants.

En tout cas, il m'avait regardée. Ça oui !

— Je crois que j'ai établi un contact. Il ne savait pas trop comment réagir, mais... (J'ai haussé les épaules.) On verra bien.

— Ils ne savent *jamais* comment réagir, a soupiré Lulu. Bon... Et pourquoi il y a un employé du câble qui est venu au loft cet après-midi ?

— Pour installer le Wi-Fi, ai-je répondu en m'arrêtant devant l'appartement 14L. Si on ne se connecte plus par modem, on peut échapper à la surveillance quand on se sert de nos ordinateurs. Pour l'instant, en tout cas. Pourquoi ? Il t'a demandé de sortir avec lui ?

— Évidemment. Mais mon prochain amoureux est censé être Balance, et lui il est Capricorne, alors ça n'aurait pas marché.

— Tu es prête ? ai-je demandé, le doigt sur la sonnette.

Lulu a rangé son poudrier.

— Oui. Mais tu es sûre que tu ne préférerais pas manger au Nobu ? D'habitude, tu ne supportes pas trop la pizza... Et on pourrait aller à la *Cave* après.

— Tu sais quoi ? Je crois qu'il va falloir que je m'habitue à beaucoup de choses que je ne supporte pas. Je n'ai pas trop le choix, il me semble.

Et j'ai appuyé sur la sonnette.

— J'y vais ! a crié Frida dans l'appartement.

Une seconde plus tard, la porte s'est ouverte sur Frida en jogging, un masque à l'argile sur le visage.

Elle a écarquillé les yeux, tandis que son regard affolé se posait tour à tour sur Lulu et sur moi.

— Mais... c'est... c'est..., a-t-elle bredouillé.

— Salut, Frida, ai-je lancé. C'est moi. Tu peux prévenir maman ? Je suis venue avec des pizzas... et avec mon amie Lulu.

— Oui... oui...

Frida était tellement surexcitée que, en tournant les talons, elle a laissé la porte se refermer. Je l'ai entendue hurler dans l'appartement :

— Maman !! Devine qui est là ??

Lulu m'a lancé un regard perplexe. Puis elle a demandé :

— Comment tu connais ces gens, Nikki ?

— Écoute, Lulu... Ce serait vraiment trop long à expliquer, ai-je répondu.

Composition MCP - 45770 Saran
N° 252404C

Impression réalisée par
CPI BRODARD ET TAUPIN
La Flèche
en avril 2009

« Pour l'éditeur, le principe est d'utiliser des papiers composés de fibres naturelles, renouvelables, recyclables et fabriquées à partir de bois issus de forêts qui adoptent un système d'aménagement durable. En outre, l'éditeur attend de ses fournisseurs de papier qu'ils s'inscrivent dans une démarche de certification environnementale reconnue. »

N° d'impression : 52051
20.16.1568.3/01 – ISBN : 978-2-01-201568-5

Loi n° 49-956 du 16 juillet 1949 sur les publications destinées à la jeunesse.
Dépôt légal : avril 2009